Les Rocheuses

Mise à l'épreuve

J'AI LU

ELIZABETH LOWELL

Poker menteuse	*J'ai lu*	3726/5
Aventure dans les Rocheuses	*J'ai lu*	3988/4
Mise à l'épreuve	*J'ai lu*	4128/4

Elizabeth Lowell

Mise à l'épreuve

Traduit de l'américain
par Daniel Garcia

Éditions J'ai lu

Pour Denise Little,
qui a eu le courage de ses convictions

Titre original :

ONLY MINE
Published by arrangement with Avon Books

PROLOGUE

Londres, 1867

— Vous épouser, Jessi ? (Wolfe Lonetree éclata de rire. Sans cesser de faire tournoyer sa cavalière à travers la salle de bal, il reprit :) Ne soyez pas ridicule ! Qu'est-ce qu'un sang-mêlé à demi sauvage comme moi ferait avec une aristocrate anglaise ?

— Écossaise, rectifia aussitôt Jessica Charteris.

— J'adore vous faire marcher ! rétorqua Wolfe avec un sourire mutin. Une fois de plus, vous avez mordu à l'hameçon comme une truite affamée.

Dissimulant son angoisse, Jessica redressa la tête et sourit. Personne ne devait se douter que son petit flirt n'était pas aussi innocent qu'il y paraissait.

— Ce serait pourtant une union idéale, dit-elle d'un ton enjôleur. Vous n'avez pas besoin d'héritiers, puisque vous n'avez ni titre ni terres à transmettre. De mon côté, je n'ai pas besoin d'argent et je n'ai aucune espèce d'attirance pour le devoir conjugal. A part cela, nous aimons tous les deux monter à cheval, chasser et lire au coin du feu. Que peut-on demander de plus à la vie maritale ?

Le rire sonore de Wolfe avait attiré sur eux les regards de plusieurs invités. Il ignora délibérément ces aristocrates hautains qui honoraient de leur présence la fête donnée pour les vingt ans de Jessica. Depuis longtemps, Wolfe savait que sa vraie place était en Amérique. Ici, en Angleterre, la noblesse titrée n'éprouvait que du dédain pour sa naissance illégitime.

— Vous épouser... répéta Wolfe en secouant la tête. Ah, Jessi, votre espièglerie m'a beaucoup manqué! J'ai plus ri en quelques minutes que pendant toutes ces années où nous ne nous sommes pas vus. Il faudra que je dise à lord Robert de vous emmener avec lui lors de son prochain voyage. A moins que votre futur mari soit aussi un chasseur? Lord Gore, c'est bien son nom? Je ne l'ai pas encore rencontré. Est-il là ce soir?

La soudaine nervosité de Jessica lui fit manquer un pas. Wolfe la rattrapa et retrouva le tempo de la valse avec cette grâce qu'il mettait dans toute chose.

— Excusez-moi, je suis bien maladroit, ce soir.

— Vous êtes aussi agile qu'un félin, et vous le savez parfaitement. C'est moi qui suis gauche.

Wolfe crut déceler une gravité imperceptible sous le ton léger de Jessica. Il regarda sa cavalière avec plus d'attention et s'étonna lui-même de ce qu'il voyait. La frêle jeune fille aux yeux bleus et à la chevelure flamboyante dont il avait gardé le souvenir n'existait plus. Elle était devenue une superbe jeune femme dont les cheveux étaient maintenant d'un roux si profond que seuls les rayons du soleil pouvaient y accrocher des flammes. Une jeune femme qui troublait ses sens plus qu'il n'aurait voulu l'admettre...

— Gauche? répéta Wolfe, incrédule. Pas le moins du monde. Et personne n'a autant d'esprit que vous, ajouta-t-il avec un sourire malicieux qui découvrit ses dents blanches. Imaginer un mariage entre lady Jessica Charteris et un bâtard au sang mêlé... voilà qui ne manque pas de piquant. Félicitations!

Jessica trébucha de nouveau et Wolfe dut encore la rattraper. Même sous les lambris d'une salle de bal, sa force transparaissait dans le moindre de ses gestes. Jessica avait toujours pensé à lui comme un refuge, tout au long de ces années pendant lesquelles ils avaient vécu éloignés. Elle s'était persuadée qu'il existait au moins quelqu'un, quelque part sur cette terre, qui saurait la protéger. Et cette conviction lui avait permis de ne pas céder à la panique quand ses tuteurs avaient décrété vouloir la marier à lord Gore.

Mais, à présent, Jessica se rendait compte qu'elle s'était trompée. Wolfe l'abandonnait à son sort. Désormais, elle devrait se battre seule pour survivre.

Dieu tout-puissant, que dois-je faire? Wolfe approuve ce mariage! Comment lui faire entendre raison?

— Vous avez les mains froides, Jessi, remarqua Wolfe en fronçant les sourcils. Et vous tremblez. Êtes-vous malade?

Le ton attentionné de Wolfe redonna espoir à la jeune fille. Il s'inquiétait à son sujet, elle pouvait le lire dans ses yeux. Elle sourit de soulagement, ignorant à quel point son sourire éclairait son délicat visage.

— Ce n'est rien, Wolfe, juste l'excitation de nos retrouvailles. Comme vous n'avez pas répondu à la lettre de lady Victoria, j'ai cru que vous m'aviez oubliée.

— Comment aurais-je pu oublier le petit lutin

espiègle qui s'amusait à coudre mes manches ou à intervertir le sel et le sucre en guettant ma réaction ? Le lutin qui s'était caché dans une meule de foin pendant un orage et qui n'avait accepté d'en sortir que parce que je lui avais promis de tenir le tonnerre à distance ?

— Et vous aviez réussi.

Inconsciemment, Jessica s'était rapprochée de Wolfe jusqu'à le toucher. Comme par le passé, elle cherchait la chaleur rassurante de son corps, la protection de ses bras.

— Simple et heureuse coïncidence, commenta Wolfe en s'écartant légèrement. L'orage était fini.

— Après cet épisode, je vous avais surnommé Celui-qui-parle-au-tonnerre.

— Et moi, je vous appelais la Demoiselle-des-foins.

Le rire cristallin de Jessica attira les regards amusés des couples qui dansaient près d'eux.

— Comme vous m'avez manqué, lord Wolfe !

— Je ne suis pas un lord. Tout le monde m'appelle le Vicomte Sauvage. Le bâtard d'une femme cheyenne et de lord Robert Stewart, vicomte de...

Jessica posa la main sur la bouche de Wolfe pour le faire taire. Elle connaissait parfaitement les ragots méprisants qui couraient sur sa naissance illégitime. Ils étaient aussi vulgaires que ceux qui raillaient le mariage de son propre père avec une roturière.

— Je ne veux pas que vous vous rabaissiez. Vous êtes mon meilleur ami, et à mes yeux vous *êtes* lord Wolfe. Si vous me protégez de la tempête de neige qui fait rage dehors, en retour je vous protégerai des méchantes duchesses qui sont ici.

Wolfe jeta un coup d'œil vers les fenêtres. Des

flocons de neige fondue s'accrochaient aux vitres et brillaient à la lumière des lustres.

— Vous avez raison, dit-il. Il neige. Pourtant, il ne tombait rien, quand je suis arrivé.

— Je sais toujours quand les éléments se déchaînent. C'est comme un sixième sens.

Wolfe la sentit frissonner. Et, une fois encore, elle se colla contre lui plus qu'il n'était nécessaire pour valser. Cependant, elle ne donnait pas l'impression d'être une femme qui se cherche un amant.

— Avez-vous toujours eu peur des tempêtes? demanda-t-il.

— Je ne m'en souviens pas.

La tristesse dans la voix de Jessica alerta Wolfe. Il avait oublié qu'elle ne parlait quasiment jamais de ces neuf années qui avaient précédé la mort du comte de Glenshire. Ensuite, elle était devenue la pupille d'un lointain cousin qu'elle n'avait jamais rencontré.

— C'est étrange que vous ne vous souveniez de rien.

— Est-ce que vous vous rappelez votre enfance chez les Cheyennes?

— Certaines odeurs, les feux de camp la nuit, les chants et les danses pour appeler les esprits... oui, je m'en souviens.

— Bravo pour votre excellente mémoire! Pourrions-nous danser moins près des fenêtres? J'ai un peu froid.

Wolfe contempla la courbe gracieuse des épaules de Jessica. Le décolleté de son fourreau de soie bleu glacier laissait le haut de sa gorge nu. Une petite chaîne d'or assortie d'un médaillon plongeait entre ses seins. Wolfe se demanda si elle y conservait le portrait de son fiancé. Mais ses yeux délaissèrent le bijou pour se fixer sur les deux mamelons que révélait le décolleté, et l'image qui lui vint à l'esprit fut celle d'un jardin de roses sous un ciel d'été. Jessica n'était encore qu'une enfant, plus jeune que lui de onze ans, et cependant elle le troublait profondément.

— Si vous êtes frileuse, lady Jessica, la prochaine fois portez une robe qui vous couvre mieux.

La soudaine froideur de Wolfe surprit la jeune fille. Il ne l'appelait lady Jessica que lorsqu'il était fâché contre elle. Perplexe, elle jeta un bref coup d'œil à la modeste échancrure de sa robe. Toutes les autres femmes de l'assistance arboraient des toilettes beaucoup plus audacieuses.

— Pardon? Lady Victoria était presque fâchée par le dessin de ma robe.

— Pour une fois qu'elle témoignait d'un peu de bon sens!

Jessica éclata de rire.

— Vous m'avez mal comprise. Elle aurait préféré un décolleté plus ample, une taille plus serrée et davantage de crinoline. Je préfère la mode française, plus légère à porter.

Wolfe se rappela l'instant où Jessica s'était précipitée vers lui dès qu'elle l'avait vu franchir la porte. Il avait remarqué les courbes de sa silhouette à travers la fine étoffe de sa robe. Cette vision lui avait soudain fait prendre conscience que Jessica avait grandi... et qu'elle deviendrait bientôt l'épouse d'un lord.

— Je ne voulais pas m'encombrer de plusieurs épaisseurs de jupons, ni crouler sous les perles ou les diamants, continua Jessica. Lady Victoria a trouvé ma toilette trop simple. Elle a dit que je ressemblais à une vulgaire brindille.

— Une brindille... murmura Wolfe en plongeant son regard dans le décolleté de Jessica. Lady Victoria aurait grand besoin de lunettes.

Si un autre l'avait regardée de cette façon, Jessica aurait immédiatement trouvé un prétexte pour cesser de danser avec lui. Mais, avec Wolfe, ce n'était pas la même chose. Il n'était pas comme ces aristocrates avides d'engendrer une progéniture pour transmettre leur titre.

La tempête redoublait de violence et le vent cognait contre les vitres. Frissonnante, Jessica trébucha une fois de plus et Wolfe la rattrapa encore dans ses bras solides. La valse se terminait. Minuit approchait.

Il lui restait si peu de temps.

— Jessi, vous tremblez ! Qu'avez-vous ? Je croyais que vous aviez réussi à surmonter votre peur des tempêtes quand vous aviez dix ans.

— Parce que je savais que vous étiez là pour me protéger.

— Il me semble que vous avez survécu après mon départ.

— Parce que je savais que vous reviendriez. Et vous êtes revenu. (Jessica lui lança un regard implorant.) Vous devez m'épouser, Wolfe Lonetree. Sans vous, je suis perdue.

Wolfe crut qu'elle cherchait encore à le provoquer, mais soudain il comprit qu'elle parlait sérieusement. Comme la musique cessait, il exécuta une dernière volte gracieuse avant de relâcher Jessica. Mais elle s'accrocha à lui.

— Jessi, il faut nous séparer, dit calmement Wolfe. Je ne suis pas un lord, vous n'êtes plus une enfant. Vous êtes devenue une lady dont on va bientôt annoncer les fiançailles. Une danse avec le Vicomte Sauvage vous est permise. Une deuxième attirerait des commentaires déplaisants. Une troisième ferait scandale. Nous avons déjà dansé deux fois. C'est assez pour ce soir.

— Wolfe... murmura Jessica.

Il la salua d'une courbette et lui tourna le dos.

Jessica le regarda s'éloigner. Même dans la foule, elle n'avait aucune difficulté à le suivre des yeux. Ce n'était pas tant à cause de sa taille, bien qu'il fût plus grand que la plupart des hommes, ni à cause de sa beauté, même s'il était incontestablement très séduisant avec ses cheveux noirs, ses yeux bleu indigo et sa peau bronzée. Wolfe se distinguait d'abord par sa façon de se mouvoir, un mariage subtil de force et d'élégance. Il habitait son corps avec autant de grâce qu'un félin.

Jessica avait besoin de sa force virile, de sa tranquille assurance. L'espoir que Wolfe reviendrait un jour l'avait empêchée de céder au désespoir. Maintenant qu'il était là, elle devait coûte que coûte lui faire comprendre son désir. Elle ne plaisantait pas, quand elle lui avait proposé de l'épouser. En vérité, Jessica n'avait jamais été plus sérieuse de sa vie.

Une violente rafale de vent ébranla les vitres de la salle de bal. L'hiver touchait à sa fin, mais le printemps n'était pas encore véritablement installé et les deux saisons se livraient une lutte sans merci dont les habitants de Londres faisaient les frais. Le mugissement du vent résonnait sinistrement dans les oreilles de Jessica et, instinctivement, elle porta la main au médaillon qui renfermait le portrait de Wolfe.

Je suis saine et sauve. Wolfe est là. Il ne pourra rien m'arriver.

Pendant toutes ces années où Wolfe avait vécu dans la lointaine Amérique, son médaillon lui avait servi de talisman. Aujourd'hui, Wolfe était de retour... et cependant Jessica se sentait plus seule que jamais. Elle croisa les mains dans l'espoir de dissimuler leur tremblement, mais il n'y avait rien qu'elle pût faire pour cacher sa pâleur.

— En voilà une figure, le jour de tes vingt ans ! chuchota à son oreille lady Victoria. Sans compter que tu vas annoncer tout à l'heure tes fiançailles.

— Je ne veux pas me marier.

Lady Victoria soupira et prit les mains glacées de Jessica dans les siennes.

— Je sais, ma chérie, je sais. Je n'avais que tes intérêts à l'esprit quand je t'ai choisi un mari. Tu n'auras pas longtemps à endurer les assauts de lord Gore. Il est vieux et malade. Dans cinq ou six ans, tout au plus, tu seras devenue une jeune et riche veuve qui pourra mordre la vie à belles dents. Tu pourras même t'encanailler comme une duchesse française, si tu le souhaites ! ajouta lady Victoria avec un sourire malicieux.

— Je préférerais mourir plutôt que de me laisser toucher par un homme !

Lady Victoria sourit tristement.

— Ah, Jessica ! Tu étais faite pour naître dans une famille catholique qui t'aurait envoyée dans un couvent. Au lieu de cela, tu es l'unique héritière d'un comte écossais. Les titres et les terres qui y sont attachés doivent passer avant toute autre considération. Tu dois te marier. Lord Gore, malgré ses défauts, est immensément riche. Assez pour entretenir la reine elle-même.

— Vous me l'avez répété cent fois !

— Dans l'espoir que tu finirais par l'entendre, rétorqua lady Victoria.

— En Amérique, les esclaves ont obtenu leur liberté. Quand donc se décidera-t-on à traiter les femmes anglaises avec la même clémence?

— Petite entêtée! (Lady Victoria prit le menton de Jessica entre ses mains.) Mais, cette fois, je serai encore plus têtue que toi. Tu as déjà largement profité de ton statut d'aristocrate. A ton âge, n'importe quelle jeune fille du peuple serait mariée depuis longtemps au premier rustre qui se serait intéressé à ses jupons.

Jessica fit la moue.

— Mon second mari t'a prise sous sa protection et il t'a choyée comme si tu étais de son propre sang, continua lady Victoria d'une voix ferme. Tu as été élevée pour diriger un jour une grande maison. Et malgré les manières déplorables de cette domestique américaine que tu te plais à imiter, nous avons réussi à faire de toi une lady capable de tenir son rang. A présent, tu dois nous récompenser de notre générosité à ton égard en donnant naissance à un héritier qui réunira sur sa tête la fortune du vicomte et celle de lord Gore.

Jessica baissa la tête pour cacher la répulsion que lui inspirait cette perspective.

— Je vous en supplie...

— Plus un mot, Jessica! Tes fiançailles avec lord Gore seront annoncées à minuit. Le mariage sera célébré le mois prochain et si ce vieux barbon alcoolique y met de la bonne volonté, dans moins d'un an tu auras un enfant. Ta mission sera remplie, et alors tu seras libre de vivre comme il te plaira.

— Oh, lady Jessica, se lamenta Betsy, vous ne devriez pas vous rendre dans la chambre de M. Lonetree!

Jessica s'éloigna du miroir devant lequel Betsy avait patiemment démêlé la coiffure élaborée de sa maîtresse. D'habitude, ce rituel apaisait la jeune fille, mais ce soir il n'avait fait qu'accroître son impatience. Elle se mit à faire les cent pas dans sa chambre comme un animal en cage. Son léger déshabillé en dentelle tournoyait autour d'elle.

— Je n'ai pas d'autre solution. Tu me répètes à longueur de temps qu'en Amérique les femmes sont libres de choisir leur mari et de vivre à leur guise. Si je dois absolument me marier, alors je veux choisir moi-même celui que j'épouserai.

— Vous n'êtes pas américaine.

— Je le deviendrai, répliqua Jessica en resserrant son déshabillé d'un geste brusque. Les Américains n'ayant pas de titres à transmettre, ils n'ont pas besoin d'héritiers. Avec un mari américain, je n'aurai pas à endurer ce devoir conjugal qui me répugne.

— Les Américains aiment avoir chaud au lit... objecta Betsy d'une voix hésitante.

— Dans ce cas, ils n'ont qu'à dormir avec leur chien.

— Mon Dieu, je crois que je vous ai induite en erreur ! Ce n'est pas parce que les Américains ne sont pas nobles qu'ils...

— Assez ! la coupa Jessica en se bouchant les oreilles.

Elle resta immobile quelques secondes, pour retrouver son calme. Le souvenir des mains moites de lord Gore serrant les siennes était encore trop récent. La seule idée que ces mêmes mains puissent la toucher dans un lit la faisait frissonner de dégoût.

Plus déterminée que jamais, elle redressa la tête et se dirigea droit vers la porte.

— Madame...

— De grâce, Betsy, tais-toi ! Souhaite-moi plutôt bonne chance. Si je réussis, tu auras enfin ce voyage en Amérique que je te promets depuis trois ans.

Jessica ouvrit la porte et sortit sans plus prêter attention aux mises en garde de sa femme de chambre.

Quelques lampes à huile qui brûlaient en permanence dispensaient une faible lumière au long des couloirs, mais Jessica connaissait l'immense demeure dans ses moindres recoins. Elle se dirigea sans hésiter vers l'aile où se trouvait la chambre de Wolfe.

Elle pensait ne croiser personne sur son chemin car elle avait eu la prudence d'attendre que tous les domestiques soient couchés. Toutefois, elle évita de passer devant la bibliothèque, où lord Robert jouait parfois aux cartes avec ses amis jusqu'à l'aube.

Elle avait enfilé plusieurs couloirs et arrivait en haut d'un escalier quand soudain elle buta contre lord Gore. Visiblement, il avait encore abusé du porto.

— Bonté divine ! murmura Jessica en se raidissant instinctivement.

Gore avait chancelé sous le choc, mais il réussit à garder l'équilibre en s'accrochant à Jessica. Même ivre, il n'avait rien perdu de sa force. Quand Jessica voulut lui échapper, il la serra contre lui.

— Sacrebleu, mais c'est ma fiancée ! s'exclama-t-il. (Ses yeux s'agrandirent quand il découvrit sa tenue.) Très seyant, ce petit déshabillé, ma jolie. Je n'osais pas espérer que vous seriez si impatiente de partager ma couche. Si j'avais su, j'aurais bu quelques verres de moins.

— Ne me touchez pas!

Gore ignora son interdiction. Il était trop content de la bonne fortune qui lui arrivait. Déchirant d'un geste brusque le léger vêtement, il s'attendrit devant le spectacle qui s'offrit à lui.

— Crénom, regardez-moi ces deux petits bijoux! dit-il d'une voix pâteuse. Lord Stewart a durement marchandé votre contrat de mariage, mais, ma foi, ça en valait la peine.

Il poussa violemment Jessica contre le mur et commença à lui pétrir les seins avec tant de force que Jessica en eut le souffle coupé. C'est d'ailleurs la seule raison qui l'empêcha de crier quand son agresseur entreprit d'aventurer une main plus bas.

Soudain, Jessica se souvint de ce que Wolfe lui avait appris quelques années plus tôt pour se défendre. Avec une prière muette, elle donna un coup de genou dans l'entrejambe de Gore. Il la lâcha aussitôt et recula en titubant.

Jessica en profita pour détaler et entra en trombe dans la chambre de Wolfe.

Celui-ci avait bondi du lit à baldaquin. Il eut à peine le temps de reconnaître Jessica et de reposer son couteau sur la table de nuit qu'elle s'était déjà jetée dans ses bras. Elle tremblait de tous ses membres, comme le jour où il l'avait retrouvée cachée dans une meule de foin.

Wolfe la fit asseoir sur son lit et l'étreignit pour l'apaiser. Dehors, le vent redoublait de violence et cognait contre les vitres avec force.

— Calmez-vous, murmura Wolfe à l'oreille de Jessica. Vous n'avez plus rien à craindre de la tempête. Vous êtes à l'abri et je suis là. Je vais faire de la lumière. (Il alluma la lampe de chevet.) Eh bien, mon petit lutin espiègle va-t-il mieux?

Vous voyez bien que vous êtes saine et sauve. Vous voyez... Doux Jésus !

Wolfe se tut, incapable de poursuivre. Le déshabillé de Jessica était déchiré et découvrait sa poitrine. De vilains bleus marbraient la peau nacrée de ses seins.

Des voix se firent entendre dans le couloir, mais Wolfe n'y prêta même pas attention. Savoir qu'un homme avait osé s'attaquer à Jessica le mettait en rage.

— Quel est le monstre qui vous a fait ça ? demanda-t-il d'une voix blanche.

— Lord Go... Go... (Jessica prit une profonde inspiration et tenta de maîtriser les tremblements qui l'agitaient.) Lord Gore.

Délicatement, Wolfe resserra les bords du déshabillé pour couvrir sa nudité.

— Chut, Jessi ! dit-il en l'embrassant tendrement sur le front. Chut ! C'est fini. Je ne laisserai plus personne vous faire du mal.

— C'est pro... promis ?

— Promis !

Jessica soupira longuement. Pendant quelques instants, on n'entendit plus rien, excepté le bruit du vent, et la respiration de Jessica, qui peu à peu redevenait normale. Puis, brusquement, Gore fit irruption dans la chambre. Il transpirait à grosses gouttes mais semblait dégrisé.

— Vous méritez une bonne correction, petite coquine ! s'écria-t-il, plein de fiel. Comptez sur moi pour vous la donner. Et d'abord, commencez par descendre du lit de ce bâtard.

Wolfe se leva d'un bond. C'est alors que Jessica s'aperçut qu'il était nu jusqu'à la ceinture... et même en dessous ! La lumière de la lampe mettait en valeur sa musculature harmonieuse.

— Voilà donc le porc qui a osé porter la main sur ma Jessi, dit-il d'une voix faussement suave.

Jessica ne l'avait jamais entendu parler sur ce ton. Elle en oublia qu'il était nu. Elle venait de comprendre qu'il serait capable de tuer... qu'il s'apprêtait à tuer pour la défendre.

Avant que Gore n'ait pu répondre, lady Victoria entra à son tour dans la chambre, Betsy sur ses talons.

— Je suis désolée, se lamenta la femme de chambre en s'adressant à Jessica. Je n'aurais pas dû vous laisser aller dans la chambre de M. Lonetree. Il a une si vilaine réputation avec les femmes !

— Amplement méritée, à ce que je vois, ajouta lady Victoria d'une voix glaciale. Couvre-toi, Wolfe.

Au lieu de se rhabiller, Wolfe se jeta sur Gore et le serra à la gorge. Dans le même temps, un tumulte de voix résonna dans le couloir. Lord Robert Stewart s'encadra soudain dans l'embrasure de la porte.

— Ma chère amie, voulez-vous enfin m'expliquer ce qui se passe... Wolfe ! Par le Christ !

Lord Robert ferma précipitamment la porte derrière lui, mais c'était déjà trop tard. Au moins cinq lords du royaume avaient pu jeter un œil dans la chambre de Wolfe. Le scandale serait connu de tout Londres dès le lendemain matin.

— Relâche lord Gore ! ordonna lord Robert en s'adressant à son fils.

— Il n'en est pas question, répondit Wolfe. Il a brutalisé Jessi.

— Un bâtard doublé d'un menteur, grogna Gore.

Il s'apprêtait à proférer une autre insulte, mais

Wolfe resserra son étau autour de sa gorge et lord Gore perdit connaissance presque instantanément. A regret, Wolfe ôta ses mains et Gore tomba lourdement à terre.

— Mon Dieu, Wolfe, tu l'as tué! s'écria lady Victoria, horrifiée.

— En Amérique, je l'aurais fait volontiers. Malheureusement, je ne suis pas en Amérique.

— Tu vas y retourner très vite, intervint lord Robert. Sapristi! Tu es décidément doué pour le scandale, fils!

— Ça ne peut pas venir du côté de ma mère, objecta Wolfe avec le plus grand calme. La notion de scandale n'existe que dans votre civilisation.

Il se retourna pour s'assurer que Jessica allait mieux. Il vit ses yeux s'arrondir quand elle découvrit toute sa nudité. Elle devint cramoisie et détourna si vivement la tête qu'elle faillit basculer à la renverse.

Posément, Wolfe se dirigea vers son armoire et en sortit une chemise de nuit qu'il enfila. Il détestait porter ce genre de vêtement, mais il ne souhaitait pas troubler Jessica plus qu'elle ne l'était déjà.

Gore se mit à ronfler bruyamment. Lord Robert lui décocha un regard ennuyé avant de reporter son attention sur Jessica. Il voulait se montrer aimable, mais il était si contrarié contre son fils qu'il ne put s'empêcher d'être brutal.

— Wolfe est-il votre amant?

Jessica pâlit, puis rougit violemment. Elle cacha son visage dans ses mains et s'efforça de garder son calme.

— Je ne peux pas... Lord Robert... je... Mon Dieu, vous avez été si bon avec moi. Je suis tellement désolée...

Sa voix s'était brisée et elle tremblait comme une feuille. Sa détresse surprit lord Robert et lady Victoria, qui avaient toujours connu une Jessica maîtresse de ses réactions, même après la mort de ses parents.

— Ce que Jessi essaie de vous dire, c'est que nous ne sommes pas amants, déclara Wolfe en achevant de boutonner sa chemise.

— Mais vous le seriez devenus si Betsy n'était pas accourue me prévenir, assura lady Victoria. Tu désires Jessica depuis qu'elle a eu quinze ans.

Wolfe ouvrit la bouche pour répondre, puis se ravisa — lady Victoria disait vrai.

— Wolfe... reprit lady Victoria en soupirant. Si tu n'es pas capable de maîtriser tes instincts, tu pourrais au moins faire l'effort de te limiter aux catins et aux femmes mariées.

— Ça suffit, intervint lord Robert. Wolfe est mon fils, il connaît son devoir.

— Qui est...? demanda Wolfe calmement.

— Tu as séduit lady Jessica. Tu dois l'épouser.

— Il n'y a pas eu séduction. Gore l'a violentée et elle est venue se réfugier dans ma chambre. Gore la suivait, et moins d'une minute après lady Victoria est arrivée à son tour.

— Jessica, dit lord Robert, si tu es encore vierge, tes fiançailles peuvent être sauvées. Lord Gore est très épris de toi.

Jessica tendit les mains vers Wolfe.

— Vous aviez promis... murmura-t-elle.

Il y eut un bref silence que rompit Wolfe.

— Laissez-moi seul avec Jessica pendant quelques minutes. Et emmenez ce maudit ivrogne avec vous.

Lady Victoria voulut protester, mais lord Robert attrapa Gore par les pieds et le tira dans le couloir sans même le réveiller en faisant signe à sa femme de le suivre. Betsy emboîta le pas à ses maîtres et ferma la porte derrière elle.

Avant que Wolfe n'ait pu dire un mot, Jessica s'était jetée à ses pieds.

— Je vous en supplie, Wolfe, épousez-moi ! Ne laissez pas cet homme me souiller.

— Êtes-vous vierge ?

— Dieu, oui ! affirma Jessica en hochant vigoureusement la tête. Je ne peux pas supporter l'idée d'être touchée par un homme !

— Dans ce cas, pourquoi êtes-vous venue dans ma chambre habillée — ou plutôt déshabillée — de la sorte ?

— J'étais prête à me coucher quand j'ai compris qu'il fallait absolument que je vous parle. Je voulais vous demander de me protéger de lord Gore.

— Considérez-vous comme sauvée. Quoi qu'en pense mon père, je doute fort que Gore puisse encore vous épouser après ce qui s'est passé.

— Mais un autre homme prendra sa place. Lady Victoria organisera un nouveau mariage.

Wolfe garda le silence pendant quelques instants. Il détestait l'idée que Jessica puisse appartenir à un autre homme, mais avait-il le choix ? Même si Robert et Victoria lui permettaient de l'épouser, ce serait un désastre pour lui. Certes, il la désirait de tout son corps. Mais il savait pertinemment qu'elle n'était pas la femme qu'il lui fallait.

— Le devoir de Victoria est de vous trouver un parti convenable, répliqua-t-il, le visage fermé.

— Non ! Je préférerais encore être allongée sous terre que sous un homme.

Wolfe fut surpris de sa détermination. Elle était

prête à mourir plutôt que de coucher avec un homme. N'importe lequel.

— Pourtant, vous m'avez demandé de vous épouser, observa-t-il d'un ton neutre.

— Parce que, avec vous, ce serait différent, répondit Jessica avec un pâle sourire. Les hommes se marient pour avoir des héritiers, et les femmes pour l'argent. Vous n'avez pas besoin d'héritier et je n'ai pas besoin d'argent.

— Même un bâtard a des... besoins.

— Que peut bien vouloir un bâtard ? demanda Jessica avec une pointe d'irritation.

Wolfe soupira, comprenant que Jessica n'avait pas cherché à l'insulter. Elle ignorait visiblement que les hommes attendaient du mariage autre chose que la seule procréation.

— Épousez-moi, Wolfe, répéta Jessica en caressant la manche de sa chemise de nuit. Nous sommes de vrais amis. Nous partagerons de bons moments à chasser, à pêcher, à lire devant un feu de camp...

— Bonté divine, vous parlez sérieusement ?

Il était stupéfié par sa méconnaissance totale de ce que signifiait le mariage.

— On ne peut plus sérieusement. (Elle sourit.) Je n'ai jamais été aussi heureuse qu'avec vous, Wolfe. Désormais, nous serons toujours ensemble. Que rêver de mieux ?

Wolfe étouffa un juron et se passa une main lasse dans les cheveux.

— Serait-ce un coup monté, Jessi ? N'auriez-vous pas envoyé Betsy chercher lady Victoria pendant que vous couriez dans ma chambre comme une jeune femme qui se rend chez son amant ?

Jessica secoua vigoureusement la tête. Ses

longues boucles voltigeaient autour d'elle et la lampe y allumait des reflets cuivrés.

— Non, je n'avais rien prémédité. (Elle prit une profonde inspiration avant de continuer :) Mais, maintenant, je suis prête à jurer sur la tombe de ma mère que nous avons couché ensemble. Ainsi, vous serez bien obligé de m'épouser. Et moi, je serai enfin libre.

— Et ma liberté, qu'en faites-vous ?

Jessica leva sur lui un regard brillant d'émotion.

— J'y ai pensé également. Je n'exigerai rien de vous. Vous serez libre d'aller et de venir à votre guise. Quand vous souhaiterez avoir un compagnon de chasse, j'irai avec vous. Mais quand vous préférerez être seul, je vous laisserai partir sans une plainte.

— Jessi...

Elle ne le laissa pas poursuivre :

— Je surveillerai la bonne marche de votre maison et je m'assurerai qu'on vous cuisine les plats que vous aimez. Après le dîner, je réchaufferai votre verre de cognac dans mes mains avant de vous l'apporter. Puis nous nous assoirons ensemble devant le feu, et aucune tempête ne pénétrera jamais chez nous...

Wolfe resta silencieux un long moment, puis tourna le dos à la jeune femme. S'il continuait à la contempler ainsi, il n'était pas sûr de pouvoir rester maître de ses pulsions.

— Jessi, finit-il par dire d'une voix douce, la vie que vous décrivez est celle des lords anglais et de leurs épouses. Ma femme habitera avec moi en Amérique. Et elle ne mènera pas l'existence d'une aristocrate.

— J'aime l'Amérique. Depuis longtemps je me

languis de revoir ses ciels immenses, l'herbe des prairies, les grands bisons... Betsy m'a expliqué les coutumes du pays. Lorsque je parle avec elle, on distingue à peine mon accent britannique. Je me suis entraînée à devenir une vraie Américaine, car je savais que vous ne voudriez pas vivre en Angleterre.

Wolfe se retourna brusquement.

— Vous m'avez bel et bien tendu un piège !

— Non. (Jessica baissa la tête.) Quand j'ai compris que lady Victoria tenait absolument à me marier, j'ai essayé de me représenter appartenant à un homme. Mais je ne pouvais pas m'imaginer appartenant à un autre que vous. Alors je me suis préparée en conséquence. C'est tout. (Voyant que Wolfe ne répondait rien, elle leva de nouveau les yeux vers lui :) Je ne veux pas décevoir lord Robert. Je ne veux pas mentir à lady Victoria, plaida-t-elle. Et je ne veux pas vous contraindre au mariage.

— C'est pourtant ce que vous êtes en train de faire.

— Uniquement parce que j'y suis obligée.

Wolfe jura entre ses dents, mais ses imprécations furent couvertes par le mugissement du vent. Jessica attendait, tremblante malgré sa détermination.

Finalement, Wolfe se leva et alla ouvrir la porte de la chambre.

Betsy et lord Gore avaient disparu, mais lord Robert et lady Victoria attendaient dans le couloir, aussi anxieux l'un que l'autre.

— Eh bien ? demanda lord Robert.

— Lady Jessica est prête à jurer que j'ai abusé d'elle, répondit froidement Wolfe. Il n'en est rien.

Lord Robert se tourna vers Jessica.

— Est-ce vrai ?

— J'épouserai Wolfe... sinon personne, répliqua Jessica d'une voix blanche.

— Bonté divine ! (Lord Robert dévisagea Wolfe :) Qu'allons-nous faire ?

— Ce que nous avons toujours fait : donner à cette enfant gâtée ce qu'elle réclame.

— Tu vas l'épouser ?

— Si l'on peut dire... répondit Wolfe. Lady Jessica s'est forgé une vision très romantique de la vie dans l'Ouest.

— Certainement pas, objecta Jessica. J'ai déjà voyagé sur les rives du Mississippi. Je sais ce qui m'attend.

— Vous *croyez* le savoir, répondit Wolfe. Vous vous attendez à une partie de plaisir. La réalité sera bien différente, je peux vous l'assurer !

Lady Victoria regarda tour à tour les deux jeunes gens avant de sourire.

— Mon pauvre Wolfe, tu as de la repartie, mais Jessica n'en manque pas non plus. Et elle est aussi têtue et inébranlable que du granit écossais.

— Lady Jessica ne tardera pas à s'apercevoir que se marier avec moi n'a rien à voir avec une partie de chasse mondaine, grommela Wolfe. Je serais surpris qu'elle ne déclare pas forfait avant que nous ne parvenions à mon ranch des Rocheuses.

Sous son ton railleur perçait une rage mal contenue et Jessica se raidit en croisant son regard hostile.

— Quand elle sera revenue de son caprice, continua Wolfe, il ne me restera plus qu'à annuler le mariage et à vous la restituer aussi *intacte* qu'à son départ.

— Oh, pas *complètement* intacte, j'espère !

s'écria lady Victoria en souriant. Apprenez à cette petite nonne à ne plus avoir peur des hommes. Après, vous serez libres tous les deux.

— Il est encore temps d'arrêter cette comédie, reprit Wolfe en se tournant vers Jessica. Vous en aurez bientôt assez d'être la vulgaire épouse d'un homme ordinaire.

— Je ne me lasserai jamais d'être votre femme! s'exclama Jessica avec autant de ferveur que si elle prononçait un vœu.

— Si. Faites-moi confiance, répondit Wolfe.

Et cela aussi, c'était un vœu.

1

St. Joseph, Missouri, printemps 1867

— Soyez raisonnable, lord Wolfe ! Ce n'est pas moi qui ai voulu congédier Betsy et les valets.

— Je ne suis pas un lord. Je suis un bâtard. L'auriez-vous déjà oublié ?

— Je crois, au contraire, que ma mémoire s'améliore de jour en jour, marmonna Jessica entre ses dents. Ouille ! Vous m'avez pincée !

— Si vous ne voulez pas avoir mal, cessez de vous tortiller comme un asticot sur son hameçon. Il y a plus d'une vingtaine de boutons et ils sont minuscules. Bon sang, quel est l'idiot qui a conçu cette satanée robe ? Aucune femme ne peut y rentrer sans aide !

Ni en sortir... c'était bien là le problème. Wolfe appréhendait déjà le moment où il devrait aider Jessica à se défaire de cette robe. A chaque bouton qu'il enlèverait, il apercevrait un peu plus de lingerie et de peau nue... Jessica lui arrivait à peine à la poitrine, mais elle finirait par le mettre à genoux de désir. Son dos était aussi souple et racé que celui d'une danseuse. Aussi gracieux qu'une flamme. Et comme une flamme, il l'incendiait.

— Je suis désolée, murmura Jessica. J'avais espéré...

— Cessez de chuchoter, bon sang! Si vous avez quelque chose à dire, dites-le franchement. Je déteste ces stupides convenances aristocratiques qui obligent les femmes à parler si bas que les hommes devraient avoir quatre oreilles pour les entendre!

— J'avais espéré que vous seriez heureux de me voir, reprit Jessica à haute et intelligible voix. Jusqu'à ce matin, nous ne nous étions pas revus depuis notre mariage, voilà déjà trois mois. Vous ne m'avez même pas demandé si j'avais fait bon voyage, ni comment s'était passée la traversée des États-Unis en train, ni...

— Vous m'aviez promis de ne pas vous plaindre si je vous laissais toute seule, la coupa sèchement Wolfe. Seriez-vous en train de vous plaindre, lady Jessica?

Jessica s'efforça de cacher sa déception. Ses retrouvailles avec Wolfe ne se passaient pas du tout comme elle les avait imaginées. Depuis des semaines, elle était impatiente de chevaucher à ses côtés à travers le grand Ouest américain. De partager en tête à tête des soirées délicieuses devant un feu de camp. Et, par-dessus tout, elle était impatiente de le revoir.

— Quand j'ai reçu votre lettre me demandant de vous rejoindre ici, j'ai pensé que vous aviez surmonté votre dépit.

— Mon dépit... voilà encore une façon de parler typiquement aristocratique! la railla Wolfe. Vous ne me connaissez pas très bien, madame. Je n'étais pas dépité... j'étais fou de rage. Et je ne décolérerai pas tant que vous refuserez de demander l'annulation de notre mariage et de retourner dans cette Angleterre que vous n'auriez jamais dû quitter.

— Vous ne me connaissez pas non plus, apparemment. Vous espériez sans doute que je vous supplierais d'annuler notre mariage à la seule perspective de traverser seule les États-Unis ?

Telle avait bien été l'intention de Wolfe. Mais Jessica l'avait bluffé. Elle avait organisé elle-même son voyage et celui de sa femme de chambre, loué les services de deux valets grâce au petit pécule dont elle avait hérité le jour de ses noces et traversé l'Atlantique avant de prendre le train jusqu'à St. Joseph.

— J'ai bien peur que vous ne trouviez moins plaisant de voyager en ma compagnie, à présent. Du reste, vous n'étiez pas vraiment seule. Votre escorte s'employait à satisfaire le moindre de vos désirs.

Une mèche rousse vint lui chatouiller les doigts.

— Bon sang, ne pourriez-vous pas faire un effort pour retenir vos cheveux ? s'emporta-t-il.

Jessica avait des fourmis dans les bras à force de tenir sa chevelure au-dessus de sa tête. Elle rabattit toutefois la mèche rétive sans récriminer.

— Une femme de chambre et deux valets ne sont pas une escorte, se contenta-t-elle de répondre.

— En Amérique, si. Les Américaines ont l'habitude de se prendre en charge elles-mêmes.

— Betsy m'a raconté qu'elle avait travaillé dans une maison où il y avait une douzaine de domestiques.

— Le propriétaire devait être un voleur, ou un profiteur.

— Ou un parvenu.

Wolfe répondit par un grognement inintelligible.

— Vous souriez, n'est-ce pas ? (Jessica tourna la tête et le regarda par-dessus son épaule avec un soulagement visible.) Vous voyez bien, ce ne sera pas si terrible de m'avoir pour épouse !

Wolfe resta silencieux et s'abîma dans la contemplation de ce qu'il avait sous les yeux : une robe mal boutonnée que surmontait la gracieuse courbe d'un cou. Mais Jessica n'était pas exactement une femme. C'était une petite aristocrate anglaise trop gâtée, précisément le genre de créature qu'il détestait depuis le jour où il avait compris que les nobles dames de la haute société ne le regarderaient jamais comme un homme de leur monde. Si elles lui portaient quelque intérêt, c'était uniquement par curiosité. Elles voulaient se donner des frissons en couchant avec un sauvage.

— Wolfe ? murmura Jessica, inquiète de son silence.

— Tenez-vous tranquille. Si je n'en termine pas rapidement avec cette robe, nous ne trouverons plus une place libre.

— Mais je ne suis pas habillée pour aller au théâtre !

— Qui vous parle de théâtre ? demanda Wolfe, éberlué. Il s'agit de la diligence. D'ailleurs, vous n'êtes pas habillée pour ça non plus. Toutes ces crinolines occuperont la moitié de la banquette.

— Une diligence ?

— Oui, madame, répondit Wolfe d'un ton moqueur. C'est un moyen de transport qui possède quatre roues, un conducteur, des chevaux...

— Oh, ça va ! Je sais quand même ce qu'est une

diligence ! Je m'étonnais, c'est tout. Je suis arrivée ici dans un attelage.

— A ce moment-là, vous étiez encore une aristocrate. A présent, vous êtes une vraie Américaine. Et si cela ne vous convient pas, vous savez ce qu'il vous reste à faire.

Wolfe mit à profit le silence qui suivit pour achever de boutonner la robe.

— Ouf ! Mission accomplie ! annonça-t-il avec un soupir de soulagement. Où sont vos malles ?

— Mes malles ? répéta Jessica d'un air absent, tout à la joie de ne plus avoir à contenir la lourde masse de ses cheveux.

— J'imagine que, pour venir, vous avez rangé vos vêtements dans quelque chose. Donc, où sont vos malles ?

— Mes malles...

— Lady Jessica, si j'avais eu envie d'avoir un perroquet, je me serais fait marin. Pour la dernière fois, où sont vos malles ?

— Je n'en sais rien, avoua Jessica. C'étaient les valets qui s'en occupaient.

— Satanée bougresse d'aristocrate...

— Ce n'est pas en jurant après moi que mes bagages vont réapparaître, répliqua sèchement Jessica.

— C'est à moi d'en juger, lança Wolfe en claquant la porte derrière lui.

Jessica eut à peine le temps de se composer une attitude détendue que Wolfe réapparaissait déjà, une valise sur chaque épaule. Il était suivi de deux adolescents qui portaient chacun deux autres malles. Ils déposèrent leur fardeau et regardèrent avec curiosité la jeune femme élégante dont les cheveux roux cascadaient jusqu'aux reins.

— Merci, leur dit Wolfe.

— De rien, répondit le plus jeune. On avait entendu dire qu'une vraie lady anglaise était descendue en ville, mais on n'aurait jamais cru avoir la chance de la voir.

— En fait, je suis écossaise.

— C'est du pareil au même, répliqua le garçon en souriant. Vous êtes aussi jolie qu'un chaton dans un couffin de velours. Si vous avez besoin d'aide pour porter les malles jusqu'à la diligence, vous n'aurez qu'à nous appeler.

— C'est très aimable à vous, répondit Jessica en rougissant devant le regard admiratif du jeune homme.

Wolfe leur fit signe de déguerpir, et ils quittèrent la chambre sans demander leur reste.

— Attachez vos cheveux, ordonna-t-il à Jessica. Même en Amérique, une femme ne se montre pas à des étrangers si elle n'est pas coiffée.

Sans mot dire, Jessica alla s'installer devant la coiffeuse et s'empara d'une des brosses laissées par Betsy. Au bout de quelques minutes, Wolfe, qui l'observait du coin de l'œil, se rendit compte qu'elle ne savait pas s'en servir. Elle avait déjà fait tomber la brosse deux fois et quand elle la laissa échapper une troisième, Wolfe la ramassa à sa place.

— Le manche n'est pourtant pas savonné, fit-il remarquer, étonné.

— Je ne comprends pas ce qui ne va pas. Betsy n'a jamais eu de problèmes avec.

— Betsy n'a jamais eu de problèmes... répéta Wolfe d'une voix stupéfaite.

— Vous aviez raison. On dirait bien qu'un perroquet s'est caché dans cette pièce, dit Jessica d'un air narquois.

— Bonté divine ! Vous ne savez même pas vous coiffer !

— Bien sûr que non. C'était le travail de Betsy. Elle y réussissait d'ailleurs très bien. (Jessica se tourna vers Wolfe.) Dois-je comprendre que les Américaines se coiffent sans aucune aide ?

— Mon Dieu...

— Ah, c'est même une coutume religieuse, apparemment, soupira Jessica. Dans ce cas, je vais m'y conformer. Rendez-moi la brosse, s'il vous plaît.

Wolfe était trop abasourdi pour dire quoi que ce soit. Il regarda Jessica brosser ses cheveux si énergiquement que ses mèches volaient autour d'elle. L'une d'elles accrocha ses doigts et lui procura une sensation d'incroyable douceur. Avec un juron, il tenta de libérer sa main, mais, dans la manœuvre, il tira la mèche avec lui.

Jessica grimaça de douleur.

— Je ne l'ai pas fait exprès, s'excusa-t-il. Vos cheveux m'ont attaqué.

— Mes cheveux vous ont attaqué ?

— Décidément, nous devrions faire quelque chose au sujet de ce maudit perroquet !

Jessica se retourna et vit la mèche qui s'était enroulée autour de son poignet. Quelques cheveux s'étaient accrochés à son bouton de manchette.

— Leurs dents vous ont-elles fait mal ?

— Quoi ?

— Betsy m'avait mise en garde contre l'appétit immodéré de mes cheveux pour les boutons, répondit Jessica avec le plus grand sérieux. J'espère qu'ils ne vous ont pas également mordu.

Wolfe ne put s'empêcher de rire. De toutes les personnes qu'il connaissait, seule Jessica était capable de l'amuser autant.

— Bon sang, Jessi...

Jessica sourit à son tour et prit la main de Wolfe pour en démêler ses cheveux. La douceur de cette caresse le fit tressaillir. Quand l'opération eut été menée à son heureux terme, il se dirigea vers la table de toilette et aspergea ses mains d'eau fraîche avant de revenir auprès de Jessica.

— Ne bougez plus.

Délicatement, il passa ses mains humides sur la longue chevelure soyeuse pour la lisser en vagues dociles.

— Donnez-moi la brosse, à présent.

Sa voix était sourde, presque rauque. Il mouilla la brosse, puis commença à coiffer la jeune femme en se tenant devant elle.

— Wolfe ?

— Hmmm ?

— Ma femme de chambre me coiffait par-derrière.

— Il y a trop de boutons. N'excitons pas l'appétit de vos cheveux.

Jessica regarda Wolfe, intriguée par le timbre enroué de sa voix. Sa respiration s'accéléra quand elle s'aperçut qu'elle était encore plus près de lui que lorsqu'ils avaient dansé ensemble, le soir de ses vingt ans. Elle voyait battre les veines de son cou, et elle eut envie de lever la main pour les toucher.

— Je vous fais mal ? demanda-t-il.

Elle secoua lentement la tête.

— Non, j'étais en train de penser.

— Et à quoi ?

— Je n'avais jamais remarqué les veines de votre cou. Cela m'a intriguée. J'ai pensé que, si je les touchais, je pourrais sentir battre votre cœur...

Wolfe cessa brusquement de lui brosser les cheveux, comme s'il s'était piqué.

— Ce sont des pensées dangereuses, Jessi.

— Pourquoi ?

Wolfe lut dans les yeux de la jeune femme qu'elle ignorait à quel point ses paroles pouvaient troubler un homme. Elle ne cherchait pas sciemment à le provoquer, et son innocence l'étonna. Toutes les femmes de la noblesse qu'il avait connues en Angleterre collectionnaient les amants avec la même désinvolture qu'un joueur professionnel tirant de nouvelles cartes.

— Avez-vous déjà touché un homme de cette façon ? voulut-il savoir.

— Non.

— Pourquoi, si cela vous intrigue tant ?

— Je ne l'avais jamais remarqué avant. Et si ça avait été le cas, je n'aurais rien fait.

— Pourquoi ?

— Il aurait fallu que je sois très près d'un homme, pour le toucher ainsi. Or cette idée me répugne.

— Vous êtes tout près de moi. Et je suis un homme.

— Ce n'est pas pareil. Vous êtes mon bon lord Wolfe. Celui qui me protégeait quand j'étais petite et qui n'était jamais méchant avec moi, même si je lui jouais de vilains tours.

Jessica frissonna quand Wolfe se remit à lui brosser les cheveux.

— Désirez-vous un châle ?

— Ce n'est pas le froid qui me fait frissonner, mais le plaisir.

De nouveau, la main de Wolfe hésita.

— Est-ce lady Victoria qui vous a appris à flirter ainsi ?

— Flirter consiste à ruser, à mentir et à soupirer. Je ne faisais que dire la vérité. Je n'avais jamais ressenti ce plaisir-là avec Betsy.

Il y eut un moment de silence, troublé seulement par le bruissement de la brosse dans les cheveux soyeux de Jessica. Finalement, Wolfe reposa la brosse sur la coiffeuse et passa derrière Jessica pour diviser sa chevelure en trois parties égales. Le contact de ses mains sur sa nuque fit encore frissonner la jeune femme.

— C'est dommage que nous ne soyons pas vraiment mari et femme, dit-il d'une voix douce pendant qu'il nattait ses cheveux. Il y a de la passion en vous, Jessi.

Elle se raidit brusquement.

— Je ne crois pas, dit-elle d'une voix claire. La seule idée de coucher avec un homme me donne la nausée.

— Pourquoi ?

La question irrita Jessica.

— Aimeriez-vous qu'un homme couche avec vous ? demanda-t-elle.

— Un homme ? (Wolfe éclata de rire.) Non, pas un homme. Mais une femme... oui, c'est tout à fait différent.

— Seulement la question est tout autre pour un homme, répliqua-t-elle. Il est assez fort pour faire ce qui lui plaît quand il en a envie. Et quand c'est fini, il ne reste pas à pleurer dans le lit. Et ce n'est pas non plus lui qui hurle de souffrance neuf mois plus tard.

— On vous a raconté n'importe quoi. Les choses ne se passent pas ainsi.

— Pour les hommes, en effet.

— Et pour les femmes non plus.

— De quelle source de la sagesse tirez-vous vos informations ? demanda Jessica d'un ton sardonique. Avez-vous déjà assisté à un accouchement ?

— Bien sûr que non ! Et vous non plus. Donnez-moi ce ruban bleu.

— Moi si, répliqua Jessica en lui tendant le ruban par-dessus son épaule.

— Quoi ? J'ai du mal à imaginer lady Victoria autorisant une chose pareille.

— C'était avant que je vienne vivre chez elle.

Wolfe commença à nouer le ruban autour de la natte qu'il venait de confectionner.

— Vous n'aviez que neuf ans quand lady Victoria vous a recueillie. Qu'est-ce qu'une fillette aussi jeune pouvait bien faire à un accouchement ?

Jessica haussa les épaules.

— J'étais l'aînée. Ma mère a eu d'autres grossesses avant d'être emportée par le choléra.

— Vous ne m'aviez jamais dit que vous aviez des frères et sœurs.

— Je n'en ai pas, répondit Jessica en frissonnant involontairement à l'évocation de souvenirs qu'elle cherchait depuis des années à bannir de sa mémoire.

— Jessi... commença Wolfe en caressant doucement son cou. Une petite fille ne comprend pas toujours ce qu'elle voit, surtout lorsqu'il s'agit des mystères du sexe et de l'enfantement. Si cela était aussi terrible que vous le pensez, aucune femme ne voudrait avoir plus d'un enfant.

— De sa propre volonté, certainement pas. Mais n'avez-vous pas remarqué, lord Wolfe, que les hommes sont beaucoup plus forts que les femmes ? Et beaucoup plus avides qu'elles d'avoir des rapports intimes ? (Jessica se frictionna vigoureusement les bras, comme pour se réchauffer.) Vous avez raison, il fait froid, ici, reprit-elle. Je me demande où Betsy a rangé mon châle. Le voyez-vous quelque part ?

Wolfe soupira. Jessica avait décidé de changer de conversation.

— Je vous le chercherai dès que j'en aurai fini avec ce ruban.

Jessica lui adressa un petit sourire reconnaissant par-dessus son épaule.

— Merci, mon lord.

— Je ne suis pas votre lord.

Wolfe avait rectifié automatiquement, mais il n'était pas fâché. Il avait vu l'angoisse qui transparaissait sous le sourire de Jessica.

— Alors merci, mon mari.

— Je ne suis pas davantage votre mari. Une épouse couche avec son mari, l'ignorez-vous ? A moins que vous ne soyez décidée à remplir certains vœux que vous avez prononcés lors de notre mariage selon le rituel écossais.

— Lesquels ?

— « Avec mon corps, je te comblerai », cita Wolfe d'une voix douce. Avez-vous l'intention de me combler, femme ?

Jessica détourna vivement la tête, pas assez vite toutefois pour empêcher Wolfe de lire la peur qui se peignait sur ses traits.

La certitude qu'il possédait maintenant un argument infaillible pour obliger Jessica à demander l'annulation de leur mariage aurait dû le réjouir. Pourtant, ce ne fut pas le cas.

— Que se passerait-il si j'exigeais mes droits de mari ?

Jessica tressaillit mais tint bon.

— Vous ne le feriez pas.

— Vous avez l'air bien sûre de vous.

— Vous ne vouliez pas de ce mariage. Si vous couchez avec moi, vous ne pourrez plus en obtenir l'annulation.

— Vous avez raison, lady Jessica. Je ne coucherai pas avec vous. Je n'ai aucune envie de lier éternellement mon destin à une petite créature trop gâtée et qui ne sait rien faire de ses dix doigts. Pas même se coiffer, ajouta-t-il en achevant de nouer le ruban.

— Wolfe, je...

— Emballez tout de suite vos affaires ! l'interrompit-il sèchement. (Voyant que Jessica semblait déconcertée, il ajouta :) Vous ne savez pas faire une valise, n'est-ce pas ? J'aurais dû m'en douter. Eh bien, je vous conseille d'apprendre vite, lady Jessica ! La diligence part dans une heure et je vous promets que vous serez dedans. Avec ou sans vos malles.

Jessica regarda les six valises qui attendaient sur le tapis, et les grandes armoires où elle avait enfermé sa garde-robe. Il lui semblait tout à fait impossible que le contenu entre dans le contenant.

— Il a fallu près d'une semaine à Betsy pour boucler mes bagages avant notre départ, dit-elle d'une voix abattue.

Wolfe jaugea à son tour les valises et les armoires.

— Vous avez emporté beaucoup trop de choses. Triez ce dont vous aurez besoin pour un mois et laissez le reste ici.

— Nous allons revenir ?

— Pas nous. Vous. Vous n'aurez rien de plus pressé que de retourner en Angleterre lorsque vous aurez enfin compris que vous n'avez aucune envie d'être une Américaine mariée à un sang-mêlé.

Jessica redressa la tête.

— Je me rappelle les autres vœux, Wolfe Lonetree. « Où tu iras, j'irai. » « Où tu demeureras, je me tiendrai. » « Ton peuple sera mon peuple et ton Dieu sera mon Dieu. »

— Mon grand-père cheyenne sera ravi d'avoir une petite-fille aussi obéissante, commenta Wolfe avec un sourire sarcastique. Je me demande de quoi vous aurez l'air quand vous serez vêtue de peau de daim. Et quelle tête vous ferez quand vous serez obligée de mastiquer mes aliments pour les attendrir.

— Vous plaisantez ?

— Ai-je l'air de plaisanter ? Je vais acheter nos billets. Quand je reviendrai, je veux voir les valises prêtes à partir. Et vous avec.

Jessica resta un moment à contempler la porte après qu'elle se fut refermée sur les larges épaules de Wolfe. Quand elle se détourna enfin, elle aperçut son reflet dans la glace. Sa coiffure enfantine lui donnait l'air d'une fillette qui se serait amusée à emprunter les vêtements de sa mère. Et, à chacun de ses mouvements, la natte s'accrochait dans les boutons de sa robe. D'un geste impatient, elle la fit passer par-dessus l'épaule et la laissa retomber sur sa poitrine, où elle l'encombrerait moins.

Avec détermination, elle sortit un trousseau de clés de sa poche, ôta le cadenas de toutes les malles, puis elle ouvrit les armoires pour en inventorier le contenu. La première renfermait chaussures, cartons à chapeaux, sacs à main, vestes et manteaux. Dans la deuxième, elle trouva lingerie, corsets, gants et divers accessoires. Dans la troisième, robes de jour, tenues d'équitation et aussi la robe de bal qu'elle avait portée le soir de son vingtième anniversaire.

Ensuite, elle ouvrit la première malle à sa portée. Elle laissa échapper une exclamation de surprise quand elle s'aperçut qu'elle était déjà pleine. Elle aurait été prête à jurer le contraire, tant

Wolfe avait paru la soulever facilement. Elle contenait toutes ses tenues de pêche et de chasse, ainsi que ses livres préférés. A l'intérieur du couvercle, protégé par une poche en cuir, se trouvait le cadeau de mariage de lord Robert — une superbe carabine Winchester à répétition, et assez de balles pour commencer une guerre. Wolfe avait admiré l'arme avant de la prendre dans ses mains et de la caresser avec autant de douceur qu'il l'aurait fait d'une maîtresse.

Cela vaudrait presque la peine d'épouser une petite aristocrate qui ne sait rien, juste pour le plaisir de posséder une si belle arme. Presque...

Jessica soupira en se rappelant les paroles sarcastiques de Wolfe, puis elle se décida à ouvrir une autre malle, vide celle-là.

Dans un premier temps, elle essaya de s'y prendre avec autant de rigueur que Betsy, rangeant chaque pièce l'une après l'autre, comme s'il s'agissait d'un puzzle compliqué. Mais, assez vite, elle comprit qu'elle n'en aurait pas terminé le lendemain, à ce train-là. Elle transporta alors de pleines brassées de vêtements qu'elle jeta pêle-mêle dans les malles.

Elle avait à peine fini de vider la première armoire qu'elle avait déjà rempli trois malles. Et quand elle voulut les fermer, elle s'aperçut que c'était impossible. Les serrures ne s'emboîtaient plus.

Poussant un juron d'exaspération, Jessica se jucha à quatre pattes sur la première malle et pesa de tout son poids pour tasser les vêtements. Elle se démena tant et si bien qu'elle réussit à la verrouiller. Quand elle eut fait de même avec les deux autres, elle était toute rouge.

Elle tira la petite montre dorée accrochée à

l'une des poches de sa robe et fronça les sourcils en lisant l'heure. Wolfe allait revenir d'un moment à l'autre et elle voulait lui prouver qu'elle n'était pas *une aristocrate qui ne sert à rien*.

Elle se dépêcha de remplir les deux autres malles mais, juste au moment de fermer la dernière, elle s'avisa qu'elle avait oublié d'y mettre sa robe de bal. Elle courut la chercher.

La robe, aussi fine apparemment qu'un rayon de lune, était en réalité composée de mètres et de mètres de tissu. Jessica eut beau la plier et la replier, il lui fut impossible de la faire tenir dans la malle.

Les cris d'un chiffonnier qui passait dans la rue lui fit redresser la tête. Elle alla à la fenêtre et aperçut une silhouette familière qui s'approchait de l'hôtel. Elle revint à sa valise en courant, en sortit précipitamment la robe et pesa de tout son poids sur le couvercle pour fermer la malle.

Au moment de se relever, un tiraillement dans sa nuque la fit grimacer de douleur. Jetant un regard par-dessus l'épaule, elle vit que l'extrémité de sa natte était coincée dans le couvercle. La prenant à deux mains, elle tira dessus. Sans succès. Elle reprit des forces et tira encore, d'un coup sec... Peine perdue.

— Zut de zut ! Il va falloir que je rouvre cette maudite malle, s'exclama-t-elle, dépitée.

Comble de malchance, la serrure s'était grippée ! A la seule idée que Wolfe puisse la découvrir prisonnière d'une de ses malles, Jessica redoubla d'efforts. Elle secoua la malle, tira dessus, et finit par la mettre à la verticale. Mais, sans prévenir, la malle se renversa, entraînant Jessica avec elle.

Au même moment, la porte d'entrée s'ouvrit.

— Jessi ? Où êtes-vous ?

Jessica grimaça. Elle était faite comme un rat.

— Par ici.

Wolfe pénétra dans la chambre et découvrit Jessica avachie par terre. En deux enjambées il fut près d'elle.

— Ça va ?

— Très bien.

— Et que faites-vous par terre ?

— Mes malles.

Wolfe haussa les sourcils.

— A mon avis, ce serait plus facile si la malle était dans le bon sens... Crénom !

Wolfe venait de suivre des yeux la longue natte jusqu'à l'endroit où elle disparaissait dans la malle. Il voulut dire quelque chose, mais il riait trop pour pouvoir parler.

— Doux Jésus, si vous pouviez seulement vous voir, comme une tortue dans...

Un nouvel éclat de rire l'empêcha de finir sa phrase.

— La serrure s'est coincée, expliqua Jessica d'une voix contrite.

— Où sont les clés ?

— Sur la table.

Wolfe alla les chercher, et toujours en riant il ouvrit la malle et libéra enfin les cheveux de Jessica.

— C'est à vous, je crois, dit-il en lui tendant sa lourde natte.

Elle la prit dans ses mains et la serra de toutes ses forces, mais c'était la gorge de Wolfe qu'elle aurait voulu étrangler ainsi. En croisant son regard, elle sut qu'il avait deviné ses pensées.

— Faites donc, dit-il avec une courtoisie appuyée.

Sans répondre, Jessica se retourna et referma la malle. A présent, les six malles étaient pleines.

— Il doit m'en manquer une, constata-t-elle.

— J'en vois six, le compte y est, répondit Wolfe d'une voix nonchalante. Pourquoi vous en manquerait-il une ?

— Il me reste encore mes tenues d'équitation à ranger. Et quelques babioles.

— J'aurais dû m'y attendre ! Donnez-moi un peu de ce papier de soie.

— Pour quoi faire ?

— Je vais vous aider à finir.

— Quel rapport y a-t-il entre le papier de soie et mes malles ?

— Au cas où vous ne le sauriez pas, le papier de soie évite de froisser les tissus. Ce qui facilite le repassage.

— Vous allez repasser ? demanda Jessica, stupéfaite.

— Pas moi. *Vous*. Le repassage est une activité féminine. Comme le lavage, le séchage et tout ce qui concerne l'entretien des vêtements.

— Et que font les maris pendant que leurs femmes travaillent ?

— Ils s'emploient à salir leurs vêtements propres.

— Une mission réellement difficile, ironisa Jessica.

Le sourire de Wolfe s'évanouit.

— Dès que vous souhaiterez redevenir lady Jessica Charteris, avec une armée de domestiques pour s'occuper de tout à votre place, faites-le-moi savoir.

— N'insistez pas, mon cher lord. Cela nous rendrait la vie tellement plus agréable... à tous les deux !

2

Wolfe étouffa un juron quand Jessica, dans son sommeil, vint se lover contre lui pour se protéger de la fraîcheur du jour naissant. Sans se réveiller, elle nicha son visage dans le creux de son cou et soupira d'aise.

Wolfe ferma les yeux, mais cela ne lui fut d'aucun secours. Sans cesse revenait le hanter la vision si délicieuse des seins de Jessica qui pointaient à travers son déshabillé déchiré. Avant ce fameux soir qui avait décidé de leur mariage, il ne s'était jamais autorisé à voir dans Jessica plus qu'une enfant. Mais à la suite de cet épisode, sa féminité incontestable venait le troubler jusque dans ses rêves.

Depuis le début de leur interminable périple en diligence, il endurait les tourments de l'enfer dès que Jessica s'assoupissait. Pour lui éviter de tomber le nez par terre, à cause des cahots de la voiture, il la serrait chaque fois contre lui. Et, chaque fois, il ressentait des flambées de désir qui le laissaient d'autant plus frustré qu'il savait qu'elles n'étaient pas payées de retour.

Même si cela avait été le cas, il se serait interdit d'en profiter. Jessica n'était pas la femme qu'il lui fallait, et son désir n'y pouvait rien changer. Pourtant, la frêle silhouette de Jessica lovée dans ses bras, la tiédeur de son souffle dans le creux de son cou, le contact de ses lèvres sur sa peau étaient un supplice qu'il ne pouvait s'empêcher de savourer.

— Réveillez-vous, bon sang! marmonna-t-il entre ses dents. Je ne suis pas un édredon moelleux destiné à votre confort.

Toujours endormie, Jessica émit un grognement de protestation et se serra encore davantage contre lui. Malgré toutes ses préventions, Wolfe ne put résister à la tentation de l'enlacer. Il contempla son visage, et s'aperçut que des ombres violettes cernaient ses yeux, que ses joues avaient perdu leurs couleurs.

Il voulut se persuader que la lumière blafarde de l'aube en était la cause plutôt que la fatigue. Mais, au fond de lui, il savait pertinemment que c'était faux. La traversée de l'Ouest en diligence épuisait des hommes solidement constitués. Pour une jeune femme habituée à être choyée, l'épreuve était plus redoutable encore.

Bon sang, Jessi, pourquoi ne vous décidez-vous pas à rentrer là où est votre vraie place?

Il releva délicatement les mèches qui tombaient sur le visage de Jessica. Elle ressemblait à une fine porcelaine, trop fragile pour le monde brutal dans lequel elle avait été jetée.

Jessica ouvrit soudain les yeux et son regard confiant croisa celui de Wolfe. La découverte de leur intimité lui causa un choc.

— W... Wolfe?

Il la repoussa aussitôt sur son siège, abaissa son chapeau sur ses yeux et ne fit plus attention à elle. Au bout de quelques minutes, il s'endormit.

Hébétée par sa longue sieste, Jessica ne comprenait pas pourquoi elle s'était réveillée dans les bras de Wolfe. Elle regarda son mari en essayant de se souvenir où elle se trouvait et ce qu'elle faisait là. Finalement, elle écarta le rideau de sa vitre pour chercher à s'orienter.

Le jour se levait à peine et des lambeaux d'obscurité s'accrochaient encore au ciel. Aussi loin que portât son regard, Jessica ne voyait qu'une plaine immense et immobile. Aucune fumée ne trahissait la moindre présence humaine. Il n'y avait pas trace de cultures, ni de chemins qui auraient pu mener à une quelconque ferme ou maison éloignée.

Au début, ce paysage désertique fascina la jeune femme. Mais sa monotonie finit par l'engourdir. Elle détourna le visage et se cala sur son siège.

Depuis qu'ils avaient quitté St. Joseph, elle avait perdu toute notion du temps ; elle n'aurait pas su dire s'ils voyageaient depuis trois, cinq ou trente jours. Wolfe ayant insisté pour qu'ils couvrent le trajet d'une seule traite, les heures et les jours se succédaient sans aucune coupure.

Les autres passagers montaient et descendaient aux différents arrêts, mais eux restaient dans la diligence. Ils y mangeaient et y dormaient. Ils n'en sortaient que le temps d'aller aux toilettes lorsque la voiture faisait halte dans l'un de ces relais misérables qui bordaient la route. A force, Jessica en arrivait à se demander si elle n'était pas née dans cette boîte sur roues cahotante. Et si elle n'y finirait pas ses jours. Au moins, elle espérait que cela ne tarderait plus.

Elle massa son cou endolori, puis sortit sa brosse et entreprit de se recoiffer. Les commentaires acerbes de Wolfe sur les femmes qui n'étaient même pas capables de s'occuper elles-mêmes de leurs cheveux lui étaient restés sur le cœur. De même que son rire tonitruant quand il l'avait découverte par terre, sa natte coincée dans le couvercle de la malle.

Jessica terminait de serrer son chignon quand la diligence ralentit. Avec de grands cris, le cocher arrêta ses chevaux devant deux bâtisses — une grange, qui devait servir d'écurie, et un saloon. Le tout était délabré et inhospitalier. Cependant, Jessica se réjouit de cette halte qui brisait la monotonie de leur voyage. Depuis la veille au soir, Wolfe et elle étaient les deux seuls passagers de la diligence.

Wolfe se réveilla et s'étira. Ses longs bras musclés et ses larges épaules semblaient remplir tout l'habitacle. Sa résistance physique avait dû pâtir de son obstination à faire le trajet d'une seule traite. Du moins Jessica le présumait-elle, car elle espérait que la fatigue atténuerait sa mauvaise humeur.

Sauf que Wolfe ne montrait aucun signe de lassitude. Il descendit de la diligence avec cette souplesse qui le caractérisait, au même titre que ses pommettes hautes ou ses yeux bleu-noir. Jessica admira le ressort de son mari.

Et l'envia.

Elle-même se sentait comme un tapis qu'on venait de battre pour le grand nettoyage de printemps. Malgré tout, elle sourit à Wolfe quand il la regarda, soucieuse de ne pas le contrarier. Aucun homme n'appréciait de vivre avec une mégère. Et Wolfe n'avait même pas eu la possibilité de choisir sa femme! Pour compenser, le moins que pût faire Jessica était de se montrer aimable en toute circonstance. Elle espérait ainsi que Wolfe redeviendrait le merveilleux compagnon dont elle chérissait le souvenir.

Comme il lui tendait la main pour l'aider à descendre, elle sauta de la diligence d'un air décidé.

— Quelle délicieuse matinée ! s'écria-t-elle avec un grand sourire, en dépit du froid qui la transperçait. Je n'avais encore jamais admiré des nuances de gris aussi délicates.

Wolfe la considéra avec incrédulité.

— C'est bien la première fois que j'entends quelqu'un s'extasier devant les glaciales matinées de printemps de cette région !

Jessica soupira. Wolfe se montrerait peut-être de meilleure humeur après avoir bu cet infâme breuvage que les Américains osaient appeler du café. Pour sa part, Jessica était convaincue qu'il n'y aurait jamais assez de sucre sur la terre pour adoucir ne serait-ce qu'une tasse de cette boisson diabolique.

Elle jeta un coup d'œil en direction du saloon. Des volutes de fumée s'échappaient par la cheminée et Jessica frissonna de plaisir à la perspective de se retrouver devant un bon feu.

— Wolfe, entrons à l'intérieur, pour une fois.

— Non.

— Mais pourquoi ? Nous sommes les seuls passagers. Nous...

— Regardez ces chevaux ! dit-il d'un ton sec.

Devant la grange, plusieurs chevaux étaient sagement attachés à une barrière de bois.

— Ce sont des chevaux de selle, ajouta Wolfe.

— Je l'avais deviné, figurez-vous. Cela se voit au nombre de leurs pattes.

Wolfe éclata de rire. Au vrai, Jessica le surprenait. Elle paraissait au bord de l'épuisement, et pourtant, elle gardait son humour. D'un geste tendre, il releva une mèche qui s'était échappée du chignon de la jeune femme.

— Autrement dit, il y a des hommes dans le saloon qui attendent de prendre la diligence, expliqua-t-il.

— Pourquoi, puisqu'ils ont des chevaux ?

— Ce ne sont pas forcément les leurs, ils ont pu les louer. Et pour arriver ici, ils les ont déjà beaucoup fatigués. Aucun homme sensé ne se risquerait à faire la route qui nous attend avec un cheval fourbu. De toute façon, même si le saloon avait été vide, je vous aurais défendu d'y entrer. L'endroit appartient à Joe-le-Bigleux.

— Vous le connaissez ?

— Entre St. Joseph et Denver, tout le monde le connaît. Son relais est le plus miteux de tous ceux qui longent la route. Et lui-même vaut encore moins. Il est grossier, vulgaire et il boit tellement que son haleine ferait fuir un putois.

Jessica pâlit.

— Dans ce cas, pourquoi le laisse-t-on tenir ce relais ?

— Parce que Joe n'a pas son pareil pour s'occuper des chevaux. Là-dessus, on peut avoir toute confiance en lui. Et il n'y a pas de qualité plus précieuse dans ce pays, où un homme sans cheval est un condamné à mort en sursis.

— Pourquoi serait-il si périlleux d'être à pied ? Quand je suis venue chasser en Amérique avec lord Robert, nous avons beaucoup marché et il n'a jamais fait allusion à ce danger.

— Tout simplement parce que lord Robert s'était entouré de guides qui savaient aussi bien se battre qu'ouvrir un chemin dans les hautes herbes. Aucun Indien, aucun bandit ne se serait risqué à affronter une vingtaine d'hommes armés jusqu'aux dents. Même s'ils étaient à pied.

L'air soucieux, Wolfe s'approcha des chevaux pour les examiner de plus près.

Peut-être appartenaient-ils à d'honnêtes citoyens, plutôt qu'à des hors-la-loi... mais Wolfe n'y croyait guère...

Pendant ce temps, Jessica observait la devanture du saloon. Une semaine plus tôt, elle n'aurait jamais envisagé de mettre les pieds dans un endroit aussi sale et misérable. Mais par cette matinée glaciale et désolée, le saloon de Joe-le-Bigleux lui apparaissait soudain comme un refuge.

Lorsqu'elle avait visité la Prairie avec lord Robert, Jessica était tombée sous le charme de ses espaces infinis, égayés par le chant mélodieux d'oiseaux inconnus en Angleterre. Aujourd'hui, son jugement était nettement plus réservé. L'hiver s'achevait péniblement et la terre était encore à moitié gelée. Une étendue plate, désolée, sans arbres, sans rivières ni lacs, traversée seulement par ce vent du nord qui vous glaçait jusqu'aux os et résonnait dans vos oreilles telle la longue plainte lugubre d'une âme damnée.

Ne serait-ce que quelques minutes, Jessica voulait s'abriter de ces hurlements qui lui rappelaient ses cauchemars d'enfance.

— Wolfe, s'il vous plaît !

— Non. Ce n'est pas un endroit convenable pour une lady anglaise.

— Écossaise.

Wolfe sourit un instant avant de retrouver sa fermeté.

— Je sais. Écossaise, anglaise ou même française, ça ne change rien à l'affaire. Ce n'est pas un endroit pour une lady.

Jessica commençait à en avoir par-dessus la tête de s'entendre répéter à longueur de journée ce qui convenait ou non à une lady. D'autant plus que ces règles semblaient toujours contrarier ses désirs. D'un autre côté, si elle faisait une scène à Wolfe, il serait encore plus fâché contre elle.

— Je suis une Américaine, désormais, dit-elle en souriant.

— Alors obéissez à votre mari. Je vous apporterai de quoi manger, si je trouve quelque chose, ce qui n'est même pas certain.

Le hurlement du vent ébranlait les nerfs de Jessica. Elle adressa à Wolfe un regard suppliant.

— Wolfe, juste pour une fois ! Seulement quelques minutes !

— Non.

Malgré son épuisement et sa nervosité, Jessica se retint de crier. L'expérience de sa mère lui avait appris que les pleurs ne servaient à rien, sinon à montrer sa faiblesse.

— Retournez à la diligence, madame, ordonna Wolfe d'une voix dure. Je vous apporterai ce que je trouverai à manger.

Jessica se raidit sous l'effet d'une colère qui lui faisait oublier sa fatigue.

— C'est trop aimable à vous ! Dites-moi, sur quoi vous entraîniez-vous avant de pouvoir me tourmenter à votre guise ? Vous arrachiez les ailes des papillons ?

— Si le fait d'être une épouse américaine plutôt qu'une lady anglaise...

— Écossaise.

— ... vous cause tant de tourment, continua Wolfe en ignorant son interruption, alors vous n'avez qu'un mot à dire pour vous libérer.

— Bâtard !

— Sans aucun doute. Mais ce n'est pas le mot auquel je pensais. Il s'agissait d'annulation.

Jessica tourna son regard vers la diligence. Sur la route, le bruit des roues couvrait la plainte du vent. Mais, à l'arrêt, la diligence, secouée par les rafales, criait sur ses ressorts. Si elle allait se rasseoir dans cette fragile coque de noix, elle crierait, elle aussi. Or elle ne voulait montrer aucun signe de faiblesse devant Wolfe. S'il s'apercevait à quel point elle redoutait le vent, il s'en servirait comme d'une arme contre elle, pour l'obliger à retourner en Angleterre. Et lady Victoria la contraindrait à un autre mariage, avec l'un des semblables de lord Gore.

Sans un mot, Jessica releva ses jupes et s'éloigna de Wolfe, profitant de ce qu'il lui tournait le dos.

Comme il le redoutait, plusieurs chevaux portaient la marque de ceux utilisés par les Sudistes pendant la guerre de Sécession. Wolfe savait qu'après leur défaite certains rebelles de cette cause perdue avaient constitué des bandes de hors-la-loi qui écumaient l'Ouest.

Si seulement Caleb ou Reno pouvaient se trouver ici, songea-t-il avec une grimace. *J'aurais bien besoin d'un renfort.*

Un mouvement dans son champ de vision lui fit brusquement tourner la tête. Jessica, jupes au vent, courait vers le saloon.

— Jessi !

Elle ne se retourna même pas.

Wolfe s'élança à son tour. Mais c'est vers la diligence qu'il se précipita, car il avait compris qu'il n'avait plus aucune chance de rattraper Jessica avant qu'elle n'entre dans le saloon.

Il ouvrit la portière de la voiture et sauta à

l'intérieur avec l'agilité d'un chat. La carabine offerte par lord Robert à Jessica pour son mariage reposait dans le filet à bagages, protégée dans son étui de cuir.

Dès qu'elle eut poussé la porte du saloon, Jessica regarda derrière elle pour voir si Wolfe l'avait suivie. Elle soupira de soulagement en constatant que non. Mais son soulagement fut de courte durée. Elle étrangla un cri quand elle pivota pour faire face aux occupants du saloon.

Wolfe avait raison. Ce n'était pas un endroit pour une dame.

Ce n'était pas tant la pièce elle-même, sombre et enfumée, qui était en cause. C'étaient les yeux des clients — tous des hommes —, soudain fixés sur elle. Ils la jaugeaient du regard comme des maquignons évaluant du bétail.

L'un d'eux, qui était assis à l'écart, se leva et retira son chapeau.

— Vous cherchez quelque chose, madame? demanda-t-il sans chaleur.

Malgré la pénombre, Jessica reconnut le conducteur de la diligence à sa grande moustache. Rassurée, elle lui sourit, inconsciente de l'effet que son sourire pouvait avoir sur des hommes qui n'avaient pas vu une femme depuis des mois. Et encore moins une femme habillée dans une robe taillée sur mesure, qui soulignait sa silhouette et jetait des reflets bleus autour d'elle.

— J'avais froid, murmura Jessica. J'ai vu de la fumée sortir de la cheminée.

— Approchez, dit un autre homme. (Il s'était levé, lui aussi, et désigna sa chaise à Jessica.) Elle est bien chaude, tout comme moi.

Des ricanements fusèrent.

L'homme qui venait de parler aurait pu être beau. Il était grand, bien proportionné, les traits réguliers. C'était le seul à être rasé de près. Ses vêtements étaient usés mais bien coupés, et il avait la prestance d'un gentleman.

Pourtant, un je-ne-sais-quoi en lui inquiétait Jessica. Ses yeux étaient comme le vent : incolores, vides et froids. Il la fixait comme un reptile et elle en eut la chair de poule. Elle n'avait plus qu'une envie, à présent : retourner dans la diligence retrouver Wolfe.

Elle se retint toutefois de battre en retraite. Son instinct lui soufflait qu'elle ne devait pas reculer devant cet homme, sous peine de courir un danger encore plus grand.

— Mon nom est Raleigh, dit l'homme en soulevant son chapeau. Mais les jolies filles m'appellent Lee.

— Merci, monsieur Raleigh, répondit poliment Jessica, mais ce n'était pas nécessaire de m'offrir votre siège. Il me suffit d'être à l'abri du vent.

— Ne soyez pas ridicule, dit-il en s'approchant. Venez vous mettre là où il y a le plus de chaleur. Barman, bouge ta graisse et sers quelque chose à la jolie dame anglaise.

— Écossaise, murmura Jessica en s'efforçant de rester calme, malgré son désir de s'enfuir.

— Quoi ?

— Je suis écossaise.

— Comme il te plaira, poupée, déclara Raleigh, tout sourires, en prenant le bras de Jessica. Maintenant, assieds-toi là et raconte-moi ce qu'une fille comme toi est venue faire dans le bouge de Joe-le-Bigleux.

La porte du saloon s'ouvrit brutalement. Une rafale de vent glacé s'engouffra dans la pièce.

Wolfe semblait déplacé, dans ses vêtements de ville. La crosse argentée de la carabine luisait dans la pénombre, menaçante.

— Salut, les gars, dit-il.

Des grognements surpris lui répondirent. Même si ses habits laissaient penser le contraire, incontestablement la démarche de l'étranger et sa façon de s'exprimer étaient celles d'un vrai cowboy.

D'un pas nonchalant, Wolfe traversa la pièce. Bien que son regard parût ne s'arrêter nulle part, chacun des sept hommes présents eut le sentiment d'avoir été dévisagé en détail et se dit que l'inconnu saurait à l'occasion se souvenir d'eux. Seul Raleigh restait de marbre.

— Il fait un sacré vent, dehors, dit Wolfe avec désinvolture.

Un murmure d'approbation lui répondit.

Les bras ballants, Raleigh affichait une attitude décontractée. Sa veste de daim s'était légèrement entrouverte et Jessica aperçut, au côté droit, la bosse que formait la crosse du colt qu'il portait à sa ceinture.

— Regardez-moi ça! s'exclama-t-il en sifflant d'admiration. Ça, c'est de la carabine! J'en ai jamais vu une aussi belle. (Il tendit la main avec assurance.) Ça vous dérange si je la soupèse?

— Oui.

Les joues de Raleigh s'enflammèrent imperceptiblement.

— Tu n'es pas très poli, l'ami. Il y en a même qui pourraient dire que tu m'as insulté.

Wolfe sourit.

— Je voulais juste t'éviter d'avoir un accident, dit-il. La détente est très sensible. Un joli cœur comme toi laisserait sans doute beaucoup d'âmes éplorées s'il venait à disparaître. Je suis sûr que ta mort causerait plus de pleurs que le jour où le général Lee a rendu les armes à la bataille d'Appomattox.

Raleigh se raidit.

— Tu insultes le Sud ?

— Non. Mais toi, oui. N'importe quel homme portant des insignes de lieutenant sur sa veste se conduirait mieux avec une lady. (Sans quitter Raleigh du regard, Wolfe ajouta :) Tom, aide Joe à atteler des chevaux frais à la voiture.

Pendant que le cocher ramassait son chapeau et sortait du saloon, Raleigh approcha très doucement sa main de sa ceinture.

Jessica retint son souffle.

— J'ai vu, annonça Wolfe avant qu'elle n'ait pu dire quoi que ce soit. (Il sourit de nouveau à Raleigh.) Ne fais pas l'idiot, mon gars. Tu ne peux pas te battre contre une arme comme la mienne. Tu n'aurais même pas eu le temps de dégainer que tu aurais déjà reçu deux balles dans la peau. Et il m'en resterait assez pour m'occuper de tous tes amis.

Derrière Raleigh, les autres consommateurs commençaient prudemment à battre en retraite.

— Je tire sur le premier qui bouge, avertit Wolfe.

Convaincus qu'il ne plaisantait pas, ils s'immobilisèrent aussitôt. Un silence tendu tomba dans la salle.

Jessica se sentait les nerfs à fleur de peau. Subitement, le vent lui paraissait moins redoutable que cette attente lourde de menaces.

Enfin Raleigh se décida à sourire.

— Y avait pas de quoi se fâcher, dit-il. Je voulais juste passer un bon moment en attendant la diligence.

— Tu vas dans l'Est ? demanda Wolfe.
— Non. Dans l'Ouest.
— La prochaine passera demain.
— Demain ? Et celle d'aujourd'hui, alors ?
— Elle est pleine.
— Mais il n'y avait que vous et la fille...
— *Ma femme*, le coupa sèchement Wolfe.
— Vous êtes les seuls dans cette foutue diligence !
— Comme je te l'ai déjà dit, c'est complet.

Raleigh se raidit.

— Laisse tomber, Raleigh, intervint l'un des clients. Si le monsieur à la carabine veut se battre tout seul contre les Indiens, c'est son affaire. T'en mêle pas.

Raleigh décocha un regard courroucé à l'homme qui venait de parler, mais il ne répondit rien.

— Votre ami vous a donné un bon conseil, dit Wolfe. En voici un autre : restez à l'intérieur jusqu'à ce que la diligence soit partie.

Jessica n'attendit pas que Wolfe lui ouvre la porte. Elle ne voulait pas l'obliger à tourner le dos aux sept hommes. Sans un mot, elle sortit du saloon et courut jusqu'à la diligence. Une fois à l'intérieur, elle se détendit un peu.

Wolfe la rejoignit. Au même instant, le cocher lança ses chevaux sur la piste. La carabine posée sur les genoux, Wolfe regarda par la fenêtre pour surveiller le saloon. Personne n'en sortit.

— Vont-ils nous suivre ? demanda Jessica.
— Je ne pense pas. Leurs chevaux sont trop fatigués, répondit Wolfe en se tournant vers elle. Vous allez finir par causer la mort de quelqu'un. Votre place n'est pas ici.
— La vôtre non plus.

— Bon Dieu, si!

— Ces hommes vous regardaient comme un étranger.

Wolfe sourit.

— Personne, à l'ouest du Mississippi, ne m'avait encore vu habillé ainsi. Mais que je sois damné si je ressemblais à ces gentlemen que vous connaissez à Londres. C'est égal, Jericho Slater se trouvait dans le saloon de Joe. S'il m'a reconnu, cela risque de nous coûter cher.

— Qui est Jericho Slater?

— L'un des quatre survivants du gang de Jeff Slater.

— Et pourquoi vous hait-il?

— Caleb, Reno et moi avons tué le reste de la bande, expliqua Wolfe. Je regrette seulement que Jericho nous ait échappé. Il est aussi dangereux que l'était Jeff.

— Pourquoi les poursuiviez-vous?

— Slater avait commis l'erreur de s'en prendre à Willow.

Le brusque changement de ton de Wolfe quand il avait prononcé le nom de Willow n'avait pas échappé à Jessica. Elle était certaine qu'il s'agissait d'une femme.

— Qui est-ce?

— Une femme.

— Je l'avais deviné.

— Une femme de l'Ouest. Une vraie.

— Ce qui veut dire?

— Une femme assez forte pour se battre à côté de son mari si besoin est. Et assez douce pour le réchauffer quand la bagarre est finie.

Jessica voulait en savoir plus sur cette Willow qui était capable d'attendrir Wolfe.

— C'est à cause de Willow que vous étiez si

fâché de m'épouser? s'enquit-elle d'une voix tendue. Vous aviez l'intention de la demander en mariage?

— Pas exactement. J'aurais dû me battre contre Caleb Black, pour cela. Or seul un fou irait se battre contre lui.

— Qui est Caleb Black?

— Le mari de Willow. Et l'un des meilleurs amis qu'un homme puisse avoir.

Wolfe vit avec satisfaction le soulagement se peindre à son insu sur le visage de Jessica.

— Je vois, dit-elle. (Elle prit une profonde inspiration, avant de poser la question qui lui tenait le plus à cœur :) Aimez-vous Willow?

— Le contraire serait difficile. Elle représente tout ce que j'ai toujours désiré chez une femme.

Jessica se sentit pâlir. Jusqu'à cet instant, elle n'avait pas compris à quel point elle était intimement convaincue que Wolfe lui appartenait. Et cela depuis le jour où il l'avait protégée de l'orage.

Elle n'avait jamais imaginé que Wolfe pût aimer une autre femme, et cette brutale révélation lui causa un choc. Soudain, le monde lui parut vide.

Le cocher avait lancé la diligence au galop et les bosses de la piste malmenaient le véhicule. Pour une fois, Jessica appréciait d'être ballottée, car le bruit empêchait de prolonger cette conversation qui la troublait. Elle s'obligea à rester coite et elle ferma les yeux, se demandant comment elle pourrait supporter son chagrin sans le montrer.

Wolfe observait Jessica du coin de l'œil. Elle faisait semblant de dormir — son corps était trop contracté. De temps en temps, elle frissonnait, comme si elle s'était tenue dans un courant d'air.

De toute évidence, elle n'avait plus d'autres questions à poser au sujet de Willow Black. Et il était tout aussi clair qu'elle ne voulait plus jamais entendre parler des femmes de l'Ouest.

Avec un sourire satisfait, Wolfe rabattit son chapeau sur ses yeux, allongea les jambes sur la banquette d'en face et se félicita d'avoir trouvé une brèche dans l'armure de lady Jessica Charteris Lonetree. Son entêtement et sa détermination l'avaient surpris au point qu'il en était arrivé à se demander quel pouvait être son point faible. Et si même elle en avait un. Elle avait d'abord traversé seule l'Océan et la moitié des États-Unis. Ensuite, Wolfe avait voulu la décourager en renvoyant ses domestiques. Finalement, le piège s'était retourné contre lui. Il n'était pas près d'oublier les sensations électriques qu'il avait ressenties quand il l'avait coiffée, ou quand il avait boutonné sa robe.

Une fille comme elle ne fera pas long feu ici, voulut-il encore se persuader. *Dans l'Ouest il faut des femmes vraiment fortes. Des femmes de la trempe de Willow.*

Pourtant, ce ne furent pas les cheveux blonds ni les yeux noisette de Willow qui hantèrent le sommeil troublé de Wolfe. Mais une créature aux cheveux d'un roux flamboyant. Une créature espiègle et délicicusement sensuelle.

3

Le silence qui s'était installé entre Jessica et Wolfe ne fut rompu qu'en fin d'après-midi, lorsqu'une jeune femme enceinte se joignit à eux à l'occasion d'une halte.

— Merci, monsieur, dit-elle à Wolfe tandis qu'il l'aidait à monter dans la diligence. Bonté divine, je me sens de plus en plus lourde chaque jour!

— C'est un moment difficile à passer, répondit Wolfe en observant son ventre. (Pour autant qu'il pouvait en juger, elle était enceinte d'au moins six mois.) Vous voyagez seule?

— Oui, monsieur, répondit la jeune femme en souriant, touchée par la gentillesse de Wolfe. Je ne pouvais plus supporter d'être éloignée de mon mari. Mon oncle et ma tante voulaient que je reste dans l'Ohio jusqu'à la naissance de notre enfant, mais je n'ai pas eu le courage d'attendre plus longtemps. Mon mari est caserné au Fort Bent.

— Votre route sera plus longue que la nôtre. Nous nous arrêtons à Denver.

La jeune femme, qui ne devait pas avoir vingt ans, s'assit en remerciant encore Wolfe de son amabilité. Sa robe avait dû coûter aussi cher que celle de Jessica et elle n'était pas aussi froissée. Quand la diligence démarra, elle parut soudain nerveuse.

— Je vais m'asseoir à côté du cocher, annonça Wolfe. Ce sera plus confortable pour vous.

— Oh non, monsieur, ne vous donnez pas cette peine ! C'est la perspective de traverser toutes ces étendues sauvages qui me rend nerveuse. Il paraît que les Indiens rôdent, en ce moment. Ce sont des assassins. Rien que d'en parler, j'en ai la chair de poule.

Wolfe dissimula son amusement.

— Tous les Indiens ne sont pas sanguinaires, intervint Jessica. Certains sont accueillants et très chaleureux. J'ai passé quelque temps dans leurs camps.

— Vous étiez leur otage ? demanda la jeune femme, à la fois horrifiée et fascinée.

— Pas du tout. Lord Robert Stewart est un ami des Cheyennes. Nous étions leurs invités.

— Je préférerais encore être amie avec le diable qu'avec ces maudits Peaux-Rouges. Croyez-moi, on ne peut pas leur faire confiance. (Elle lissa sa robe avec le plat de sa main et changea résolument de sujet de conversation.) Vous avez une jolie robe, madame. C'est un modèle français ?

— Oui. Mon tuteur préfère le style anglais, mais j'aime beaucoup la simplicité de la nouvelle mode française.

La jeune femme jeta un bref coup d'œil à Wolfe. Elle devait se demander s'il s'agissait du tuteur en question.

— Mon mari, reprit Jessica en insistant légèrement sur ce mot, n'aime ni l'un ni l'autre. N'est-ce pas, monsieur Lonetree ?

— La soie et les falbalas sont parfaitement inutiles dans l'Ouest, lady Jessica.

— Lady ? Vous êtes anglaise ?

Jessica se retint de faire la rectification habituelle.

— Grosso modo, répondit-elle.

— Une vraie lady titrée ? insista la jeune femme.

— Pas ici. En Amérique, je m'appelle Mme Lonetree.

— Je suis Mme O'Conner. Lonetree... ce n'est pas très courant, comme nom...

— Mon vrai nom est L'arbre-qui-se-tient-à-part, mais Lonetree est plus facile à retenir pour la plupart des gens, répondit Wolfe.

— On dirait un nom indien.

— C'en est un.

La jeune femme pâlit. Elle scruta Wolfe avec attention, comme si elle le voyait pour la première fois.

— Mon Dieu ! Vous êtes un Peau-Rouge !

— Certains jours, oui, reconnut-il. Dans d'autres occasions, il m'arrive d'être un citoyen parfaitement civilisé de l'Empire britannique. Mais, la plupart du temps, je suis juste un cow-boy.

La jeune Mme O'Conner triturait son mouchoir entre ses mains tremblantes, évitant soigneusement de croiser le regard de Wolfe.

Wolfe soupira. Puis il cala son chapeau sur sa tête, ouvrit la porte de la diligence et agrippa le rail du toit qui servait de garde-fou aux bagages.

— Wolfe, pour l'amour du Ciel, que faites-vous ? demanda Jessica.

— Mme O'Conner se sentira mieux si je vais dehors, au lieu de rester avec les gens civilisés.

Il sauta d'un bond sur le toit et alla s'asseoir à côté du cocher.

— Vous vous êtes comportée comme une parfaite ignorante, fit remarquer Jessica à la jeune femme. Mon mari est bien plus gentleman que n'importe quel homme que j'ai pu rencontrer en Amérique.

— Ma famille a été massacrée par les Peaux-Rouges quand j'avais douze ans. J'étais cachée, mais j'ai vu ce qu'ils ont fait à ma mère et à ma sœur avant de les tuer. Ce sont des sauvages assoiffés de sang ! J'espère que l'armée finira par les envoyer tous griller en enfer !

Jessica renonça à converser avec Mme O'Conner. Elle réussit à faire une petite sieste, brutalement interrompue par un cri de sa voisine :

— Les Indiens ! hurla-t-elle, paniquée. Jésus-Marie, sauvez-moi !

Jessica regarda par la fenêtre. D'abord, elle ne vit rien d'autre que la prairie, plate et désolée. Mais, en regardant mieux, elle s'aperçut que le paysage n'était plus aussi plat qu'auparavant. Quelques plis dans le terrain pouvaient offrir un abri à des hommes ou à des animaux. Ou encore servir à tendre une embuscade à des voyageurs. Apparemment, une bande d'Indiens s'était cachée dans l'un de ces replis pour attendre la diligence.

— Mon Dieu ! s'exclama Jessica en entendant le bruit d'une détonation.

Elle s'inquiétait pour Wolfe. Sur le toit de la diligence, il était particulièrement exposé aux balles. Et l'arme du cocher n'était pas assez perfectionnée pour viser une cible éloignée et mouvante.

Lancés au triple galop, les chevaux bondirent.

Jessica se cramponna du mieux qu'elle put et continua de regarder par la fenêtre.

Les Indiens semblaient nombreux. Ils arrivaient par la gauche en tirant des coups de feu. Mais ils étaient encore trop loin pour atteindre la diligence. Son expérience de la chasse faisait penser à Jessica que l'embuscade — si c'en était bien une — avait commencé trop tôt.

Cédant à la panique, Mme O'Conner essaya d'ouvrir la porte, comme si elle pensait être plus en sécurité dehors que dedans. Jessica voulut la retenir, mais la jeune femme se retourna vers elle comme un chat en furie. Jessica la gifla avec une violence qui stoppa net sa crise d'hystérie. Ses cris se transformèrent en larmes. Elle se rassit et se cacha le visage dans les mains.

C'est alors que Jessica entendit Wolfe l'appeler. Apparemment, il s'époumonait depuis un moment pour couvrir les cris de Mme O'Conner.

— Jessica, cessez de hurler et donnez-moi la carabine. Vite !

— Quoi ? cria-t-elle, la voix stridente au point d'en être méconnaissable.

— La boîte qui est par terre !

Jessica s'en saisit et la passa par la fenêtre. Wolfe la lui arracha des mains.

Cramponnée au rebord de la fenêtre, Jessica pencha la tête pour regarder ce qui se passait. Les Indiens avaient momentanément disparu, cachés par un repli du terrain.

Soudain, un cheval apparut tout près. Son cavalier n'était pas indien. C'était un Blanc. Il était couché sur l'encolure de sa monture comme s'il voulait la presser d'aller encore plus vite.

Les Indiens réapparurent. De toute évidence, ils le poursuivaient. Et c'était sur lui qu'ils tiraient.

Wolfe arma la carabine. Les cahots de la diligence l'empêchaient de viser avec précision, mais il tirait méthodiquement, une balle après l'autre, obligeant les Indiens à riposter.

Le cavalier profita de cette diversion pour se rapprocher de la diligence. Quand il fut arrivé à sa hauteur, Jessica, qui n'avait rien perdu de la scène, poussa Mme O'Conner dans un coin et ouvrit la porte.

Le cavalier s'agrippa de la main droite au rail des bagages et sauta de sa selle pour bondir à l'intérieur.

Jessica constata qu'il était très grand. Plus grand encore que Wolfe. Elle referma la porte derrière lui.

— Merci beaucoup, madame, dit l'étranger. Savez-vous si l'homme qui est sur le toit a assez de munitions ?

— Mon Dieu ! s'exclama Jessica en attrapant aussitôt le sac de voyage de Wolfe pour fouiller dedans. Il en a d'autres ici. Cela faisait partie de notre cadeau de mariage. Avec la carabine.

— Tout à fait le genre de mariage que j'aime.

Jessica lut de l'amusement dans les yeux gris de l'inconnu. Mais soudain elle vit le sang qui tachait sa veste.

— Vous êtes blessé !

— Une simple égratignure. Je m'en sortirai. Grâce à vous et à votre mari.

Dans un même réflexe, Jessica et l'homme se jetèrent au sol quand les premières balles crépitèrent. Une flèche entra par la fenêtre et vint se ficher dans la paroi. A cette vue, Mme O'Conner se remit à hurler.

L'étranger l'ignora. Il prit les deux boîtes de cartouches que lui tendait Jessica et les passa par la fenêtre en levant le bras aussi haut qu'il pouvait. Wolfe s'en empara aussitôt.

Un cahot plus violent que les autres déséquilibra l'homme, et son bras blessé vint cogner contre la portière. Il s'assit sur la banquette en étouffant un juron. De sa main valide, il sortit son colt de sa ceinture et se mit à tirer.

Mme O'Conner criait toujours.

Jessica passa devant l'étranger pour secouer la jeune femme. Voyant que cela n'avait pas d'effet, elle la gifla. Les cris cessèrent immédiatement.

— Allons, allons, dit Jessica en serrant la jeune femme terrifiée dans ses bras. Crier ne sert à rien, sinon à vous enrouer la gorge. Il n'y a pas meilleur tireur au monde que mon mari.

— Je suis d'accord avec vous, approuva l'étranger. Quand je l'ai vu sur le toit, il avait l'air aussi détendu qu'un gentleman chassant le canard. Mais, chaque fois qu'il tirait, c'était dans le mille.

Mme O'Conner sursauta quand Wolfe recommença à tirer, mais elle ne cria plus. Elle se contenta d'entourer son ventre de ses bras en un geste protecteur et elle se cala dans un coin. Jessica lui adressa un sourire de réconfort avant de se tourner vers l'étranger.

— Laissez-moi vous aider, monsieur.

— Il y avait sacrément longtemps que quelqu'un ne m'avait pas appelé monsieur, dit-il avec un étrange sourire. Mon nom est Rafe.

— Monsieur Rafe...

— Rafe tout court.

Un nouveau cahot le fit grimacer de douleur quand son bras heurta la portière.

— Économisez vos munitions, lui conseilla Jessica tandis qu'elle commençait à défaire les boutons de sa veste. Wolfe a de quoi tenir un petit moment. Laissez-moi voir votre blessure.

— Wolfe ? C'est votre mari ?

Elle hocha la tête.

— Heureux homme.

Il dévisageait Jessica de ses yeux gris. Son regard était admiratif mais poli. Elle lui sourit et continua de défaire ses boutons.

— Heureux, je n'en suis pas sûre, répondit-elle. Pouvez-vous enlever votre veste pour dégager votre épaule ?

Wolfe tirait toujours, au-dessus de leurs têtes, mais les coups de feu des Indiens semblaient s'éloigner.

Rafe posa son colt sur la banquette et ôta sa veste. Jessica constata de nouveau à quel point il était grand. S'il n'y avait pas eu cette petite pointe d'humour dans son regard, il aurait pu être inquiétant.

— Ils vont abandonner la partie, prédit-il. Avec son arme, votre mari est redoutable. Et, de toute façon, leurs chevaux doivent être épuisés. Ils me poursuivaient déjà depuis un bon moment quand nos routes se sont croisées.

Jessica serra les dents en voyant tout le sang qui maculait la chemise de Rafe. Sans dire un mot, elle écarta le tissu et, après un examen attentif de la blessure, soupira de soulagement.

— Ce n'est pas aussi grave que je le craignais. La balle n'a pas touché l'os. Avez-vous un canif ?

Rafe tira un long couteau de sa ceinture et le lui tendit.

— Prenez-en soin. Je m'en sers pour me raser.

Jessica prit le couteau avec précaution et sourit en jetant un coup d'œil à la barbe de plusieurs jours qui ombrait les joues de l'homme.

— Vraiment ? Et quand cela ?

Il rit de bon cœur.

— Vous me rappelez ma sœur. Elle est aussi taquine que vous. Enfin, dans le temps elle l'était. Il y a des années que je ne l'ai pas vue. La bougeotte est aussi redoutable que la fièvre de l'or pour éloigner un homme de sa famille.

Jessica découpa des bandes dans un des jupons de soie bleue assortis à sa robe avec une facilité étonnante. Le couteau était aussi tranchant qu'une lame de rasoir. Quand elle commença à bander le bras de Rafe, ils entendirent Wolfe tirer de nouveau. Rafe tendit l'oreille, mais aucune autre détonation ne suivit.

— On dirait bien qu'ils sont partis.

— Plaise à Dieu ! répondit Jessica avec ferveur. Wolfe était si exposé, là-haut !

— Vous n'étiez pas beaucoup plus à l'abri, madame. Cette diligence n'aurait pas été assez solide pour arrêter les balles si les Indiens s'en étaient rapprochés davantage.

— Je n'y avais même pas pensé, avoua Jessica. J'étais trop inquiète pour Wolfe.

— Comme je l'ai déjà dit, c'est vraiment un heureux homme.

— Peut-être qu'un jour il en conviendra, lui aussi, murmura Jessica pour elle-même en terminant de bander la blessure. Voilà ! Ça ne devrait plus saigner. A la prochaine halte, je laverai votre plaie avec de l'eau fraîche.

— Ce n'est pas nécessaire.

— Oh si, répondit-elle en aidant Rafe à remettre sa veste. Il faut prendre toutes les précautions pour éviter une infection.

— Êtes-vous infirmière ? Vos mains sont douces et efficaces.

Jessica sourit.

— Merci. Je n'ai pas de formation particulière.

Mes tuteurs m'ont simplement appris à me débrouiller en cas d'urgence. J'ai aussi quelques notions sur la grossesse et l'accouchement.

Assez pour savoir que je ne veux pas que cela m'arrive un jour, pensa Jessica en jetant un coup d'œil à Mme O'Conner. *Si je ne devais retenir qu'une seule chose de ma mère, j'aurais au moins appris celle-là.*

— Vous allez bien ? demanda-t-elle à la jeune femme prostrée dans son coin.

Celle-ci hocha la tête d'un air absent.

— Et le bébé ? (Jessica posa la main sur son ventre arrondi.) Il n'a pas souffert ?

Ce geste inattendu et affectueux tira Mme O'Conner de son hébétude. Elle leva les yeux vers Jessica avec un pâle sourire.

— Merci, madame. Je suis désolée si j'ai insulté votre mari. C'est seulement que... (Elle hésita et se signa d'une main tremblante.) J'ai tellement peur des Indiens ! J'ai honte...

— Ne vous en faites pas pour cela, la réconforta Jessica en s'asseyant près d'elle. (Elle se sentait soudain très lasse, maintenant que l'épreuve était passée.) Je comprends votre réaction.

La jeune femme regarda Jessica et elle vit que ses mains tremblaient.

— Vous aussi, vous avez peur ! s'exclama-t-elle.

— Bien sûr. Je ne suis pas inconsciente au point d'ignorer le danger. J'ai simplement appris à dominer ma peur.

Jessica croisa les bras et ferma les yeux pour s'aider à retrouver son calme. On n'entendait plus aucun coup de feu, à présent.

Cependant, la diligence n'avait pas ralenti son allure. Elle roula dans une ornière qui la fit littéralement décoller de la route. Jessica et Mme O'Conner furent violemment projetées vers Rafe. La tête de Jessica heurta la portière.

— Pardon, monsieur, s'excusa Mme O'Conner en rougissant avant de se rasseoir prestement dans son coin.

— Il n'y a pas de mal, répondit Rafe. Ça va ? demanda-t-il à Jessica en l'aidant à se redresser.

Jessica secoua la tête pour tenter de s'éclaircir les idées. Ses oreilles bourdonnaient et un voile noir s'abattit devant ses yeux.

— Madame Lonetree ! s'écria Mme O'Conner, horrifiée, en la voyant s'effondrer dans les bras de Rafe.

Comprenant qu'elle était évanouie, Rafe la serra contre lui et passa la tête à la portière pour attirer l'attention du cocher.

— Ralentissez ! Une des femmes est blessée !

Aussitôt Wolfe se pencha pour jeter un coup d'œil par la fenêtre. D'abord, il ne vit rien. Mais quand Mme O'Conner s'écarta de la vitre, il aperçut Jessica dans les bras de l'étranger.

La diligence ne s'était pas encore arrêtée que Wolfe se trouvait déjà à l'intérieur. Il ne lui avait pas fallu une minute pour se pendre au rail des bagages, ouvrir la porte d'un coup de pied et sauter comme un félin.

— A-t-elle reçu une balle ? demanda-t-il en posant sa carabine sur la banquette.

— Non, répondit Rafe. Elle s'est juste cogné la tête contre la portière.

— Voilà pourquoi on n'entendait plus crier, grommela Wolfe.

Rafe le regarda avec surprise, mais Wolfe était trop occupé à prendre Jessica dans ses bras pour s'en apercevoir. Il ne remarqua pas davantage que

Mme O'Conner s'était tassée dans son coin pour lui faire de la place. Il était encore aveuglé par la colère sourde qui l'avait saisi en découvrant Jessica dans les bras d'un autre homme.

— Vous avez accompli un bel exploit, monsieur, dit-il en examinant le bleu qui s'était formé sur la tempe de Jessica. Je n'avais encore jamais vu un homme monter dans une diligence de cette façon.

— Je m'appelle Rafe. Et sans vous et votre femme, je n'avais aucune chance de m'en tirer vivant. Si elle ne m'avait pas ouvert la porte, je n'aurais pas pu rentrer tout seul.

— Remerciez plutôt Mme O'Conner. Ma femme est malheureusement trop douillette pour être d'une quelconque aide en cas de danger, répondit froidement Wolfe. (Il se tourna vers la jeune femme :) Permettez-moi également de vous remercier. Si vous n'aviez pas eu le courage d'exposer votre bras par la portière pour me passer les munitions, la situation aurait sans doute mal tourné.

— Je... (La phrase de Mme O'Conner mourut dans sa gorge. En dévisageant Wolfe, elle voyait maintenant les traits qu'il avait hérités des Peaux-Rouges. Elle détourna vivement son regard.) Je n'ai rien fait du tout.

Wolfe mit sa réponse sur le compte de la modestie. Il lui sourit avant de reporter son attention sur Jessica. Son sourire disparut. Elle semblait si vulnérable. Le sang s'était retiré de son visage et même ses lèvres couleur cerise avaient pâli.

Allez-vous enfin admettre ce que je sais depuis le début ? demanda silencieusement Wolfe à son épouse inanimée. *Vous n'êtes pas le genre de femme qui peut survivre dans l'Ouest. Ce qu'il vous faut, c'est un mari titré et attentionné, qui saura vous faire vivre dans le luxe et l'insouciance. Je ne suis pas cet homme. Je ne le serai jamais. Je ne peux pas plus changer ma nature que vous ne pouvez ressembler à Willow. Je vais simplement essayer de vous garder en vie jusqu'à ce que vous reconnaissiez l'évidence.*

Wolfe pesta contre la situation dans laquelle l'obstination de Jessica les avait tous deux placés. Et il pesta également contre ce désir qu'il éprouvait pour elle, même à cet instant. Un désir qu'il ne pourrait jamais assouvir, car sinon leur mariage deviendrait bien réel, et ce serait pire encore.

Quand Jessica rouvrit les yeux, elle ne vit d'abord que deux grands yeux noirs qui brillaient au-dessus d'elle. Elle détourna la tête et voulut crier. Wolfe plaqua la main sur sa bouche pour l'en empêcher. Jessica faillit céder à la panique, puis, sa vision s'éclaircissant, elle reconnut Wolfe. Aussitôt, elle se calma. Wolfe ne lui ferait jamais aucun mal.

— C'est fini ? demanda-t-il.

Jessica hocha la tête — la main de Wolfe l'empêchait de parler.

— Très bien. Nous vous avons assez entendue crier comme cela.

— Elle n'a pas crié une seule fois depuis que je suis avec elle, intervint Rafe.

Wolfe lui décocha un regard hostile, mais Rafe ne cilla pas.

— Elle sait très bien faire les pansements, ajouta-t-il en ouvrant sa veste pour montrer son épaule bandée.

Wolfe ignorait que l'homme avait été blessé. Sa

surprise augmenta quand il reconnut la soie bleue qui avait servi à faire le pansement. Elle appartenait à Jessica.

Il enleva la main de sa bouche.

— Merci, mon lord, dit Jessica d'une voix aussi glaciale que son regard.

— Je ne suis pas un lord.

— Et moi, je ne suis pas une gamine hystérique.

— Je me suis laissé duper.

— Ce n'est pas très difficile de duper un homme qui est sourd et aveugle.

Rafe toussa pour dissimuler son rire.

— Comment va votre tête, madame?

— Elle est toujours accrochée à sa place, répondit Jessica, avant d'ajouter perfidement : Ma langue aussi.

Elle regarda Wolfe et se souvint des vœux qu'elle avait prononcés lors de leur mariage. Elle se sentit soudain très lasse. Ce n'était pas une sinécure d'être mariée à un homme qui vous témoignait si peu d'indulgence en toutes circonstances.

— Je suis désolée de vous avoir contrarié, concéda-t-elle à voix basse pour que lui seul puisse l'entendre. J'aimerais pouvoir revenir en arrière jusqu'à ce jour où vous m'aviez protégée contre l'orage. Mais c'est impossible, n'est-ce pas?

— Nous pourrions y remédier, lady Jessica. Il suffit d'un mot.

— Jamais, mon lord bâtard, déclara-t-elle, se souvenant avec horreur des mains de lord Gore la plaquant sauvagement contre un mur. *Jamais !*

Jessica détourna la tête. Elle ne se sentait pas le courage de soutenir plus longtemps le regard de Wolfe. Ni de batailler avec lui. Une immense fatigue l'engourdissait. Et le coup qu'elle avait reçu sur la tête n'en était pas la seule cause. Elle se sentait happée par un tourbillon noir qui résonnait de tous ses cauchemars d'antan.

— Jessica ?

D'abord, Wolfe crut qu'elle jouait encore la comédie. Puis il s'aperçut que ses yeux grands ouverts fixaient le vide. Il frissonna en pensant à tout ce qu'avait dû ressentir Jessica pendant l'attaque. Malgré son désir de la traiter sans ménagement jusqu'à ce qu'elle demande l'annulation de leur mariage, il ne put s'empêcher de la serrer dans ses bras. Pour la protéger, se dit-il, car, pour l'heure, elle était trop faible pour se protéger elle-même.

— Jessi, chuchota-t-il contre son oreille. Laissez-moi partir. Ne m'obligez plus à vous faire de la peine.

Bien qu'il fût certain qu'elle l'avait entendu, elle ne répondit pas.

— C'est donc ce que vous voulez ? demanda-t-il froidement. La guerre à outrance ?

Jessica restait toujours immobile et silencieuse.

— Très bien ! dit Wolfe d'une voix blanche. Désormais, la lutte sera sans pitié.

4

Les montagnes Rocheuses se dressaient au-dessus de la maison de Wolfe et barraient l'horizon. Les pics enneigés se perdaient dans les nuages, et le massif était solidement ancré dans ce paysage que Jessica avait appris à aimer lorsqu'elle était venue chasser avec lord Stewart. Elle n'avait pas eu l'occasion de visiter la maison de Wolfe, car lord Stewart avait préféré prendre la direction du Wyoming. Mais, bien sûr, elle s'était attendue à ce que l'habitation ne fût pas très grande. La plupart des Américains n'avaient pas les moyens de vivre dans un manoir de la taille de celui de lord Stewart.

Toutefois, Jessica n'avait pas vraiment pris conscience de ce que signifierait au quotidien d'habiter dans une maisonnette. Wolfe, si. Il avait anticipé son désarroi avec un réel plaisir, persuadé qu'il tenait enfin le moyen de la forcer à l'annulation.

— Votre maison est très jolie, mais...

Jessica ne trouva pas le courage de terminer sa phrase.

— Mais? demanda Wolfe, qui se doutait très bien de ce qui la chagrinait.

— Il n'y a qu'une chambre.
— En êtes-vous sûre ?
— Tout à fait. Et il n'y a qu'un lit dans cette chambre.
Wolfe hocha la tête.
— Comptez-vous coucher dans un hamac parmi les arbres ? demanda Jessica en se forçant à sourire.
— Pourquoi donc ? Le lit est assez grand pour deux.
— Wolfe, je parle sérieusement !
— Moi aussi. Je ne suis pas un aristocrate, madame. En Amérique, les maris et les femmes des classes populaires partagent le même lit.
Jessica sentait son cœur s'affoler. Elle croisa les mains pour en dissimuler le tremblement.
— Vous plaisantez, j'en suis sûre.
Wolfe éclata de rire.
— Pas le moins du monde.
— Allons, vous me faites marcher ! s'écria Jessica d'une voix ferme, malgré la détresse qui se lisait dans ses yeux. Aucune femme ne pourrait supporter la présence d'un homme toutes les nuits.
— Aucune *aristocrate*, sans doute, répliqua Wolfe. Mais une femme de l'Ouest, si. Demandez à Willow. Caleb et elle partagent le même lit depuis des années et ils ne s'en plaignent pas. Au contraire.
— Encore Willow, soupira Jessica. Apparemment, c'est un modèle, pour vous.
— En effet.
— Mais où les femmes de l'Ouest qui ne sont pas des modèles dorment-elles ? Dans l'écurie ?
— Seulement si elles n'effraient pas les chevaux.

— Alors pas d'écurie pour moi, répondit Jessica qui venait d'enlever son chapeau. En voyant mes cheveux, les pauvres bêtes pourraient s'imaginer que l'écurie est en flammes.

Wolfe ne put s'empêcher de sourire. Depuis l'attaque de la diligence, il devenait de plus en plus difficile de vivre auprès de Jessica sans apprécier sa compagnie. Elle se montrait constamment charmante, agréable et drôle. A une exception près, elle avait merveilleusement agrémenté leur interminable périple à travers l'Ouest.

L'exception s'appelait Rafe.

Les deux hommes avaient tacitement reconnu qu'ils risqueraient fort d'en venir aux mains s'ils restaient tous les deux confinés dans l'habitacle de la diligence avec Jessica au milieu. Rafe était monté sur le toit s'installer à côté du cocher et, à l'étape suivante, il avait acheté un cheval et une selle. Avant de s'éloigner de son côté, il avait remercié une dernière fois Jessica pour ses talents d'infirmière.

Wolfe avait eu le cœur serré en voyant la jeune femme suivre le cavalier des yeux jusqu'à ce qu'il disparaisse à l'horizon. Il n'avait pas pu s'empêcher de se demander quelle aurait été la réaction de Jessica si elle s'était réveillée par surprise dans les bras de Rafe plutôt que dans les siens.

— Soit vous couchez dans mon lit comme le ferait mon épouse, soit vous dormez devant la cheminée comme le ferait mon chien préféré, proposa Wolfe. Vous avez le choix.

Jessica lui adressa un sourire forcé.

— C'est vraiment très gentil de votre part. Surtout lorsqu'on sait combien vous aimez les chiens.

Avant que Wolfe n'ait pu répondre, Jessica lui

avait tourné le dos pour examiner la chambre de plus près. Elle lui avait à peine accordé un regard, tout à l'heure, mais, cette fois, elle tomba sous le charme de cette pièce qui ressemblait beaucoup à son propriétaire. Elle était masculine et élégante. Mais comme peut être élégant un faucon ou un tigre.

A l'égal du reste de la maison, la chambre avait été construite en rondins, dont la face interne avait été soigneusement poncée et recouverte d'un vernis qui respectait le grain du bois.

Le mobilier était en bois, également. La simplicité de ses formes était un éblouissement pour un œil habitué au luxe européen. Les notes de couleur apportées par la couverture en patchwork et par les fourrures étendues au pied du lit achevaient de faire de cette chambre un bijou qui ravissait Jessica.

— Vous avez beaucoup de goût pour la décoration, dit-elle. Cette chambre est magnifique. Les meubles sont... extraordinaires.

— Vous moqueriez-vous, lady Jessica? demanda Wolfe en observant à son tour la pièce. Les meubles ont été fabriqués par un ancien prisonnier en échange du vivre et du couvert pendant un hiver particulièrement long. La couverture et les fourrures ont tout simplement été achetées dans un comptoir de la baie d'Hudson.

— Si j'avais voulu me moquer, vous l'auriez compris tout de suite et vous n'auriez même pas eu à me poser la question, riposta Jessica avec aigreur.

— Dans ce cas, expliquez-moi donc ce qui vous plaît tant dans cette chambre.

— Beaucoup de choses. Les formes du lit, de la table, des chaises. Elles sont si simples qu'elles en deviennent charmantes. Le coloris de la couverture. Ce mélange de confort et de beauté. Celui qui a conçu tout cela, quel qu'il soit, est un amoureux du bois. Il en a respecté les veines, la teinte naturelle...

Wolfe voyait tout cela, et plus encore. Il voyait la sensualité latente de Jessica. Le plaisir physique qu'elle prenait à caresser le bois.

— Et la fourrure est magnifique, ajouta-t-elle en marchant dessus.

— Ce sont des peaux de renards argentés. Ces animaux vivent dans le Grand Nord, un pays où les glaciers ont la nuance de vos yeux.

— Est-ce une belle couleur? demanda-t-elle d'une voix douce.

— Vous le savez très bien.

Elle se baissa et plongea les doigts dans la fourrure pour en apprécier la texture. Son exclamation de plaisir eut le plus mauvais effet sur les sens de Wolfe. Il l'imaginait passant les doigts dans sa propre chevelure avec le même plaisir, et cette idée fit naître en lui une violente bouffée de désir. Il se détourna précipitamment.

— Je vais apporter vos malles. Que vous décidiez ou non de dormir ici, c'est là que vous vous habillerez.

Jessica leva les yeux vers lui, intriguée par sa voix brusquement enrouée.

— Pendant que je décharge le buggy, continua Wolfe, commencez à préparer un souper froid. Et un bon café. Les provisions sont dans les sacs en toile.

— Wolfe...

Elle voulait lui expliquer qu'elle n'avait pas la plus petite idée de la façon dont on préparait un souper, qu'il fût chaud ou froid. Mais elle devina qu'il n'attendait que cette occasion pour reparler d'annulation. Or Jessica n'était pas certaine d'avoir le courage de supporter une nouvelle discussion sur ce sujet après la fatigue du voyage.

La diligence les avait laissés à Denver. Ensuite, il avait encore fallu rouler pendant de longues heures dans un buggy bringuebalant pour atteindre la maison. Jessica se sentait glacée, couverte de bleus et lasse à en mourir.

Et cependant, elle était censée préparer avec le sourire un dîner pour la plus exigeante des créatures : un mari cow-boy.

— Oui ? répondit Wolfe d'une voix suave.

— J'étais simplement... euh... en train de me demander où j'allais ranger mes vêtements.

— Comme je n'avais pas prévu de me charger d'une épouse en revenant d'Angleterre, je n'ai pas acheté d'armoires, dit-il avec un sourire sardonique. De toute façon, cela n'a aucune importance. Vous ne resterez pas ici assez longtemps pour vous donner la peine d'avoir à défaire vos malles.

— Ah ? Dois-je comprendre que nous allons bientôt reprendre la route ? demanda Jessica en s'obligeant à prendre un air intéressé.

— *Nous*, non. *Vous*, seulement. Direction l'Angleterre.

— Ah oui, toujours ce même voyage... Ne vous a-t-on jamais appris qu'il ne faut pas vendre la peau de l'ours avant de l'avoir tué ?

Wolfe commençait à perdre patience. Si Jessica avait protesté, ou si elle s'était plainte, il aurait pu l'admonester. Mais que répondre devant un sourire aussi désarmant ? Il se sentait impuissant, et elle en avait autant conscience que lui. Sinon plus.

— La cuisine est là.
— Parfait.
Jessica se dirigea sans hésiter vers la porte que venait de lui désigner Wolfe.
— Je compte que le souper sera prêt dans une heure, précisa-t-il tandis qu'elle passait devant lui dans un bruissement de soie qui le mettait au supplice.
— Pas de problème, répondit Jessica d'une voix enjouée.
En réalité, elle n'était pas du tout certaine de réussir cet exploit.
La cuisine était pavée de tommettes rouges, avec des placards sur tous les murs, une pompe à eau, un évier et un grand poêle. La petite table et les chaises étaient du même style que le mobilier de la chambre. Les sacs de provisions étaient posés par terre.
A présent que Wolfe n'était plus là pour l'observer, Jessica cessa de sourire. Elle se sentait totalement épuisée, tant physiquement que moralement.
Et il n'y avait pas d'amélioration en vue. Malgré tous ses efforts pour être aimable avec Wolfe, depuis l'attaque de la diligence il n'avait cessé de se montrer froid, distant et impossible à satisfaire.
— Bien, bien, bien... dit-elle à haute voix pour se redonner du courage. Où donc Wolfe a-t-il bien pu ranger la cafetière ?
Elle commença par chercher les allumettes pour allumer la lampe, Wolfe ayant obstrué les fenêtres avant son départ pour Londres. Au cours de sa vie, Jessica avait à maintes reprises observé des domestiques allumer toutes sortes de lampes, cependant il lui fallut plusieurs essais infructueux

avant de réussir. La mèche brûlait faiblement, mais c'était mieux que rien.

Le vent, qui n'avait cessé de souffler depuis des jours et des jours, semblait s'acharner contre la maison et secouait jusqu'au tuyau du poêle qui branlait en grinçant.

Ce bruit rappela à Jessica son enfance en Écosse, lorsqu'elle courait se réfugier à l'office, avec les filles de cuisine, pour échapper aux cris qui provenaient des appartements de ses parents. Cela faisait très longtemps que Jessica n'avait plus évoqué ce souvenir.

Le mieux à faire, pour oublier le vent et les épreuves passées, était de s'atteler sans tarder à la tâche. Elle se mit à fredonner une de ses chansons favorites. Les paroles lui en avaient toujours paru simplistes, mais la mélodie entraînante réveillait sa bonne humeur. Plus le vent soufflait fort, et plus Jessica donnait de la voix, cependant qu'elle ouvrait les placards à la recherche de la cafetière.

Quand elle les eut tous fouillés, elle n'avait rien trouvé qui ressemblât au service en argent qu'utilisaient les domestiques de lord Robert.

— Zut ! marmonna-t-elle entre ses dents.

Elle recommença à chercher en s'aidant de la lampe pour voir jusqu'au fond des placards. Soudain, elle sentit qu'elle n'était plus seule dans la pièce. Elle se retourna.

Wolfe, appuyé contre l'embrasure de la porte, les bras croisés sur la poitrine, la regardait avec une expression bizarre.

— Cette chanson... commença-t-il.

— *Bonnie Laddie, Highland Laddie.* C'est une vieille rengaine écossaise.

Wolfe essaya de dissimuler son amusement.

— Bien sûr. Il y avait si longtemps que je n'avais pas entendu les paroles originales.

Il toussa et regarda par la fenêtre pour ne pas s'étrangler de rire.

— Je sais que ma voix ne me permettrait pas de monter sur scène, dit Jessica en souriant. Cependant, je n'avais encore jamais vu personne rire en m'entendant chanter. Mais si cela vous amuse autant, je chanterai plus souvent.

— En fait, je ne suis pas sûr que nous connaissions les mêmes couplets.

Jessica redressa la tête et le dévisagea, ses yeux bleus agrandis par la surprise.

— Vous ressemblez à un chat, quand vous me regardez ainsi.

L'expression de Wolfe rendit Jessica nerveuse. Son estomac se contractait comme s'il avait passé la main dans ses cheveux. Pourtant, il ne l'avait pas touchée.

— Quelles paroles connaissez-vous donc ? lui demanda-t-elle en faisant un effort pour parler. Apprenez-les-moi, nous les chanterons ensemble.

Wolfe serra les dents pour ne pas éclater de rire.

— Les paroles que je connais risqueraient de vous horrifier.

— Pourquoi ?

— Elles parlent du bâton d'Adam, entre autres choses.

— En quoi le bâton d'Adam devrait-il m'horrifier ?

— On le désigne aussi sous d'autres noms : soc, canne à pêche, fusil à répétition, dague... Chaque couplet utilise un de ces mots.

— Un outil universel, en somme ?

Pour le coup, Wolfe ne put se contenir. Il partit d'un énorme éclat de rire.

La chaleur de son rire réchauffa le cœur de Jessica. Elle se sentait plus détendue, tout à coup, et elle se rendit compte alors à quel point elle avait eu peur, ces dernières semaines, de ne plus jamais faire rire Wolfe.

— Ève joue aussi un rôle dans la chanson, réussit-il à dire en reprenant son souffle.

— De grâce ! Éclairez ma lanterne !

— Ève est le champ qu'Adam doit fertiliser avec son soc. Ou le fourreau qui abritera sa dague. Ou encore... Ah, je vois à vos joues que vous commencez à comprendre !

Rougissante, Jessica porta la main à sa bouche, mais trop tard pour se retenir de pouffer. Son rire était contagieux, et Wolfe repartit de plus belle. Bientôt Jessica riait si fort qu'elle dut se cramponner à un placard pour garder l'équilibre.

Wolfe était aux anges. Cela faisait des années qu'ils n'avaient pas ri tous les deux de si bon cœur.

— Vous m'avez manqué, reconnut-il.

— Moins que vous ne m'avez manqué.

— C'est vrai ?

— Oh oui ! dit-elle en essuyant les larmes de joie qui coulaient de ses yeux. Quand je suis avec vous, je n'entends même plus le vent.

— Voilà une curieuse raison d'aimer quelqu'un.

— Les lutins sont des créatures étranges.

Wolfe jeta un coup d'œil aux placards grands ouverts.

— En effet. Que cherchiez-vous dans ces placards ?

— La cafetière.

— Elle est sur le poêle.

Jessica se retourna et vit un ustensile en fer-blanc. Elle ne se serait jamais doutée qu'il s'agissait d'une cafetière.

— Comment fonctionne-t-elle ?

— C'est tout bête. Vous la remplissez d'eau, vous faites chauffer en ajoutant le café moulu, et quand le mélange arrive à ébullition, c'est prêt.

— Ah... murmura Jessica en souriant. C'est très simple, en effet.

Elle prit la cafetière, en souleva le couvercle et chercha un pichet d'eau. Qu'elle ne trouva pas.

— L'eau vient de la pompe, expliqua Wolfe. Vous savez à quoi ressemble une pompe, j'imagine ?

— Ne vous moquez pas de moi.

— Sait-on jamais ? Les lutins sont des créatures si singulières qu'on se demande souvent ce qu'ils connaissent ou pas.

Jessica ne s'était jamais servie d'une pompe, mais elle supposa que cela ne devait pas être très difficile. Elle posa la cafetière sous le bec de la pompe et prit la poignée à deux mains. Elle dut se hausser sur la pointe des pieds pour la lever complètement.

— Attendez. (Wolfe s'était approché dans son dos.) Vous avez oublié quelque chose.

Jessica tourna la tête et plongea son regard dans le sien.

— Quoi ?

— Il faut amorcer la pompe.

Wolfe comprit à son regard étonné qu'elle ignorait de quoi il voulait parler.

— Vous voyez ce pichet ?

La voix de Wolfe, dans son oreille, lui procurait une sensation étrange, qu'elle aimait sans comprendre pourquoi.

Elle hocha la tête.

— Prenez-le.

Elle se pencha pour attraper le pichet et, dans son mouvement, ses hanches frôlèrent les cuisses de Wolfe. Il ferma les yeux pour refréner une irrésistible envie de la serrer avec force dans ses bras.

— Maintenant, versez l'eau du pichet dans l'orifice, en haut de la pompe.

En lui obéissant, Jessica le frôla encore et Wolfe serra les dents pour lutter contre le feu qui incendiait sa chair. Se rappelant qu'il était supposé l'aider, il prit le bras de la pompe et l'actionna jusqu'à ce que l'eau coule par le bec. La cafetière fut remplie en quelques secondes.

— Voilà ce qu'on appelle amorcer une pompe, dit Wolfe en s'écartant de Jessica.

Il était douloureusement conscient que la pompe n'avait pas été la seule chose à être amorcée pendant cette leçon. Comment en blâmer Jessica ? Elle ne se rendait pas compte de l'effet qu'elle produisait sur lui en se pressant si intimement contre lui.

Jessica s'était aperçue que Wolfe la serrait de très près au moment où elle avait versé l'eau dans la pompe. Pour autant, elle n'avait été ni effrayée ni dégoûtée. Au contraire, cela avait été très agréable. Elle lui fit face.

— Vous me faites un drôle d'effet au ventre, avoua-t-elle.

— Nausée ou perte d'appétit ? demanda Wolfe avec ironie.

— Rien de tout cela. J'ai l'impression d'avoir avalé des papillons dorés.

Cette confession innocente obligea Wolfe à fermer les yeux. S'il continuait à regarder Jessica, il ne pourrait pas se retenir de tracer le délicat contour de sa bouche avec ses doigts. Avant d'y poser les lèvres.

Malgré l'intensité de son désir, il ne voulait pas toucher Jessica ; il n'avait pas confiance dans ses propres réactions. Si elle répondait à ses caresses avec la même innocence souriante qu'elle avait montrée jusqu'ici, il ne se maîtriserait plus tant qu'il ne l'aurait pas possédée. Il deviendrait alors impossible d'annuler le mariage et ils seraient unis l'un à l'autre pour le restant de leurs jours.

— Je crois qu'il vous reste encore deux ou trois choses à apprendre sur la façon de faire le café, dit-il en rouvrant les yeux. La cafetière est trop pleine. Videz l'excédent d'eau dans le pichet. Et, la prochaine fois, n'oubliez pas de commencer par remplir celui-ci.

— Pourquoi ?

— Parce que si le pichet est vide au moment où vous voulez vous servir de la pompe, vous devrez aller chercher de l'eau à la source pour l'amorcer.

— Je dois d'abord verser de l'eau dans la pompe avant de pouvoir en tirer de l'eau, résuma Jessica en hochant la tête. Tout cela me semble parfaitement logique. Et qu'arriverait-il si je pompais sans amorcer ?

— Vous mettriez à mal le mécanisme.

— Et votre patience aussi, j'imagine ?

— Certainement. Et celle de Reno également. C'est lui qui m'a aidé à construire cette pompe.

— C'est un voisin ?

— Non. Quand il ne cherche pas de l'or, Reno habite avec Willow dans les montagnes.

— Tiens donc ! Et qu'en pense Caleb ?

— Il est ravi.

— C'est très aimable de sa part.

— Reno est le frère de Willow.

Jessica se mordit les lèvres.

— Ce doit être très intimidant d'être le frère d'une femme parfaite.

Quand elle eut vidé le trop-plein de la cafetière, Wolfe lui désigna le poêle. Elle posa la cafetière dessus, mais le poêle était froid. Après avoir bataillé un moment avant de trouver comment s'ouvrait la porte, elle jeta un coup d'œil à l'intérieur. Le bois d'allumage était soigneusement empilé.

— C'est ça que vous cherchez ? demanda Wolfe en agitant la boîte d'allumettes dans sa main.

— La lampe ne s'est pas allumée toute seule, fit-elle remarquer en se redressant.

Wolfe jeta un coup d'œil à la lampe qui charbonnait.

— Vous avez l'intention de nous fumer du poisson dans la cheminée ?

— Ne me prenez pas pour une idiote. De toute façon, je n'ai pas touché à cette lampe, je me suis contentée de l'allumer. Si elle fume, c'est que vous y mettez une huile de mauvaise qualité.

— L'huile est excellente. En revanche, vous avez mal réglé la mèche.

— Eh bien, occupez-vous-en, répliqua Jessica en se saisissant des allumettes.

Elle cassa la première. La deuxième envoya des étincelles sur sa robe mais ne produisit aucune flamme.

— Zut de zut ! marmonna Jessica en tapotant sa robe du revers de la main.

La troisième et la quatrième allumettes se cassèrent également. La boîte commençait à se vider dangereusement. Wolfe, ayant fini d'arranger la mèche de la lampe, qui ne fumait plus, revint vers Jessica. Au moment où elle sortait une nouvelle allumette, il posa sa main sur la sienne et lui montra comment la craquer, d'un geste vif. L'allumette s'enflamma aussitôt.

— Vous voyez, c'est tout simple.

Jessica le dévisagea. La flamme de l'allumette se reflétait dans ses yeux et elle admira le contraste entre le jaune clair de la flamme et le bleu nuit de ses prunelles.

— Jessi ?

— Oui, j'ai vu.

— Vous paraissez déconcertée.

— Juste un peu troublée.

— Par une simple allumette ?

— Non. Par vous, répondit-elle avec un étrange sourire. Je viens seulement de me rendre compte à quel point vous êtes beau.

Wolfe écarquilla les yeux. Son pouls s'accéléra.

— En fait, j'ai toujours su que vous étiez beau, continua Jessica. Des duchesses aux servantes, je n'ignorais pas que toutes les femmes cherchaient à attirer votre regard. Mais moi-même, je ne m'étais aperçue de rien. Et, tout d'un coup, je vous ai vu comme je suppose qu'elles vous voyaient. (Elle rit timidement.) Ne me regardez pas ainsi ! Je me sens déjà assez bête comme cela. Comment ai-je pu passer à côté de ce que tant d'autres... Aïe !

Jessica secoua vivement la main.

— Ça va ? s'inquiéta Wolfe.

Jessica souffla sur ses doigts avant de les examiner.

— Juste une petite brûlure de rien du tout.

— Laissez-moi regarder.

Il inclina la tête et passa doucement la langue sur le bout de ses doigts. Jessica le contempla avec une expression bizarre. Surprise ? Dégoût ?

— Ce n'est pas la peine de faire cette figure, dit-il sèchement. N'importe quelle chatte aurait agi ainsi avec son chaton imprudent.

Jessica ouvrit la bouche pour lui répondre, mais aucun son ne sortit de sa gorge. Elle frissonnait de tous ses membres. Wolfe se détourna et craqua une autre allumette.

— Allez défaire vos malles, dit-il en allumant le poêle. Je me charge du dîner pour ce soir.

Jessica tressaillit. Wolfe était soudain redevenu froid et distant.

— Wolfe ? Qu'est-ce que j'ai fait ?

— Quand vous aurez fini de déballer vos affaires, installez-vous une paillasse devant la cheminée. Une nonne dans votre genre ne supporterait pas de dormir auprès d'un homme. Et encore moins auprès d'un sauvage comme votre mari.

— Mais...

— Vous m'avez dit un jour que vous me laisseriez seul lorsque je serais fatigué de votre présence, la coupa Wolfe. Faites-le, lady Jessica. Tout de suite.

Comprenant qu'il était inutile d'insister, Jessica fila dans la chambre de Wolfe. Mais, même la porte fermée, elle ne trouva pas la paix.

Le hurlement du vent résonnait sinistrement dans le silence.

5

Agenouillée devant un baquet dans l'appentis qui jouxtait la maison, Jessica ne s'était pas aperçue que Wolfe l'observait.

— Vous êtes supposée laver cette chemise, et non pas en faire de la charpie, dit-il.

— Je ne vois pas où est la différence, répondit Jessica en lui jetant un coup d'œil par-dessus son épaule.

— De la façon dont vous vous y prenez, c'est sûr qu'il n'y en a pas ! Dites-moi, lady Jessica, à quoi occupiez-vous vos journées pendant que les domestiques de lord Robert se chargeaient de tout ?

— Je lisais, je jouais du violon, je brodais...

— Merci, mon Dieu, l'interrompit Wolfe, enfin quelque chose d'utile ! J'ai du mal à y croire. Cela voudrait-il dire que vous seriez capable de raccommoder cette chemise que vous êtes en train de déchirer sous prétexte de la laver ?

— Voulez-vous que j'y brode vos initiales ? Ou un blason ? Ou préférez-vous des fleurs ? plaisanta Jessica.

Wolfe répondit par un grognement.

Jessica n'avait même pas levé la tête de son

baquet. Elle savait trop bien à quoi s'attendre si elle regardait son mari. Il aurait ces mêmes yeux froids et cette bouche sévère qu'il arborait depuis le moment où il l'avait fait sursauter en passant sa langue sur ses doigts brûlés, trois jours auparavant.

Et pendant ces trois jours, Jessica s'était obligée à sourire constamment, jusqu'à en avoir la mâchoire crispée.

Du reste, sa mâchoire n'était pas la seule partie de son corps qui la faisait souffrir. Elle se sentait aussi fatiguée qu'à la fin de leur voyage en diligence. Depuis le début de l'après-midi, elle se tuait à la tâche. Quand elle ne tirait pas de l'eau à la pompe, elle portait des seaux sur le poêle pour la faire chauffer. Et quand elle était chaude, elle allait la vider dans le baquet et frottait le linge. Elle devait recommencer chaque opération trois ou quatre fois, car les chemises n'étaient jamais assez propres pour l'œil critique de Wolfe.

— Ça suffira pour celle-ci, dit-il enfin. Sinon, je pourrai faire une croix dessus.

— Croyez-vous, mon lord ? Elle ne me semble pas encore assez blanche.

— Ça suffit, j'ai dit. C'est ma chemise préférée. Willow me l'a confectionnée l'été dernier...

Un bruit d'étoffe qui se déchire couvrit la fin de sa phrase.

— Jessica !

— Mon Dieu, regardez-moi ça ! Qui aurait pu se douter que Willow choisirait un tissu aussi fragile ? s'exclama Jessica en sortant la chemise de l'eau. Mais tout n'est pas perdu, mon lord. Nous avions justement besoin d'une serpillière pour les toilettes.

— Petite peste ! Je devrais...

Wolfe fit un bond de côté pour esquiver le torrent d'eau savonneuse que provoqua Jessica en vidant le baquet.

— Excusez-moi, vous disiez quelque chose? demanda-t-elle de son air le plus innocent.

Ils s'observèrent mutuellement en silence. Puis Wolfe sourit, et Jessica lui rendit son sourire.

— Je pense qu'il est temps de vous apprendre à frotter quelque chose de plus résistant qu'une chemise, dit-il.

— Quoi donc?

— Les planchers.

Le sourire de Jessica s'effaça un bref instant, mais réapparut presque aussitôt.

— Ah, je comprends maintenant pourquoi les Américains n'ont pas de domestiques. Leurs épouses leur reviennent tellement moins cher!

— Vous avez eu tort de jeter toute cette eau. Maintenant, vous allez devoir en refaire chauffer. Vous savez où est le bois?

— Bien sûr.

— Alors, qu'attendez-vous? La lumière du soleil est gratuite, tandis que la lampe coûte cher. Quand on n'a pas eu la chance de naître aristocrate, ces petits détails ont leur importance.

Jessica eut du mal à se relever. Malgré sa détermination à ne pas se plaindre devant Wolfe, elle laissa échapper un gémissement.

Wolfe aurait voulu l'aider, mais il s'interdit de le faire. Apparemment, elle commençait à donner des signes de faiblesse. Du moins, il l'espérait, car il ne savait pas combien de temps il pourrait encore supporter de se tourner les pouces alors que, de jour en jour, les cernes se creusaient sous les yeux de Jessica. Les travaux ménagers dont il l'accablait achevaient de miner le peu de forces qu'il lui restait après leur voyage en diligence.

Mais il était trop tôt pour céder. S'il se montrait clément, Jessica risquerait de clamer victoire et elle se renforcerait dans sa conviction que leur mariage pouvait durer. Malgré tout, il ne put s'empêcher une nouvelle fois de lui mettre le marché en main :

— Dites un seul mot, et vous n'aurez plus à plonger vos mains délicates dans la lessive.

Jessica le regarda et soupira.

— La dernière fois que vous avez fait cette proposition, je vous ai répondu un mot. Mais ce n'était pas le bon.

Bâtard.

Wolfe ne put retenir un sourire en repensant à cette scène. Jessica pria pour qu'il renonce à lui faire récurer les sols.

Wolfe devina son espoir, mais refusa d'y céder. Sans un mot, il ramassa un seau et le lui tendit. Jessica, digne, redressa fièrement l'échine et prit le seau.

Wolfe admira son courage. Jessica aurait pu en remontrer à des hommes deux fois plus costauds qu'elle. Mais quel que fût son entêtement, tôt ou tard la fatigue en viendrait à bout. Wolfe ne doutait pas qu'il finirait par gagner.

— Jessi, lui dit-il gentiment, renoncez. Vous n'êtes pas bâtie pour cette existence. Reconnaissez que j'avais raison.

— Je préfère être votre femme que celle de lord Gore.

Wolfe grinça des dents. L'argument était de taille, car lui-même n'obligerait jamais Jessica à faire des choses dégradantes. Ce dont lord Gore, en revanche, ne se serait pas privé. Et Jessica le savait.

— Vous, peut-être, répondit-il froidement,

mais pas moi. Il y a beaucoup d'autres femmes qui me conviendraient mieux que vous.

— Willow, par exemple? Quel dommage qu'elle soit déjà mariée!

Wolfe sourit intérieurement. Son obstination à chanter les louanges de Willow avait fini par payer. Jessica avait mordu à l'hameçon.

— Willow est une femme passionnée, dit-il rêveusement. Une nonne ne peut pas comprendre ces choses-là.

Pour toute réponse, Wolfe entendit le bruit de la pompe que Jessica actionnait fébrilement.

Jessica avait perdu toute notion de l'heure. Et l'horizon s'était rétréci, pour elle, à la surface de carrelage qu'elle pouvait atteindre avec sa brosse.

Au premier coup d'œil, la cuisine de Wolfe lui avait paru minuscule. A présent, elle lui semblait aussi vaste qu'une salle de bal. Le vent, qui s'était calmé pendant la journée, s'était remis à souffler avec le crépuscule. Il enserrait la maison dans ses doigts invisibles qui cherchaient inlassablement à forcer la moindre ouverture.

Malgré son désir d'en finir au plus vite, Jessica maniait la brosse avec une énergie défaillante. Elle n'avait plus aucune force dans les bras et il lui fallut un ultime sursaut de volonté pour venir à bout des dernières tommettes.

Le temps qu'elle range la brosse et qu'elle rince le carrelage à grande eau, il était déjà l'heure de préparer le souper. Une corvée de plus. Et qui ne lui apportait aucune joie. Car, quel que fût le menu, Wolfe examinait le contenu de son assiette avec un regard dégoûté.

Je ne peux pas le lui reprocher, s'avoua Jessica. *Même un chien n'aurait pas voulu de la pitance que je lui ai servie hier soir. Ce n'est pas ma faute, non plus. Personne ne m'a jamais appris à cuisiner.*

Elle jeta un coup d'œil à sa robe. Le vêtement était dans un triste état et deux grandes taches noires marquaient l'endroit où ses genoux avaient frotté sur le carrelage.

— Si j'avais su, marmonna-t-elle, avant de quitter l'Angleterre j'aurais dû prendre les habits de la femme de ménage et lui donner les miens en échange !

Elle ouvrit le poêle pour en inspecter l'intérieur. Évidemment, il fallait remettre du bois ! Ainsi, sans doute, que dans la cheminée du salon. Elle s'y employa aussitôt. Quand elle eut terminé, il lui restait à peine assez de temps pour préparer le souper.

— Zut ! pesta-t-elle entre ses dents, alors que le couteau à éplucher venait encore de lui échapper des mains. Ce soir, je veux étonner Wolfe. Côtes de porc, pommes de terre et cerises en boîte. Avec un tel menu, j'ai peu de chances de rater mon coup. Au moins, pour une fois, je n'aurai pas à écouter Wolfe chanter les louanges de ce cordon-bleu de Willow Black !

Elle continua de parler toute seule pendant qu'elle terminait d'éplucher les pommes de terre. Le son de sa voix l'aidait à oublier le hurlement du vent.

Les côtes de porc doraient dans une poêle et, bientôt, un délicieux fumet chassa l'odeur de savon qui régnait encore dans la cuisine. Fredonnant malgré sa fatigue, Jessica amorça la pompe et mit de l'eau à chauffer en prévision de son bain.

— Quoi d'autre ? se demanda-t-elle à haute

voix en récapitulant dans sa tête la liste des choses à faire. Ah oui! Mettre une nouvelle nappe sur la table. Encore une lessive en perspective! Dieu merci, Wolfe n'a pas insisté pour que je repasse toutes ses chemises. C'est vrai que j'ai un peu abîmé la première. Mais est-ce ma faute? Comment aurais-je pu savoir que le coton était si fragile?

Jessica ouvrit l'armoire à linge et en sortit une nappe propre. Celle de la veille avait été irrémédiablement tachée après que Wolfe avait recraché dessus son café en jurant qu'elle cherchait à l'empoisonner.

Jessica espérait qu'elle finirait un jour par rire de l'aventure. En attendant, elle devait se perfectionner dans l'accomplissement des tâches ménagères tout en gardant le sourire. Du reste, elle n'avait pas le choix. Wolfe guettait le moindre signe de lassitude de sa part.

Dites le mot, Jessica!

Même s'il ne la prononçait plus, elle lisait constamment cette phrase sur ses lèvres. Mais il n'était pas question qu'elle rende les armes. Malgré sa fatigue. Malgré sa solitude dans ce pays étranger où elle ne comptait aucun ami. Excepté Wolfe — qui ne souhaitait qu'une chose : qu'elle s'en aille.

— Jamais! jura Jessica à haute voix. Vous verrez, Wolfe, nous redeviendrons amis. Nous rirons ensemble devant un bon feu de bois, et nous chanterons en chœur. Comme avant. Et si cela ne devait pas... (Sa gorge se noua. *Elle devait réussir.*) Je vais m'aguerrir, affirma-t-elle avec conviction. J'apprendrai. De toute façon, quoi qu'il m'arrive, mon sort ne pourra pas être pire que celui de ma pauvre mère.

Soudain, la plainte lugubre du vent lui rappela une nouvelle fois les cris de sa mère sur son lit de douleur. Jessica se boucha les oreilles et chanta aussi fort que ses cordes vocales le lui permettaient pour chasser les affreux souvenirs. Elle alla se réfugier dans la chambre de Wolfe et son regard s'attarda sur le tub. La pensée qu'il serait bientôt rempli d'une eau chaude et parfumée ramena le sourire sur ses lèvres.

Depuis qu'ils étaient arrivés dans la maison de Wolfe, Jessica avait dû se contenter d'une rapide toilette à l'eau froide le matin. Elle avait été trop occupée la journée, et trop fatiguée le soir pour trouver l'énergie de remplir le tub. Mais elle avait décidé qu'elle ne passerait pas une nuit de plus sans prendre un vrai bain. Ce qui lui semblait si banal en Angleterre lui apparaissait maintenant comme un luxe.

Elle jeta un regard envieux au lit de Wolfe, tellement plus moelleux que sa paillasse, mais se retint de s'y allonger pour ne pas salir la couverture avec sa robe souillée. Se sentant affreusement lasse, elle alla s'asseoir au coin du feu et s'endormit sans même s'en rendre compte.

La voix de Wolfe, qui criait au-dehors, la réveilla en sursaut. En ouvrant les yeux, elle aperçut quelques volutes de fumée qui couraient sous le plafond et s'échappaient par la fenêtre ouverte.

— Jessi ! Répondez-moi ! Où êtes-vous ?

Jessica se leva avec difficulté, tant ses membres étaient courbatus.

— Wolfe ? appela-t-elle d'une voix ensommeillée.

La porte d'entrée s'ouvrit et Wolfe fit irruption dans la maison.

— Jessi, vous allez bien ? s'exclama-t-il en

essayant d'y voir clair à travers la fumée qui avait envahi la cuisine.

— Je vais bien, répondit Jessica en apparaissant à la porte de la chambre.

Il ferma les yeux et soupira de soulagement.

— Wolfe ? Que se passe-t-il ?

Il rouvrit les yeux.

— J'ai cru que la maison flambait. Et vous avec.

— Flamber ?... Mon Dieu, les côtelettes !

Elle se précipita vers la poêle à frire, mais Wolfe lui attrapa le bras avant qu'elle n'en touche le manche.

— Non ! Vous allez vous brûler.

Il alla dans le salon prendre les pinces de la cheminée et s'en servit pour sortir la poêle dehors.

Jessica le suivit. Elle semblait sincèrement désolée, mais Wolfe ne savait quelle attitude adopter : rire ou se mettre en colère ?

Rire avec Jessica de sa mésaventure aurait été délicieux... mais aussi trop dangereux. S'il baissait sa garde, il l'encouragerait à penser qu'elle pourrait rester sa femme. Or Wolfe souhaitait en finir au plus vite avec cette comédie. Il se demandait combien de temps encore il pourrait vivre auprès d'elle en résistant à la tentation de la serrer dans ses bras.

Quand il se retourna pour lui faire face, son visage était inexpressif.

— Qu'aviez-vous prévu d'autre pour le souper ? demanda-t-il d'une voix neutre.

— Rien qui risque d'exploser, répondit Jessica avec une moue amusée. Des pommes de terre à l'eau et des cerises en conserve.

Wolfe regarda pensivement la jeune femme.

Elle avait quasiment perdu son accent anglais et sa prononciation ressemblait de plus en plus à celle d'une Américaine. Lui-même n'avait jamais eu de difficultés à s'adapter aux différents milieux dans lesquels il avait vécu, mais il savait que très peu de gens pouvaient se couler aussi facilement d'un moule dans un autre. Apparemment, Jessica lui ressemblait sur ce point. Cette constatation ne lui procura aucun plaisir; cela voulait dire qu'il serait d'autant plus difficile de la contraindre à demander l'annulation.

Voyant que son mari restait silencieux, Jessica rentra dans la cuisine. Wolfe la suivit et il remarqua que sa robe était boutonnée de travers. Elle n'avait pas fait appel à lui. Cette pensée le fit enrager. Certes, il lui était reconnaissant de ne pas chercher explicitement à le séduire pour l'obliger à consommer leur mariage. Mais il ne pouvait s'accommoder de son aversion dès qu'il la touchait — même pour des questions vestimentaires.

Maudite petite nonne! Pourquoi t'ingénies-tu à me torturer avec ton corps angélique?

Il s'appuya contre la porte de la cuisine, que Jessica avait gardée ouverte pour laisser partir la fumée. Il la regarda soulever le couvercle de la marmite où cuisaient les pommes de terre.

— Zut, alors! s'exclama-t-elle. Où sont-elles passées?

— Où sont passées quoi?

— Les pommes de terre.

Wolfe s'approcha et scruta à son tour l'intérieur de la marmite. L'eau était aussi opaque qu'un potage, mais on ne voyait plus rien qui ressemblât à une pomme de terre.

— Hier soir, elles étaient trop cuites à l'extérieur, et crues à l'intérieur. Ce soir, il n'y a plus ni extérieur ni intérieur.

— Je ne savais pas que les pommes de terre étaient un légume aussi capricieux, marmonna Jessica.

Wolfe secoua la tête et observa Jessica avec curiosité.

— Qu'avez-vous fait avec les cerises ? Elles macèrent dans du sel ?

— C'était irréaliste d'espérer que je puisse apprendre en trois jours ce qui demande des années d'apprentissage sur le continent pour devenir un chef, objecta Jessica. Pourtant, je fais de mon mieux pour être une bonne épouse. Vraiment.

— Rassurez-moi. Qu'est-il arrivé aux cerises ?

— Je n'ai pas réussi à ouvrir la boîte, avoua Jessica avec une grimace.

— Dieu soit loué !

Wolfe souleva la marmite de pommes de terre et l'emporta dehors.

— Bon appétit, mesdames les poules, dit-il d'une voix sardonique.

En l'entendant, Jessica se rendit compte qu'elle n'avait plus faim. Elle se sentait l'estomac noué et les yeux lui brûlaient des larmes qu'elle se retenait de verser. En voyant Wolfe revenir dans la cuisine avec la marmite vide, elle comprit qu'il guettait toujours le moindre signe de faiblesse de sa part. Il était résolu à se débarrasser d'elle au plus vite, et il se refusait obstinément à voir les efforts qu'elle déployait pour le satisfaire.

Rassemblant ses dernières forces, elle prit un torchon dans chaque main et agrippa les anses de la lessiveuse dans laquelle bouillait l'eau de son bain. Mais à peine avait-elle commencé à soulever le lourd récipient que ses bras cédèrent. La lessiveuse retomba avec fracas sur le poêle, dans de grandes éclaboussures d'eau bouillante. Par chance, Jessica ne reçut pas la moindre goutte.

Plus que jamais déterminée à savourer un bon bain chaud qui la remettrait de sa fatigue, elle s'apprêtait, dents serrées, à renouveler sa tentative, quand deux mains solides la soulevèrent de terre pour l'écarter du poêle.

— Êtes-vous stupide au point d'ignorer que l'eau bouillante pourrait irrémédiablement abîmer votre délicate peau d'aristocrate ?

Jessica regarda Wolfe sans rien dire. Si elle commençait à lui répondre, elle redoutait de se mettre à crier comme une harengère.

— Vous qui n'êtes certainement pas stupide, mon lord, finit-elle par dire d'une voix mielleuse, vous comptiez peut-être m'apprendre comment faire pour qu'une lessiveuse remplie d'eau chaude me suive de son plein gré ?

— De quoi parlez-vous ?

— Du moyen d'apporter l'eau qui bout sur le poêle jusque dans le tub, résuma-t-elle.

— Si vous croyez me consoler de ce dîner raté en m'offrant un bain...

Jessica ouvrit la bouche pour expliquer qu'il s'agissait de son bain à elle, mais Wolfe ne lui laissa pas le temps de parler.

— Vous avez raison, après tout, poursuivit-il. J'avais plus besoin de me laver que de manger, quel que soit le menu. Je vous félicite de l'avoir deviné.

— J'ai beau ne pas m'appeler Willow Black, je fais de mon mieux, marmonna Jessica entre ses dents.

Wolfe s'amusait de la voir enrager.

— Dites-moi, mon cher mari, reprit Jessica d'une voix doucereuse, j'imagine que Willow Black est grande et bâtie comme un bûcheron et qu'elle peut porter une lessiveuse sans le moindre effort ?

— Willow est aussi délicate et féminine que peut l'être une femme.

— Ah ? Dans ce cas, comment s'y prend-elle pour remplir sa baignoire ? Demi-tasse par demi-tasse ?

— Elle n'a pas besoin de se fatiguer. La nature s'en charge pour elle.

— Je m'en doutais, minauda Jessica. C'est une sorcière !

Jessica avait la langue bien pendue, mais Wolfe s'interdit de rentrer dans son jeu.

— Elle n'a rien d'une sorcière, répondit-il du ton le plus naturel possible. Caleb a construit leur maison près d'une source chaude et Reno a fait venir l'eau à l'intérieur par un système de tuyaux.

— N'ayant pas un mari aussi avisé que Caleb, ni un frère aussi astucieux que Reno, je dois me contenter de remplir ma baignoire par la méthode traditionnelle.

Wolfe lut dans les yeux de Jessica qu'elle était résolue à ne pas céder sur ce chapitre. Elle ne lui laissait guère le choix : soit il portait l'eau à sa place, soit il restait les bras croisés à la regarder s'ébouillanter.

— Je me charge de cette maudite lessiveuse, ronchonna-t-il.

Dix minutes plus tard, le tub était rempli et de l'eau chauffait sur le poêle. Wolfe enleva ses vêtements et se coula dans le bain.

— A présent, madame, appela-t-il, venez laver votre mari.

— Pardon ?

— Venez me laver ! répéta-t-il, s'impatientant. Voilà au moins une tâche dont vous devriez pouvoir vous acquitter correctement.

L'effarement qui se lisait sur les traits de Jessica quand elle apparut à la porte aurait dû faire rire Wolfe. Pourtant, il en fut plutôt irrité. Il songea qu'il était grand temps de mettre à exécution les recommandations de lady Victoria : *Apprenez à cette petite nonne à ne plus avoir peur des hommes.*

— N'ayez crainte, sœur Jessica, dit-il en lui tournant le dos comme elle s'approchait du tub. Ce n'est pas en me lavant que vous tomberez enceinte.

Jessica ne répondit pas. Elle n'avait d'ailleurs même pas entendu la réflexion de Wolfe, tant elle était troublée de le voir nu. La nuit où elle était venue se réfugier dans sa chambre, après l'agression de lord Gore, elle était trop bouleversée pour avoir réellement pris conscience de sa nudité. Mais, aujourd'hui, ni la panique ni le chagrin ne venaient la distraire de sa contemplation, et elle constatait soudain à quel point Wolfe était beau. De nouveau, elle sentit des picotements étranges dans son ventre.

— J'attends, femme, dit Wolfe sans se retourner.

Jessica ouvrit la bouche, mais aucun son ne sortit de sa gorge. Elle était comme hypnotisée par la vue du torse de Wolfe, aussi parfait qu'une statue de Michel-Ange. Les reflets dansants de la lampe sur sa peau bronzée mettaient en valeur l'harmonie de sa musculature. Ce mélange de force virile et de grâce était une révélation pour Jessica. Son cœur cognait dans sa poitrine et elle se sentait toute chose.

Cette pensée l'effrayait et la fascinait en même temps. D'une main tremblante, elle saisit le savon et commença à laver les cheveux de Wolfe.

Pendant quelques minutes, on n'entendit plus rien, sinon le léger clapotis de l'eau quand Wolfe bougeait et le frottement des mains de Jessica sur son cuir chevelu.

Malgré la fatigue de ses bras après les heures passées à récurer, Jessica prenait plaisir à masser l'épaisse chevelure noire de Wolfe, et de délicieux frissons naissaient au bout de ses doigts.

Wolfe s'agita dans son bain, envoyant des éclaboussures par terre. Le doux contact des mains de Jessica sur son crâne commençait à l'échauffer plus dangereusement que l'eau du bain.

— Est-ce que je le fais bien ? voulut-elle savoir.

Jessica reconnut à peine sa propre voix. Elle prenait beaucoup trop de plaisir à toucher Wolfe. Et, cependant, elle ne pouvait s'empêcher de continuer.

— Oui, répondit Wolfe d'une voix veloutée. Très bien.

Jessica laissa ses mains s'aventurer sur son cou, puis sur ses larges épaules. Ses muscles roulaient sous ses doigts et la force qu'elle percevait la fascinait.

— A... à quoi occupiez-vous vos journées avant que je vienne ici ? demanda-t-elle pour penser à autre chose.

Wolfe ferma les yeux dans l'espoir de contenir le désir qu'il sentait monter en lui. Puis il soupira. A quoi bon lutter ?

— Je m'occupais de chevaux, répondit-il. Je les achetais, les dressais et les revendais.

— Mais il n'y a pas de chevaux, ici, fit-elle remarquer en arrêtant un instant de le frotter.

— Je les ai tous revendus avant de partir en Angleterre. Je n'ai gardé que les meilleurs.

— Où sont-ils ?

— Chez Caleb. Je l'ai aidé à construire sa maison. En échange, Willow et lui prennent soin de mes juments.

— Ce sont des pur-sang ?

— Oui. L'une des juments est superbe. Elle allie la force et la beauté, la grâce et l'intelligence. Sa robe est poussière d'argent.

— Quand les ramènerez-vous ?

— Je ne pense pas le faire un jour. Cette partie des Rocheuses devient trop peuplée. Il sera bientôt temps pour moi de déménager.

— Trop peuplée ! Vous plaisantez ?

— Non. J'arrive à fraterniser avec les soldats et les ranchers, mais les gens des villes voient plutôt d'un mauvais œil les sang-mêlé. En cas de troubles, ils se vengent aussitôt sur les premiers Indiens qui leur tombent sous la main.

— C'est monstrueux !

Wolfe haussa les épaules.

— Humain, tout simplement. Si je vivais ici depuis assez longtemps, j'aurais sans doute réussi à leur faire changer d'avis à mon égard. Quant aux récalcitrants, je leur aurais fait comprendre d'aller respirer sous un autre climat.

— Si vous pensez pouvoir les convaincre, pourquoi ne restez-vous pas ?

— Mon nom cheyenne est L'arbre-qui-se-tient-à-part. Cela me convient parfaitement.

— Pourtant, vous avez construit une si jolie maison...

— J'en bâtirai une autre ailleurs. Sans doute plus près du ranch de Caleb et de Willow. Comme je les vois très souvent, je perdrai ainsi moins de temps à faire la navette.

Les mains de Jessica se crispèrent.

Encore cette maudite Willow ! Comment arriverai-je jamais à persuader Wolfe de mon utilité s'il passe son temps à penser à elle !

— Respirez un grand coup, dit-elle.

A peine avait-elle fini sa phrase qu'elle plongea la tête de Wolfe dans l'eau. Il la ressortit aussitôt et s'ébroua comme un jeune chiot, aspergeant Jessica.

— Encore une fois ! dit-elle.

Wolfe s'amusa à rester assez longtemps sous l'eau pour l'inquiéter.

— Wolfe ?

Elle lui secoua les épaules, mais il ne bougea pas.

— Wolfe, ça suffit ! Wolfe, êtes-vous...

Il bondit hors de l'eau dans un déluge d'éclaboussures et souleva Jessica à la taille pour la faire tenir en équilibre juste au-dessus du tub.

— Posez-moi !

— Avec plaisir.

— Sur le sol, bandit ! Sur le sol !

Wolfe la reposa par terre, mais Jessica riait si fort qu'il dut la tenir pour qu'elle ne perde pas l'équilibre.

Mentalement, il se traita d'idiot. Alors qu'il aurait dû garder ses distances, voilà qu'il s'amusait avec elle ! Pire, il se rengorgeait comme un coq en la voyant rougir de plaisir de ses facéties ! Il ne gagnerait jamais la guerre s'il pactisait avec l'ennemi.

Il la relâcha.

— Je pense que vous êtes assez rincé, maintenant, dit Jessica en s'écartant de lui. Profitez de ce que l'eau est encore chaude pour terminer votre bain.

Wolfe comprit à sa voix qu'elle était troublée. Nonne ou pas, elle avait pris plaisir à lui laver les cheveux. Et il ne put s'empêcher de se demander ce qu'elle éprouverait si elle devait le laver de la tête aux pieds.

Sans même réfléchir, il sut qu'il aurait sa réponse. Il attrapa Jessica par la taille avant qu'elle n'ait pu s'éloigner.

— Vous avez oublié quelque chose, dit-il.

— Quoi ?

— Mon corps. Il a besoin d'être lavé, lui aussi.

6

— Vous plaisantez ?

Wolfe sentit sa nervosité et il sourit.

— Pas le moins du monde. Prenez cette éponge.

Elle se baissa maladroitement, car Wolfe la serrait toujours à la taille. Au moment où elle attrapait l'éponge, elle sentit qu'il caressait ses hanches comme s'il voulait éprouver la texture de sa peau. Elle se releva si brutalement qu'elle faillit basculer en avant.

— Wolfe !

Il marmonna quelque chose que Jessica ne comprit pas. Peut-être une question, ou un rire étouffé.

— Votre main... c'est... bégaya-t-elle. Vous...

Il sourit d'un air détaché.

— Je... ?

Jessica le regardait et ne se lassait pas de sa beauté. Mais c'était la beauté du diable. Elle songeait à ces papillons irrésistiblement attirés par la lumière d'une lampe et qui viennent s'y brûler.

— Je... euh, rien, marmonna-t-elle.

Fébrilement, elle frotta l'éponge sur le savon pour obtenir de la mousse. Elle était toute rouge et Wolfe devinait que son cœur cognait dans sa poitrine en voyant palpiter les veines de son cou. Les regards qu'elle lui lançait en lui frottant le visage et les épaules trahissaient sa nervosité, mais aussi sa curiosité.

Lady Victoria, je vous tire mon chapeau, songea Wolfe avec amusement. *Vous connaissez vraiment tout de la nature humaine. Jessica n'est pas plus nonne que moi.*

Jessica rinça Wolfe rapidement, en essayant de ne pas regarder sous la surface de l'eau. C'était impossible. Elle ferma les yeux, mais ce fut une erreur : dans le noir, ses doigts étaient encore plus sensibles à ce qu'ils touchaient. Elle passa une nouvelle fois la main sur le torse de Wolfe en se persuadant qu'elle ne faisait que le rincer.

Menteuse! se dit-elle.

Elle rouvrit les yeux juste au moment où Wolfe relevait une jambe. L'eau dessinait des arabesques jusqu'en haut de ses cuisses.

Wolfe suivit le regard de Jessica, conscient que plus rien ne cachait son anatomie. Elle découvrait sa virilité avec un mélange d'appréhension et de curiosité qui décupla son désir.

Et cela se voyait.

— W... Wolfe?

— Je ne pense pas être plus difficile à frotter que le carrelage, dit-il d'un air détaché. Lavez-moi, femme.

S'efforçant de ne pas regarder plus haut que ses cuisses musclées, Jessica passa fébrilement l'éponge sur sa jambe.

— Rincez-vous, dit-elle.

La jambe droite disparut sous l'eau, mais la gauche la remplaça aussitôt.

Jessica la savonna à son tour, mais si maladroitement qu'elle laissa échapper l'éponge, qui coula à pic.

Elle attendit que Wolfe la récupère, mais, comme il ne bougeait pas, elle se hasarda à tâtonner sous l'eau. Sa main se heurta au membre raidi de Wolfe. Il ferma les yeux et serra les dents.

— Je... je suis désolée, dit-elle en retirant précipitamment la main. Je ne voulais pas...

— ... me toucher? (Wolfe sourit sans rouvrir les yeux.) Je vous pardonne, délicieuse nonne.

— L'éponge...

— Oubliez l'éponge. Vos mains sont plus efficaces.

Jessica était trop troublée pour lui répondre. Elle prit le savon et le passa sur la jambe de Wolfe. Elle renouvela l'opération, contre sa volonté, juste pour le plaisir de sentir la peau de Wolfe sous ses doigts.

— Rincez-vous, dit-elle d'une toute petite voix.

La jambe de Wolfe disparut sous l'eau. Avant qu'il n'ait pu lui demander de le laver encore, Jessica s'était redressée. Elle courut hors de la chambre, en murmurant quelque chose à propos de l'eau de son propre bain qu'elle devait surveiller.

Wolfe la suivit des yeux puis, à regret, il repêcha l'éponge et termina sa toilette. Il était allé aussi loin qu'il le pouvait avec Jessica... du moins pour l'instant.

Dans la cuisine, Jessica attendit que les battements de son cœur s'apaisent. Quand elle eut vérifié que l'eau était chaude, elle revint prudemment dans la chambre. Wolfe était en train de vider le tub dans une rigole d'évacuation creusée à même le sol. Ensuite, il alla chercher la lessiveuse sur le poêle et il remplit le tub, ajoutant de l'eau froide tirée à la pompe pour obtenir la bonne température.

Il était nu, à l'exception d'une serviette nouée autour de sa taille, et Jessica admira sa musculature, le contraste lumineux entre la blancheur de la serviette et sa peau hâlée.

Sa nervosité réapparut et ses doigts tremblaient lorsqu'elle voulut déboutonner sa robe. Pire : ses bras refusaient presque de se plier. Ses muscles étaient si courbatus qu'ils avaient perdu toute leur souplesse. Réprimant un juron, elle faillit déchirer le haut de sa robe. Une main ferme repoussa la sienne. Wolfe déboutonna sa robe en silence.

— Merci, dit-elle d'une petite voix. Je peux me débrouiller seule, à présent.

— Vous ne voulez pas que je vous lave ?

— Ce ne sera pas nécessaire, merci, répondit-elle précipitamment.

Wolfe laissa courir ses doigts dans le dos de Jessica. Sa fine combinaison en soie révélait bien plus qu'elle ne la cachait sa peau satinée.

— En êtes-vous sûre ?

Jessica frissonna sous la caresse de Wolfe.

— Oui.

Wolfe recommença à parcourir son échine, de bas en haut, cette fois.

— Oui ? Vous êtes certaine de vouloir que je vous lave ?

Jessica laissa échapper un petit gémissement. Le contact des doigts de Wolfe dans son dos lui procurait d'étranges sensations.

— Non, je peux le faire toute seule.

— Si vous changez d'avis, appelez-moi.

Dès que la porte se fut refermée sur Wolfe, Jessica exhala un long soupir avant de se déshabiller en toute hâte. Le savon dans une main et l'éponge dans l'autre, elle entra dans le tub.

Un délicieux frisson parcourut tout son corps quand elle s'immergea dans l'eau chaude. Le plaisir était le même que lorsque Wolfe avait caressé son dos, et cette constatation la déconcerta. Elle plongea prestement la tête sous l'eau pour se mouiller les cheveux avant de commencer à les savonner.

Après les avoir rincés, elle refit un shampooing, mais ses bras la trahirent. Cette fois, c'était beaucoup plus inquiétant : elle ne pouvait même plus les tenir au-dessus de sa tête. Ils retombèrent lourdement dans l'eau, tandis que la mousse commençait à couler sur son front et dans ses yeux.

— Wolfe, cria-t-elle, mes bras ne répondent plus !

N'osant pas ouvrir les yeux, Jessica ne s'aperçut de la présence de Wolfe que lorsqu'elle sentit qu'on lui essuyait le front avec une serviette chaude. Elle tressaillit.

— Restez tranquille, Jessi. Je ne vais pas vous faire de mal.

— Je sais. Vous m'avez fait peur, c'est tout. Mes bras, Wolfe, je ne peux pas...

— Oui, je vois, la coupa-t-il.

Il lui prit doucement un bras. Ses muscles étaient complètement noués.

— Vous vous êtes blessée ?

Jessica secoua la tête.

— Pas que je sache. Je crois simplement que mes bras ont déclaré forfait. Il m'était arrivé la même chose le jour où j'avais voulu sauter comme vous par-dessus le ruisseau. Vous vous rappelez ?

Wolfe sourit.

— Vous aviez essayé combien de fois ?

— Dieu seul le sait ! J'avais passé presque toute la matinée à prendre mon élan et à sauter.

— Et à tomber dans l'eau.

— Et à tomber dans l'eau, reconnut Jessica en soupirant. J'enrageais de vous voir franchir ce ruisseau aussi souvent que vous le vouliez, alors que je n'y arrivais pas. Ce soir-là, je ne pouvais plus marcher.

— Vous ne me l'aviez jamais dit.

— J'étais trop fière.

— Comme vous avez été encore trop fière aujourd'hui pour m'avouer que vous ne pouviez plus travailler.

Jessica ne répondit mot.

— Je vais commencer par enlever le savon, dit Wolfe. Vos bras peuvent attendre. Penchez la tête en arrière et fermez les yeux ! (Il lui essuya doucement le visage, jusqu'à ce que tout le savon ait disparu.) Gardez les yeux fermés, je n'ai pas fini !

Jessica entendit le bruit d'un linge qu'on trempait, puis une pluie d'eau chaude tomba sur sa tête, sur ses épaules et sur sa poitrine. Elle rougit en se rappelant soudain sa nudité.

Wolfe suivait avec envie le tracé de l'eau sur la peau de Jessica. Il aurait voulu être cette chaleur qui coulait sur sa peau sans la moindre entrave.

Et il était idiot de désirer cela.

— Vos yeux vous brûlent-ils ?

— Non, répondit Jessica d'une voix hésitante.

Elle ne comprenait pas pourquoi la voix de Wolfe s'était soudain durcie.

— Ne les ouvrez pas encore.

— Ne vous donnez pas cette peine. Je peux...

— Rien du tout! la coupa-t-il d'une voix impatiente. Vos bras sont paralysés par des crampes. Respirez un grand coup.

Jessica eut à peine le temps de remplir d'air ses poumons qu'il avait déjà plongé sa tête sous l'eau. Il agita ses longues mèches pour en ôter la mousse. Puis il tint sa tête au-dessus du tub et versa de l'eau propre dessus.

— Ça devrait aller, dit-il enfin.

Jessica voulut dégager les mèches qui s'étaient collées sur son front, mais ses bras ne voulaient toujours pas lui obéir. Dans son effort désespéré pour les lever au-dessus de sa tête, sa poitrine sortit hors de l'eau. Aussitôt, ses tétons se raidirent au contact de l'air frais.

A cette vue, Wolfe s'embrasa.

— Respirez encore un grand coup, petite nonne au sang bleu, dit-il entre ses dents.

— Ce n'est pas ma faute, répondit Jessica, piquée au vif par le ton de Wolfe. Entre la lessive et le récurage du sol, je...

Sa phrase se termina par un glouglou incompréhensible : Wolfe lui avait replongé la tête sous l'eau. Il la ressortit presque immédiatement et, avec des mouvements précis et efficaces, il essora la longue chevelure.

— Où est votre serviette ? demanda-t-il.

Il y eut un silence. Puis Jessica soupira avant d'avouer :

— J'étais tellement pressée d'entrer dans l'eau que j'ai oublié de la préparer.

— Tenez vos cheveux hors de l'eau pendant que je... Bon sang, c'est vrai que vous ne pouvez pas lever les bras !

Wolfe fit passer la chevelure de Jessica pardessus le rebord du tub.

— Ne bougez pas. Je reviens tout de suite.

Quelques secondes plus tard, Wolfe était de retour. Il portait des serviettes propres et une grande couverture blanche. Il sécha les cheveux de Jessica avant de les rassembler dans une serviette qu'il noua en turban sur sa tête.

— Comment vont vos bras ?

— Très bien, à condition que je n'essaie pas de les bouger.

Wolfe se saisit de l'éponge et après l'avoir frottée sur le savon, il lava le dos, les épaules et les bras de Jessica. Il la rinça puis remit du savon sur l'éponge.

— N'ayez pas peur, petite nonne.

— Quoi ?

Jessica faillit s'étrangler quand elle sentit l'éponge courir sur sa poitrine et descendre sur son ventre.

— Levez la jambe.

— Wolfe... gémit-elle faiblement.

— Appuyez juste votre pied sur le rebord du tub. Ne vous inquiétez pas, je ne vous laisserai pas vous noyer.

Lentement, Jessica leva la jambe droite. Wolfe lava son pied, sa cheville et son mollet comme s'il était habitué à le faire chaque jour. Jessica le regardait avec incrédulité pendant qu'il enfonçait l'éponge sous l'eau et remontait le long de sa cuisse.

— L'autre, maintenant.

Jessica était trop stupéfaite pour lui résister. Elle rentra sa jambe droite dans l'eau et sortit la gauche. L'éponge refit le même trajet. Quand elle arriva sur sa cuisse, Jessica frissonna. Mais, cette fois, l'éponge ne s'arrêta pas là. Elle remonta jusqu'en haut de sa cuisse, frôla le triangle de poils. Un son étranglé sortit de la gorge de Jessica. Aussitôt, l'éponge s'arrêta et resta là où elle était.

— Quelque chose ne va pas? demanda Wolfe avec affabilité.

Jessica laissa échapper un autre gémissement.

— Oui?

— Wolfe, s'il vous plaît...

— S'il vous plaît quoi?

Elle posa la main sur son poignet pour tenter de le repousser, mais son bras n'avait plus aucune force.

— Vous voulez que j'enlève ma main? demanda-t-il.

— Oui, répondit-elle en tremblant.

— Alors écartez vos jambes.

Jessica s'aperçut alors qu'elle avait serré les cuisses dans un réflexe instinctif, emprisonnant main et éponge.

— Dé... désolée, murmura-t-elle.

Wolfe, lui, ne l'était pas le moins du monde. Il avait beaucoup apprécié d'être ainsi retenu prisonnier dans le secret de sa féminité.

Jessica écarta les jambes. L'éponge se retira très lentement, dans une dernière caresse qui fit rougir Jessica jusqu'à la racine des cheveux.

— Il n'y a pas de quoi être embarrassée, expliqua Wolfe d'un ton détaché. Même si les époux ne partagent pas le même lit, une certaine intimité entre eux est inévitable.

Jessica le regarda avec étonnement déplier la couverture.

— Pouvez-vous vous lever?

Elle écarquilla les yeux.

— Non.

— Je vais vous aider.

— Mais je suis toute nue!

Wolfe soupira.

— Je sais. En général, c'est la meilleure façon de prendre son bain. Pouvez-vous vous relever toute seule, ou avez-vous besoin d'aide?

— Mais...

— Jessica, cessez d'avoir peur et sortez de ce bain avant de prendre froid.

— Fermez les yeux.

— C'est idiot, murmura Wolfe.

Cependant, il obtempéra.

Ses bras ne lui étant d'aucune aide, Jessica eut toutes les peines du monde à se redresser. Elle était presque debout quand elle glissa tout de son long dans le tub.

— Wolfe!

Il la souleva dans ses bras et la posa sur le sol avant de la frictionner vigoureusement, de l'air le plus détaché possible.

— Fermez les yeux! gémit-elle.

— Je ne peux pas voir ce que je fais si j'ai les yeux fermés. Pourquoi ne fermez-vous pas les vôtres, à la place?

— A quoi cela servirait-il?

— Oh, c'était juste une idée!

Wolfe réprima un sourire et ferma les yeux. Presque aussitôt, ses mains glissèrent vers les hanches de Jessica... en délaissant la serviette qui lui servait à la sécher.

— Ce n'est pas comme cela qu'il faut faire, dit Jessica d'une voix étranglée.

— Vous connaissez une meilleure méthode?

— Tendez-moi la couverture, et je me sécherai dedans.

Wolfe s'exécuta à regret. Mais, finalement, l'idée de Jessica n'était pas si mauvaise... Le contact de sa peau nue sous la fine couverture de coton était plus irrésistible encore que celui de l'éponge dans le bain.

— Ça devrait aller, dit finalement Jessica.

Wolfe ne savait pas s'il devait s'attrister ou se réjouir de voir son délicieux tourment prendre fin. Il s'approcha du lit et posa dessus une couverture en fourrure.

— Venez vous allonger, dit-il en prenant soin de ne pas regarder la troublante nonne qui frissonnait à côté du tub. Je vais voir si je peux faire quelque chose pour vos bras.

Jessica tourna vers lui un regard hésitant. La lumière de la lampe découpait la silhouette parfaite de son corps nu, à peine voilé par la serviette nouée autour de sa taille. Sa force le rendait beau et inquiétant à la fois.

— Chère madame, si j'avais l'intention de vous rudoyer comme lord Gore, il y a longtemps que ce serait déjà fait.

Sa voix trahissait une colère froide qui fit tressaillir Jessica.

— Je sais... dit-elle d'une toute petite voix. C'est simplement que... tout cela est nouveau pour moi.

— Pour moi aussi.

Jessica le regarda, étonnée.

— Ah?

— Je n'avais encore jamais lavé une femme. Mais, après tout, vous n'êtes pas une femme. Juste une nonne.

Sans un mot, Jessica s'approcha du lit et s'allongea sur le ventre. L'électricité statique de la fourrure contre sa peau nue la fit sursauter.

— Qu'est-ce qui se passe, encore? demanda Wolfe en remontant la couverture de coton sur son dos.

— C'est la fourrure... J'ai senti des picotements étranges.

— Elle va vous réchauffer.

Jessica voulut vérifier en bougeant un peu. A chacun de ses mouvements, elle sentait des ondes de chaleur parcourir son corps.

— Vous avez raison. C'est... extraordinaire.

Sans s'en rendre compte, elle bougea encore. Son corps ondulait lascivement sur la fourrure, et ce spectacle incita Wolfe à changer de tactique.

Jusqu'à présent, il s'était efforcé d'ignorer la sensualité latente de Jessica. Mais, cette fois, il décida qu'il serait peut-être plus intelligent de sa part d'éveiller cette sensualité. Après, elle serait moins terrifiée par le corps d'un homme et par l'idée de partager son lit. Elle accepterait plus facilement d'annuler leur mariage et de trouver un mari qui convienne mieux à sa position.

De son côté, Wolfe serait enfin libre de se chercher une femme qui réponde mieux à ses désirs. Une femme forte et passionnée, qui l'aiderait dans son travail et lui donnerait de beaux enfants. En comparaison de ces besoins vitaux, un lutin comme Jessica n'était rien d'autre qu'un amusement.

Un simple amusement.

Wolfe s'en voulait d'ailleurs de ne pas savoir contenir sa colère chaque fois qu'un autre homme serrait Jessica dans ses bras. La vie lui avait pourtant appris que le désir pour une femme était un sentiment passager qui n'avait rien à voir avec l'engagement du mariage.

Pour le meilleur et pour le pire, jusqu'à ce que la mort vous sépare.

— Je crois qu'un cognac vous ferait du bien, dit-il avec prévenance.

— Du cognac ?
— Hmmm.
— Merci, mais je n'aime pas l'alcool.
— Prenez-le comme un remède.
— Un remède ?
— Oui. J'en apporterai également un peu pour le perroquet.
— Quel perroquet ? Ah oui... Peut-être nous a-t-il suivis jusqu'ici ?

Elle rit de bon cœur, en frottant sa tête sur la fourrure, oubliant pour quelques instants ses bras qui la faisaient souffrir.

— Cette fourrure est vraiment délicieuse à toucher.

Wolfe resta immobile au pied du lit, hypnotisé par la vision de Jessica qui se lovait contre la couverture comme si c'était le corps d'un amant. Enfin, il se décida à sortir de la chambre. Il revint peu après, un flacon de cognac dans la main.

— Asseyez-vous, Jessi.

Elle roula sur le côté, mais, quand elle voulut se redresser, ses bras ne suivirent pas le mouvement.

— Je crois que je ne vais pas pouvoir, avoua-t-elle.

Wolfe posa le flacon sur la table de nuit et l'aida à s'asseoir. La couverture de coton glissa sur la poitrine de Jessica et elle voulut la retenir, mais ses bras étaient si longs à lui répondre que la couverture avait roulé sous ses seins avant qu'elle ne puisse l'attraper.

Wolfe ferma les yeux et tâcha de se convaincre qu'il était idiot de réagir comme s'il voyait la poitrine d'une femme pour la première fois de sa vie. Mais l'image des petits seins parfaits de Jessica restait imprimée sur l'écran de ses paupières et son cœur battait la chamade.

Il rouvrit les yeux en réprimant un juron, remonta la couverture sur la gorge de Jessica et lui tendit le flacon de cognac sous le nez.

— Buvez.

Avec une grimace, Jessica ouvrit la bouche et avala une gorgée. Aussitôt, elle se mit à tousser et à chercher désespérément de l'air. Tranquillement, Wolfe prit la carafe d'eau sur la table de nuit et lui versa un verre. Jessica le but d'une traite, mais l'eau fraîche ne suffit pas à éteindre la traînée de feu laissée par le cognac jusque dans son estomac.

— Vous vous sentez mieux ?

Jessica hocha la tête, incapable de parler.

— Rallongez-vous sur le ventre.

S'efforçant de paraître naturel, Wolfe rabattit la couverture de coton jusqu'en bas de ses reins.

— Où est votre essence de rose ? demanda-t-il.

— Dans un des flacons en cristal de votre vaisselier.

— Il y en a plusieurs identiques.

— Celui dont le bouchon est de la couleur de mes joues, murmura Jessica, la tête enfoncée dans la fourrure.

Wolfe se pencha.

— Ah ! Vous rougissez encore ?

Elle tourna la tête pour le regarder. Sertis dans le rouge de ses joues, ses yeux brillaient comme des pierres précieuses.

— Cela a l'air de vous réjouir ! l'accusa-t-elle.

Wolfe se détourna avant que Jessica ne le voie sourire et alla chercher le flacon.

— Faites attention, le prévint-elle. C'est très fragile.

— Ne vous inquiétez pas. Je ne suis pas maladroit avec les petites choses.

— Je sais, répondit Jessica en riant. Vous êtes le seul homme que je connaisse capable de cueillir des roses sans se piquer à leurs épines.

Comme il l'avait supposé, le dos de Jessica était aussi contracté que ses bras. Il le massa délicatement en appliquant l'essence de rose dont le subtil parfum embauma bientôt la chambre.

— Je ne vous fais pas mal?

— Non... soupira Jessica. J'ai l'impression d'être au paradis!

Wolfe sourit. Chaque fois qu'il descendait le long de son dos, il abaissait un peu plus la couverture sur ses reins. La tentation de pousser l'exploration encore plus bas était grande, mais Wolfe sut y résister. Il savait que Jessica prendrait peur.

— Dites-moi où vous avez le plus mal, s'enquit-il en remontant vers ses épaules. Là?

Jessica hocha la tête. La pression plus forte des doigts de Wolfe sur ses muscles endoloris la fit gémir.

— Plaisir ou souffrance? demanda-t-il d'une voix tendue.

Jessica hocha encore la tête.

— Lequel des deux? insista Wolfe.

— Oui, soupira-t-elle en allongeant ses bras sur le côté.

Wolfe sourit. Il reversa un peu d'essence de rose sur ses mains et reprit ses mouvements.

— Et là?

La pression efficace de ses doigts sur ses bras engourdis était délicieuse. Jessica se détendit tout à fait. Wolfe en profita pour aventurer ses mains le long du torse. Jessica tressaillit et voulut s'écarter. Mais les caresses de Wolfe sur ses hanches et le côté de ses seins étaient si agréables qu'elle se laissa aller sans plus protester.

Wolfe souriait de sa victoire. Pour s'attaquer à l'autre bras, il s'assit à califourchon sur les cuisses de Jessica. Dans son mouvement, il fit glisser la couverture de coton jusqu'à découvrir entièrement les rondeurs voluptueuses des fesses. Sa gorge se serra à la vue de ce spectacle.

— Et là ? voulut-il encore savoir en posant ses mains sur les reins de la jeune femme. Vous sentez une contraction ?

— Oui, soupira Jessica.

Wolfe ne put s'empêcher de faire mentalement le rapprochement avec la raideur qui affectait sa propre anatomie. La serviette nouée autour de sa taille ne cachait pas grand-chose de l'ardeur de son désir. La vision des fesses de Jessica était un délicieux tourment. Et la pensée qu'il pourrait, s'il le voulait, écarter ses cuisses et jouir de son corps, là, sur cette fourrure, lui arracha un gémissement.

— Wolfe ?

Il attendit, avant de répondre, de pouvoir reprendre sa respiration.

— Qu'y a-t-il ?

Jessica frissonna de plaisir en sentant les mains de Wolfe masser ses hanches avec un mélange de force et de douceur qui produisait des effets magiques sur ses courbatures.

— C'est si bon, soupira-t-elle en s'arquant instinctivement sous ses caresses. J'en ai la tête qui tourne.

— Ce doit être le cognac.

— Je crois plutôt que ce sont vos mains. Je ne savais pas qu'on pouvait éprouver autant de plaisir.

— Vraiment ? Tout à l'heure, vous ne sembliez pas faire la différence entre le plaisir et la souffrance.

— A présent, je sais, murmura Jessica. C'est comme une flamme qui ne vous brûlerait pas.

Wolfe dut reprendre sa respiration pour se calmer. Jessica venait de décrire parfaitement le plaisir charnel.

Pendant de longues minutes, la chambre resta silencieuse. On n'entendait plus que le frottement des mains de Wolfe, qui massait les reins de Jessica avec ses paumes. Quand il descendit plus bas, à la naissance de ses fesses, elle ne réagit pas. Mais au bout de quelques secondes, son corps se raidit.

— Wolfe ?

— Vous avez des muscles, là aussi, observa-t-il d'un ton qui se voulait le plus neutre possible.

— Oui, mais...

— Chut, Jessi. Faites comme si je massais toujours vos épaules.

— Mais c'est faux !

— Voilà pourquoi il faut faire semblant.

Il y eut de nouveau quelques instants de silence.

— Vous ne faites pas semblant.

— Comment le savez-vous ? rétorqua Jessica.

— Le perroquet me l'a dit.

Elle pouffa, imaginant le volatile qui les observerait en chuchotant des secrets.

— Je me sens toute chose, finit-elle par dire au bout d'un moment.

— Avec juste une gorgée de cognac ? J'en doute.

Jessica soupira.

— Excusez-moi, je ne voulais pas être brutal, dit Wolfe en ralentissant le mouvement de ses mains. Peut-être faut-il ajouter un peu plus d'essence de rose.

— Mais vous n'avez pas été brutal, répondit Jessica d'une voix indolente.

— Alors pourquoi ce gros soupir ?

— Ce n'est pas moi, sourit-elle. C'est le perroquet. Il se sent tout chose, lui aussi.

— Pour avoir bu une goutte de cognac ? Impossible !

— Alors ce sont les papillons.

— Quels papillons ?

— Ceux qui sont dans mon ventre. Quand vous me touchez d'une certaine façon, ils se mettent à voleter comme les feuilles en automne.

Jessica pouffa encore avant de tressaillir lorsque les mains de Wolfe s'approchèrent de ses cuisses serrées.

— Comme ceci, par exemple ? demanda-t-il d'une voix rauque.

— Ou... oui.

— Alors je vais continuer.

Jessica faillit s'étrangler quand les mains de Wolfe commencèrent à pétrir le dos de ses jambes. Mais l'effet conjugué du cognac, de l'odeur de l'essence de rose et de la chaleur des mains de Wolfe anesthésiait ses réactions. Une délicate torpeur l'envahissait et toute tension s'envola.

Wolfe aperçut le triangle couleur acajou que Jessica lui révélait dans son alanguissement et il serra les dents pour contenir un rugissement de désir. Il détourna le regard pour se concentrer uniquement sur la jambe qu'il massait. Mais, là encore, la féminité de Jessica n'était que trop évidente dans le galbe du mollet, la finesse de la cheville, la douceur de la peau satinée...

— Retournez-vous, petite nonne.

Trop épuisée pour protester, Jessica obéit à son ordre, consciente cependant de sa nudité.

Wolfe ménagea sa pudeur en étendant sur elle la couverture de coton. Jessica, soupirant de contentement, se frotta le dos contre la fourrure.

Wolfe essaya de détourner le regard, se maudissant de s'exposer ainsi à pareille tentation. Mais ses yeux étaient inexorablement attirés par les mouvements lascifs de Jessica sur la fourrure et par la pointe de ses seins qui tendait la fine couverture.

— Vous n'avez pas froid? demanda-t-il.

Jessica secoua la tête.

— Comment vous sentez-vous?

— Comme... comme un tricot qui se défait.

Jessica ne remarqua même pas le sourire de Wolfe. Elle se laissait dériver sur son radeau de fourrure en s'abandonnant totalement aux mains expertes de Wolfe. Chaque muscle qu'il massait devenait moins douloureux et retrouvait de sa souplesse comme par magie.

Après une dernière pression de ses doigts sur les épaules de Jessica, Wolfe se redressa.

— Wolfe? Vous n'allez pas déjà arrêter? protesta-t-elle d'une voix plaintive.

— Rassurez-vous, répondit-il en versant de l'essence de rose dans ses mains. Il me reste le devant de vos jambes. Mais c'est assez pour vos bras. Laissez-les se reposer, à présent. Vous êtes aussi faible qu'un oiseau tombé du nid.

— Je sais, soupira Jessica. Mais ça en valait la peine.

— De quoi parlez-vous?

— De la lessive et du ménage. Si je n'avais pas passé toutes ces heures à récurer, je n'aurais pas découvert le plaisir que peuvent me donner vos mains.

Wolfe dut faire appel à toute sa volonté pour se

concentrer sur les mollets de Jessica. Lorsqu'il remonta au-dessus de ses genoux, elle s'étira langoureusement.

— Jessi, murmura-t-il en commençant à lui masser les cuisses.

Quand il insinua la main sous la couverture, Jessica tressaillit. Wolfe hésita, s'attendant à une protestation qui ne vint pas. Il remonta légèrement ; Jessica s'étira.

— Pourquoi ne m'avez-vous jamais fait cela auparavant ? murmura-t-elle.

— C'est précisément la question que je me posais.

Wolfe ferma les yeux pour mieux goûter le velouté de sa peau. Il savait pourtant qu'il aurait dû arrêter son massage, car son propre désir menaçait de le submerger. Mais la tentation était trop forte. C'était comme un parfum enivrant qui déjouait insidieusement les mises en garde de sa raison. Doucement, il releva la couverture pour découvrir le secret de sa féminité, caché par ce triangle couleur acajou qu'il brûlait de caresser. Il approcha la main avec un gémissement de désir.

Cette caresse inattendue fit sursauter Jessica. En ouvrant les yeux, elle vit la main de Wolfe entre ses cuisses et son plaisir disparut aussitôt. Une angoisse qui se nourrissait de ses souvenirs d'enfance lui rappela soudain les hurlements de sa mère.

— Non ! cria-t-elle.

— Du calme, Jessi ! Je ne vais pas vous faire de mal. La nature...

Le reste de sa phrase fut étouffé par les cris de Jessica. Elle se débattait frénétiquement, mais ses bras étaient trop faibles pour repousser Wolfe. Au moment où elle allait reprendre sa respiration pour crier encore, Wolfe plaqua la main sur sa bouche.

— Jessi, écoutez-moi ! Je ne veux pas vous brutaliser.

Elle continuait de se débattre, comme si elle ne l'avait pas entendu. En voyant son corps s'agiter sous lui, Wolfe ressentit un mélange de désir et de honte pour n'avoir pas su se contrôler. De colère aussi, devant la peur irrationnelle de Jessica.

— Tenez-vous tranquille, bon sang ! dit-il d'une voix dure. Je ne vous toucherai plus. Vous m'entendez ? Jessica !

Wolfe dut se répéter plusieurs fois avant que Jessica ne retombe sur les couvertures, enfin calmée. Mais ses membres restaient agités de convulsions.

— Je vais enlever la main de votre bouche, mais si vous criez encore, je vous promets que je vous gifle comme le mériterait n'importe quelle hystérique.

Jessica leva les yeux vers lui. Il n'y avait aucune tendresse sur ses traits mais, comme il ne cherchait plus à s'immiscer entre ses cuisses, elle hocha lentement la tête. Wolfe libéra sa bouche.

Jessica ne cria pas. Tremblante, la respiration haletante et la voix brisée, elle dévisagea Wolfe.

— Je comprends maintenant pourquoi on vous a surnommé le Vicomte Sauvage, dit-elle. Les hommes qui sont incapables de contrôler leurs plus bas instincts n'ont que faire d'une épouse. Une catin leur suffit bien. Si j'avais su que vous vous comporteriez si atrocement avec moi, je n'aurais jamais cherché à me marier avec vous. Vous n'avez pas besoin d'héritier, aucune raison valable de souiller mon corps, et pourtant vous vous êtes vautré sur moi comme une bête !

— Qu'espériez-vous ? demanda Wolfe d'une voix rageuse. Depuis que nous nous sommes retrouvés à St. Joseph, vous n'avez pas cessé de me regarder à la dérobée, en croyant que je ne m'en apercevais pas.

Jessica ne put nier, car il disait vrai. Elle avait toujours admiré Wolfe. Il la fascinait. Et plus les années passaient, plus cette attraction devenait irrésistible.

— Vous me regardiez avec envie, continua Wolfe d'une voix qui trahissait sa colère et sa frustration. Vous vous demandiez quels frissons on devait ressentir en couchant avec un sauvage, mais quand je...

— Jamais ! l'interrompit-elle avec véhémence. Jamais je n'ai songé à coucher avec vous. Le seul fait d'y penser m'horrifie !

Les yeux de Wolfe s'étrécirent jusqu'à n'être plus que deux petites fentes d'un noir intense.

— Dans ce cas, vous acceptez l'annulation.

Il avait parlé d'une voix si feutrée que Jessica n'assimila pas tout de suite le sens de ses paroles. Quand elle comprit, elle ferma les yeux pour dominer son angoisse.

— Non, répondit-elle en tremblant. Vous êtes peut-être un sauvage, mais vous n'irez pas jusqu'à me prendre contre mon gré.

Délibérément, Wolfe posa la main entre ses cuisses.

— En êtes-vous sûre ? demanda-t-il d'une voix dangereusement douce.

Jessica tressaillit et rouvrit les yeux. Ils étaient si dilatés par la peur qu'ils avaient presque perdu leur couleur. Elle voulut joindre les mains dans une prière silencieuse, mais ses bras refusèrent de lui obéir.

Wolfe se redressa brutalement et il sauta du lit, furieux contre lui-même, furieux contre Jessica et contre ce mariage ridicule.

— Allez-vous-en ! ordonna-t-il.

Jessica le regarda sans comprendre.

— Sortez de mon lit ! Vous me dégoûtez autant que je vous terrifie. Même si je le devais, je ne pourrais pas vous prendre. Vous n'êtes pas une femme. Juste une sale enfant gâtée.

Jessica se releva, trop lentement au goût de Wolfe. Il l'empoigna sans ménagement pour la faire descendre du lit.

— Acceptez l'annulation, bon sang ! Rendez-moi ma liberté !

Jessica secoua la tête.

Wolfe la regarda un long moment, avant de reprendre d'une voix glaciale, plus blessante que s'il l'avait frappée :

— Vous regretterez le jour où vous m'avez obligé à vous épouser. Il existe beaucoup de choses bien pires que de se faire caresser par un sauvage. Vous ne tarderez pas à les découvrir. *Toutes*.

7

Jessica regarda Wolfe goûter le café qu'elle venait de lui préparer en s'efforçant de dissimuler son appréhension. Elle soupira de soulagement : il avait à peine esquissé une grimace. Elle posa devant lui une assiette en jambon, des biscuits et un compotier de fruits cuits.

Wolfe se servit en jambon, ignora les biscuits et versa un peu de compote dans son bol.

Jessica espérait qu'il serait de moins mauvaise humeur après avoir mangé. Peut-être accepterait-il enfin d'écouter ses explications. Et peut-être la regarderait-il avec davantage de bienveillance.

Wolfe mangea en silence. Il était conscient du regard de Jessica posé sur lui, mais il s'abstint de lever les yeux dans sa direction. C'était mieux ainsi. Depuis qu'il s'était réveillé, sa colère à fleur de peau menaçait à tout instant d'éclater.

— Vous voulez encore du jambon ? demanda-t-elle d'une petite voix timide.

— Non, merci.

Jessica fut à peine rassurée par la politesse de Wolfe, car elle savait qu'il ne s'en départait jamais, quelles que soient les circonstances. En

Angleterre, ses manières étaient aussi civilisées que celles d'un duc.

— Wolfe, se risqua-t-elle à dire, la nuit dernière j'étais fatiguée et...

Il l'interrompit brutalement.

— Vous avez été parfaitement claire, madame. Mes caresses vous horrifient. Ce sont vos propres mots.

— Non, ce n'est pas ce que je voulais dire.

— Vous l'avez pourtant dit.

— Je vous en prie, écoutez-moi...

— C'est inutile.

— Je ne m'étais jamais retrouvée nue devant un homme, ajouta-t-elle précipitamment. Je n'avais jamais touché un homme nu et personne non plus ne m'avait encore touchée comme vous l'avez fait. J'ai vu à quel point vous me désiriez et j'ai oublié que vous ne me feriez pas de mal, et je...

La voix de Jessica se brisa.

— ... J'étais terrifiée, reprit-elle. Et je... j'ai paniqué. S'il vous plaît, ne m'en veuillez pas ! Je... Wolfe, j'ai aimé ce que nous avons fait. C'est pour cela que j'ai pris peur.

— Bon sang ! grommela Wolfe en reculant sa chaise. Vous avez aimé ça et pourtant vous avez paniqué ? Vous vous moquez, madame ! Vous avez eu toute la nuit pour échafauder une excuse valable et vous ne trouvez rien de mieux à me dire ? La vérité, vous l'avez clamée hier soir.

— Non ! cria Jessica. Ce n'est pas...

— Assez !

Jessica ouvrit la bouche pour répliquer, mais le regard de Wolfe la fit taire. Elle n'y lut pas seulement de la colère. Toute trace de ce désir qui le tenaillait la nuit précédente avait disparu. Il la regardait comme si elle était une étrangère arrivée depuis peu dans sa maison — une étrangère dont la présence n'était pas souhaitée.

Jessica baissa les yeux, pour qu'il ne puisse pas s'apercevoir de sa soudaine tristesse. Il lui faudrait beaucoup de temps et d'opiniâtreté pour redonner à Wolfe le goût de la camaraderie qu'ils avaient partagée pendant leur long voyage à travers l'Ouest. Et il faudrait un miracle pour qu'ils retrouvent leur amitié d'avant le mariage.

— Quand vous aurez lavé la vaisselle, laissez le poêle s'éteindre, ordonna Wolfe d'une voix dure. Nous allons partir.

— Nous retournons en Angleterre ?

— Oh non ! Il n'est pas question que j'y remette jamais les pieds.

— Je ne savais pas que vous la détestiez.

— Il y a beaucoup de choses que vous ignorez, à mon sujet.

— Je tâcherai de les apprendre.

— Une femme ne connaît pas vraiment un homme tant qu'ils ne sont pas amants.

— Dans ce cas, je demanderai à l'une de vos maîtresses d'éclairer ma lanterne.

Wolfe eut un sourire diabolique.

— Désolé, mais vous n'avez pas marqué de point, madame.

— Et pourquoi ?

— Il existe d'infinies variations dans les manières de faire l'amour. Aucun homme n'est le même avec toutes les femmes. Et aucune femme ne se comporte pareillement avec tous les hommes. La richesse de l'humanité réside dans ces différences.

— J'ai du mal à croire qu'un vulgaire accouplement puisse se parer de tant de vertus.

— Vous parlez bien comme une nonne, sœur Jessica.

— Je ne suis pas une nonne.

— Ni une femme, visiblement.

— Le mariage ne se résume pas seulement à ce qui se passe dans le lit conjugal, objecta Jessica en désespoir de cause.

— Pour un homme, si.

Jessica se leva de table, son appétit soudain envolé.

— Je suis désolée que notre mariage vous déçoive à ce point.

— Vous ne sauriez l'être autant que moi. Mais cela va bientôt changer, annonça Wolfe en jetant sa serviette sur la table. Vous trouverez deux valises en cuir sous mon lit. Mettez-y vos vêtements. Nous partons dans deux heures.

— Ce serait plus pratique si je savais où nous allons. Et combien de temps nous y resterons.

— Nous allons traverser les Rocheuses pour rejoindre l'autre versant.

Le regard de Jessica trahit une surprise mêlée de soulagement.

— Vraiment ? Allons-nous chasser ?

— Non, répondit Wolfe en s'impatientant.

— Alors pourquoi partons-nous ?

— Pour voir les chevaux que j'ai confiés à Caleb. Et pour savourer de vrais gâteaux. Willow fait les meilleurs de la terre.

Jessica essaya de cacher sa consternation à l'idée d'être confrontée à cette femme que révérait Wolfe. Ce modèle qui réussissait tout ce qu'elle entreprenait, alors qu'elle-même ratait tout ce qu'elle faisait.

— Nous resterons combien de temps ?

— Le temps qu'il faudra pour que vous appreniez à cuisiner. Ou que vous consentiez à l'annulation. Je parierais plutôt pour l'annulation, ricana Wolfe en sortant pour aller s'occuper des chevaux.

Quand la porte se fut refermée sur lui, Jessica lança un regard hostile à la pile d'assiettes sales qui attendait dans l'évier.

Une demi-heure plus tard, Jessica sortit vider le baquet d'eau de vaisselle. Elle entendit un bruit métallique et aperçut une petite cuiller qu'elle avait dû oublier de rincer. En soupirant, elle se dirigea vers les rochers et se baissa pour la ramasser.

Quand elle se redressa, elle entendit un oiseau lancer ses trilles dans la brise matinale. Elle leva la tête pour essayer de l'apercevoir dans les arbres. Elle ne le vit pas, mais elle remarqua que les bourgeons étaient en train de s'ouvrir et que les branches se couvraient de petites pousses vertes qui annonçaient la belle saison. Le soleil brillait généreusement, à peine voilé de temps à autre par quelques nuages duveteux d'une blancheur immaculée.

La tiédeur de l'air printanier lui réchauffa le cœur. Elle dénoua le fichu de coton qui retenait ses cheveux et les laissa librement flotter sur ses épaules.

Caché dans l'ombre de l'écurie, Wolfe n'avait rien perdu du spectacle. Son désir s'était brutalement réveillé en voyant la chevelure de Jessica flamboyer dans le soleil.

Le souffle coupé, il la regarda pirouetter doucement sur elle-même et se mettre à danser en fredonnant un air de valse. Jessica avait la beauté et la légèreté d'un elfe, et le souvenir de ses cruelles paroles torturait le cœur de Wolfe comme si l'on y avait plongé un poignard.

Je comprends pourquoi on vous a surnommé le Vicomte Sauvage. Si j'avais su que vous vous comporteriez si atrocement avec moi, jamais je n'aurais cherché ce mariage.

Wolfe se détourna de cette vision de rêve qui dansait sous le soleil. Mais il ne suffisait pas de tourner la tête pour échapper aux paroles qui résonnaient sinistrement à ses oreilles.

Machinalement, il reprit les préparatifs de leur voyage. Il était encore un peu tôt dans la saison pour franchir les cols, mais ce serait tout de même moins dangereux que de continuer à vivre enfermé dans cette maison, avec Jessica si proche de lui et dont la passion couvait comme un feu sous la glace.

De quoi te plains-tu ? se demanda-t-il. *Même si elle s'offrait à toi, tu ne la prendrais pas.*

En es-tu si sûr ? lui chuchota une petite voix.

Je n'en voudrais pas, même sur un plateau d'argent.

Qui parle de plateau d'argent ? Un simple lit... sur lequel elle s'ouvrirait à toi comme les pétales d'une rose.

Bon sang, non ! Quel que soit le désir que j'éprouve pour Jessica, ce n'est pas la femme qu'il me faut.

Wolfe ressassait les mêmes arguments pour la énième fois, mais ils produisirent encore l'effet escompté. Quand il revint vers la maison, son visage impassible ne trahissait plus aucune trace du désir et de l'amertume qui l'avaient taraudé quelques moments plus tôt. Il trouva Jessica dans la chambre, au milieu d'un amoncellement de vêtements.

Les valises étaient ouvertes sur le lit. L'une d'elles était déjà pleine à ras bord de toutes sortes d'objets : des livres, une lunette de vue, des aiguilles à broder, une boîte d'hameçons, et plein d'autres choses encore. Wolfe eut la curiosité de regarder les livres.

— Coleridge, Burns, Blake, Shakespeare... lut-il en mettant à part le dernier. Laissez celui-ci à la maison. Willow possède les œuvres complètes de Shakespeare.

— J'aurais dû m'en douter.

— Et celui-là également.

— John Donne? demanda Jessica en écarquillant les yeux. Décidément, cette Willow a toutes les vertus.

— En l'occurrence, il s'agit de son mari. Quand vous verrez Caleb, vous comprendrez. La métaphysique de Donne lui convient parfaitement.

— Je comprends que ces deux-là se soient mariés ensemble, ironisa Jessica. Et pour les autres livres?

— Les recueils de poèmes?

— Oui.

Wolfe haussa les épaules.

— Emportez-les, si vous y tenez.

— Je croyais pourtant que vous aimiez la poésie.

— En effet. Et j'ai une excellente mémoire des vers, répondit Wolfe en caressant la couverture des œuvres de William Blake.

— Si vous voulez bien me réciter mes poèmes favoris le soir au bivouac, je laisserai tous mes livres ici, dit Jessica en souriant.

Wolfe comprit qu'elle voulait lui rappeler ces soirées qu'ils avaient passées autrefois ensemble devant un feu de camp, à réciter des vers que leurs guides de chasse écoutaient religieusement.

— Si vous avez envie de poèmes, vous feriez mieux d'emporter vos livres. Ma période poétique est terminée.

Le sourire de Jessica s'estompa. Pour se donner une contenance, elle replongea dans ses bagages. Voyant qu'elle hésitait entre deux tenues d'équitation, Wolfe prit la plus épaisse et la posa dans la valise.

— Vous aurez besoin de vêtements chauds, la prévint-il. Il fait encore froid dans les Rocheuses, à cette saison.

— Avez-vous une selle, pour moi ?

— C'est inutile. Vous monterez en amazone.

— Dans les montagnes ? Ce n'est pas très raisonnable.

— Notre mariage non plus ne l'est pas.

— Wolfe...

— Dites le mot que j'attends, lady Jessica. Il n'y a que quatre syllabes. *Dites-les !*

Il attendait qu'elle réponde *annulation*, mais après quelques secondes de silence, Jessica articula :

— A-ma-zone. Non, désolée, vous vous trompez. Il n'y a que trois syllabes.

Wolfe détourna la tête avant que Jessica ne puisse surprendre son sourire.

— Vous devriez vider votre valise du superflu, dit-il en se composant une voix autoritaire. Sinon, vous n'aurez pas assez de vêtements de rechange.

— Tant mieux ! Ce sera autant de lessive gagnée.

Wolfe sourit encore, sachant que Jessica ne pouvait pas voir son visage.

— Je parlais sérieusement, reprit-il en désignant les robes qui s'empilaient au pied du lit.

Vous feriez mieux de les prendre, plutôt que des recueils de poésie ou des hameçons.

— Mes robes ne peuvent pas me réciter de vers. Et ça m'étonnerait que je puisse attraper une truite en lui lançant une chaussure à la tête.

Wolfe crut qu'elle cherchait à le provoquer, mais non. Jessica était sincère. Elle préférait emporter des livres et un nécessaire de pêche plutôt que ses robes élégantes. Un tel comportement pouvait surprendre de la part de la belle et aristocratique lady Jessica Charteris qui avait dansé à son bras, si merveilleusement parée et parfumée le soir de son vingtième anniversaire. Mais l'intrépide Jessi qu'il avait connue autrefois n'aurait pas réagi différemment.

— Enfilez votre tenue d'équitation pendant que je termine les préparatifs, ordonna-t-il.

Au moment où il s'apprêtait à sortir de la chambre, il s'arrêta et fit brusquement demi-tour pour s'emparer de la couverture en fourrure. Jessica le regarda avec étonnement.

— Il est possible que nous ayons à dormir dans la neige, expliqua-t-il. Avec ça, vous n'aurez pas froid.

— Merci, répondit Jessica, qui ne comprenait pas cette soudaine sollicitude.

— Inutile de prendre cet air ahuri, lady Jessica. Je souhaite une annulation, pas un enterrement.

Quand Wolfe eut quitté la chambre, Jessica soupira longuement avant de se décider à se changer. Sa robe avait moins de boutons que celle qu'elle portait pour le voyage, mais elle était tout de même difficile à mettre seule. Elle songea un instant à appeler Wolfe pour qu'il l'aide, mais elle chassa aussitôt cette idée de son esprit. Malgré son ignorance des hommes, elle savait toutefois que plus une femme était dénudée, plus leur sang s'échauffait. Surtout lorsqu'on se refusait à eux.

Les souvenirs de la nuit précédente lui revinrent d'un coup en mémoire, et elle frissonna. Mais ce n'était pas seulement de peur. Wolfe lui avait donné du plaisir. S'il connaissait le même plaisir en s'accouplant avec une femme, elle comprenait sa colère de n'avoir pas pu parvenir à ses fins. Et elle comprenait, à présent, quelle devait être sa frustration de vivre sans cesse à ses côtés, de respirer l'air qu'elle respirait, sans partager son intimité.

Nous ne pouvons pas continuer à vivre ainsi pendant des années.

D'un autre côté, Jessica songeait au sort qui l'attendait si elle consentait à l'annulation. Elle retournerait en Angleterre et lady Victoria l'obligerait à un autre mariage avec un lord riche et âgé mais encore assez vert pour lui faire des enfants. Cette perspective conforta Jessica dans sa détermination à vouloir rester libre. Wolfe préférait peut-être l'annulation à un enterrement, mais pas elle.

Il y avait des choses pires que la mort, Jessica en était convaincue. Des choses horribles, qui l'avaient marquée dans son enfance et qui revenaient hanter ses cauchemars.

Avec un gémissement, Jessica cacha son visage dans ses mains.

— Dieu tout-puissant, murmura-t-elle, faites que Wolfe change d'avis, car moi, je ne le pourrai pas.

8

Jessica s'approcha d'un pas hésitant du comptoir des habits. L'idée d'acheter des vêtements tout faits l'intriguait et la déconcertait. Jusqu'à présent, sa garde-robe avait toujours été coupée sur mesure par des couturières qui venaient au manoir de lord Stewart.

— Madame Lonetree ? C'est bien vous ?

Jessica aurait reconnu cette voix entre mille. Elle se retourna avec un sourire pour l'homme qui se tenait derrière elle, son chapeau à la main. Lui aussi souriait.

— Rafe ! Quelle bonne surprise ! Que faites-vous à Canyon-City ? Et comment va votre bras ?

Rafe bougea l'épaule.

— Encore un peu raide, mais rien de douloureux. Je n'ai jamais cicatrisé aussi vite. Vous avez fait des merveilles.

— Que faites-vous ici ? redemanda machinalement Jessica, avant de se rendre compte de sa bévue. Oh, excusez-moi, je ne voulais pas me montrer grossière ! C'est la seule chose que Betsy a oublié de m'expliquer à propos de l'Amérique.

Rafe haussa les sourcils.

— Betsy ?

— Ma femme de chambre américaine. Du moins elle l'était, jusqu'à ce que nous arrivions sur les bords du Mississippi. Elle m'a appris la plupart des coutumes de votre pays. Sauf la plus importante.

— Vous feriez peut-être mieux de m'en parler, alors. Moi-même, je suis nouveau dans l'Ouest.

Jessica soupira de soulagement.

— Ah, tant mieux ! Je ne vous ai donc pas insulté en vous demandant ce que vous faisiez à Canyon-City. Wolfe s'est montré catégorique sur ce point : dans l'Ouest, on ne demande jamais à un homme d'où il vient, ni pourquoi il est là.

— En Australie, c'est la même chose, dit Rafe en souriant. Et en Amérique du Sud, également.

— En Angleterre, c'est le contraire. Sauf pour certaines personnes, bien entendu.

— Les criminels ? demanda Rafe d'un ton légèrement moqueur.

— Ô mon Dieu, je vous ai insulté !

Rafe rit de bon cœur.

— Non, madame. Mais c'est un plaisir de vous taquiner.

Si un autre homme lui avait parlé ainsi, Jessica se serait détournée en affectant tout le mépris que lui inspiraient ces familiarités. Mais c'était impossible de se comporter de la sorte avec Rafe. Et inutile. Il l'admirait ouvertement, sans jamais toutefois outrepasser les bornes de la politesse.

— Cela ne me gêne pas de dire pourquoi je suis ici, expliqua-t-il. J'attends qu'on rouvre les cols. Je suis arrivé en ville juste avant la dernière tempête de neige.

— Dans ce cas, vous n'y resterez plus très longtemps. Wolfe affirme que la route sera bientôt dégagée.

— J'imagine que votre mari a raison. Des gens, ici, m'ont raconté que Wolfe Lonetree connaissait les Rocheuses comme sa poche.

— Cela ne m'étonne pas. Wolfe a toujours aimé les contrées sauvages.

Rafe regarda à travers la vitre de la boutique les pics enneigés qui se profilaient à l'horizon. Mais c'était à d'autres montagnes qu'il pensait. Après quelques secondes de silence, il reporta son attention sur la jeune femme qui se tenait près de lui.

— Vous êtes venue faire des emplettes ? demanda-t-il.

— Oui. Wolfe m'a chargée d'une petite liste de commissions pendant qu'il partait acheter des « chevaux du Montana », comme il les a appelés. Je suppose que ce sont des bêtes assez résistantes pour affronter le froid et la neige. Nous partons nous aussi dans la montagne.

Rafe eut l'air étonné.

— C'est un pays très dur, madame Lonetree. Trop dur pour une dame comme vous.

— Êtes-vous déjà allé en Écosse ? demanda Jessica en souriant.

Il secoua la tête.

— Allez-y en plein hiver, dit-elle, quand le vent du nord balaie tout sur son passage. Même les vêtements les plus épais ne vous protègent pas de sa morsure.

— Vous êtes née là-bas ? déduisit Rafe au son de sa voix.

— Oui.

— Il n'empêche que vous paraissez fatiguée. J'espère que votre mari s'est trompé et que les cols ne rouvriront pas si vite. Quelques bonnes nuits de repos ne vous feraient pas de mal.

Jessica sourit tristement. Quoi qu'il arrive, elle

ne dormirait pas mieux la prochaine nuit que toutes celles qui avaient suivi leur dispute. Wolfe ne s'était pas radouci, en dépit de tous ses efforts pour lui être agréable. Il la traitait en ennemie. Ou, pire, comme un ami qui l'aurait trahi.

— Mon mari m'a assuré que les cols rouvriraient dans deux jours au plus tard.

— Il en est donc si sûr ?

— Vous avez rencontré Wolfe. Vous a-t-il fait l'effet d'un homme indécis ?

Rafe secoua la tête en souriant. Il se rappelait la détermination avec laquelle Wolfe mitraillait méthodiquement les Indiens.

— Non. Vous avez épousé un dur, madame.

Le sourire de Jessica s'évanouit.

— Ne le prenez pas mal, voulut se rattraper Rafe. Ce n'était pas une insulte. Dans l'Ouest, les durs sont les meilleurs hommes. Qu'ils soient maris, frères ou simplement amis.

Rafe regarda de nouveau par la vitre. Un groupe de désœuvrés s'attardait depuis un moment devant le saloon.

— Votre mari est-il dans le saloon, madame ?

— Non. Il a une assez mauvaise opinion du whisky local.

— Matt pense comme lui.

— Matt ?

— Matthew Moran.

Voyant que Jessica paraissait réfléchir, il ajouta :

— Vous avez peut-être déjà entendu son nom ?

— C'est possible, mais je ne m'en souviens pas.

— Et Caleb Black ? Tous ses amis l'appellent Cal.

— Lui, oui, répondit Jessica d'une voix mordante. La perle rare.

— Je ne peux pas en juger, répliqua Rafe avec amusement. Je ne l'ai jamais rencontré.

— Je ne parlais pas de Caleb, mais de sa femme. Il paraît que c'est une perle. Wolfe ne cesse de me le répéter.

— Alors nous ne devons pas parler du même Caleb. Willy est tout un tas de choses, mais certainement pas une perle.

— Willy ?

— Willow Moran. Moran, c'était son nom avant qu'elle se marie avec Caleb. Maintenant, elle s'appelle Willow Black.

Jessica eut un sourire apitoyé.

— Pauvre Rafe ! Vous avez fait tout ce voyage et reçu une balle dans l'épaule pour rien. La perle est déjà mariée.

— Ce n'est pas ce que vous croyez. Willow est ma sœur.

— Ah... euh... (Jessica s'empourpra.) Je suis désolée. Je ne voulais pas me moquer d'elle. C'est que... Oh, zut ! Quand donc apprendrai-je enfin à tenir ma langue ?

— Ne vous inquiétez pas, dit gentiment Rafe. Willy serait bien la première à rire si on la traitait de perle. C'est une sacrée friponne. Mais, nom de nom, quelle cuisinière ! Je pourrais traverser la moitié du globe pour ses gâteaux. (Avec une grimace, il ajouta :) D'ailleurs, c'est ce que j'ai fait.

— Apparemment, votre sœur et moi avons un point commun.

— Les gâteaux ?

— En quelque sorte. Wolfe a lui aussi traversé la moitié de la planète, et tout ce qu'il sait comparer, ce sont les gâteaux de Willow aux miens.

— Ne le prenez pas mal, répondit Rafe en souriant. Personne ne peut rivaliser avec ma sœur, sur ce plan. Ses gâteaux sont les meilleurs du monde.

— Et les miens les plus mauvais. Même une souris affamée n'en voudrait pas.

Rafe essaya de garder son sérieux, mais c'était difficile. Il éclata de rire en se représentant la petite souris qui dédaignerait des friandises posées sur son chemin.

Jessica rit à son tour. C'était si agréable d'entendre rire un homme et de savoir qu'il existait au moins quelqu'un dans l'Ouest qui appréciait sa compagnie ! Wolfe ne s'amusait plus jamais avec elle. Il ne souhaitait qu'une seule chose : qu'elle s'en aille. Le sourire de Jessica s'évanouit à cette pensée.

— Ne soyez pas triste, Jess... euh, madame Lonetree.

— Appelez-moi Jessica, répondit-elle chaleureusement. Jessica ou Jessi, comme il vous plaira.

Rafe jeta de nouveau un coup d'œil par la fenêtre. Ses muscles se tendirent imperceptiblement. Il avait assez fréquenté toutes sortes d'hommes dans les endroits les plus perdus pour savoir qu'il se tramait quelque chose. Le petit groupe du saloon s'était rapproché du buggy des Lonetree et discutait avec animation. La plupart de ces hommes étaient des hors-la-loi ou des prospecteurs qui tuaient le temps à Canyon-City en attendant la réouverture des cols. Comme ils n'avaient rien à faire, ils passaient la journée à boire et à parler des femmes. Ils avaient dû remarquer la jeune et élégante lady qui était descendue du buggy.

— Madame Lonetree...

— Ne soyez pas si formel, insista Jessica gentiment.

— Très bien, Jessi. Ne retournez pas à votre buggy tant que votre mari ne sera pas avec vous.

— Pourquoi ?

— Les hommes qui sont dans la rue ont trop bu. Ils n'ont pas l'habitude de rencontrer des femmes comme vous.

— Je vois, soupira Jessica. J'ai encore quelques achats à faire, de toute façon.

Rafe l'accompagna près du comptoir.

— Vous pourriez peut-être m'aider, suggéra Jessica. Je n'ai jamais acheté de vêtements tout faits. A votre avis, c'est la bonne taille ?

Rafe regarda avec effarement le pantalon en jean qu'elle brandissait.

— Franchement, je doute que votre mari puisse y passer un bras. Encore moins une jambe.

— Je parlais pour moi, sourit Jessica.

Rafe considéra tour à tour le jean et la délicate créature qui prétendait le porter.

— Ce genre d'étoffe est trop rêche pour quelqu'un comme vous, se contenta-t-il de répondre.

Jessica vit à son regard qu'il ne se moquait pas d'elle. Il croyait sincèrement qu'elle était aussi fragile qu'elle le paraissait.

— Vous seriez étonné par ma résistance, dit-elle avec légèreté.

Elle ajusta le jean sur sa taille. Le bas des jambes tirebouchonnait sur le plancher.

— Zut !

Elle reposa le pantalon et en chercha un autre. Elle finit par en trouver un qui avait dû être coupé pour un adolescent. Il devait être trop serré à la taille, mais c'était le seul dont la longueur convenait.

— Pouvez-vous me le tenir ? demanda-t-elle en le tendant à Rafe.

Il accepta sans mot dire et la regarda avec amusement fouiller parmi les chemises à la recherche d'un modèle qui lui convienne. Il souriait toujours quand il sentit une présence derrière lui. Il se retourna et vit Wolfe Lonetree qui le regardait avec des yeux meurtriers.

— Rafe, que pensez-vous de... Oh, parfait, vous êtes là! s'exclama Jessica en montrant une chemise à Wolfe. Comment la trouvez-vous?

— Trop petite.

L'intonation de Wolfe la fit tressaillir. Une colère froide se devinait derrière son visage impassible.

— Je la croyais pourtant trop grande, marmonna-t-elle en mesurant une manche contre son bras.

Wolfe comprit alors que Jessica voulait faire des emplettes pour elle-même.

— Vous avez déjà assez de vêtements comme cela, madame. Je n'ai pas l'intention de vous promener à travers l'Ouest comme à la parade.

Il arracha le jean des mains de Rafe et le reposa sur le comptoir.

— Avez-vous acheté ce que je vous avais demandé?

— Oui, répondit Jessica en s'efforçant de rester polie, malgré le feu qui lui montait aux joues.

— C'est un miracle! commenta Wolfe en lui retirant la chemise pour la poser sur le jean. Je vais chercher les chevaux à l'écurie. Pendant ce temps, regagnez le buggy. Le commis vous aidera à porter les paquets.

Wolfe ressortit de la boutique, non sans avoir lancé un dernier regard hostile à Rafe.

Celui-ci n'était pas encore revenu de sa surprise. La première fois qu'il avait rencontré le mari de Jessica, il portait des vêtements de ville. Mais, cette fois, il était habillé comme un vrai cow-boy et Rafe ne doutait plus une seconde que Wolfe Lonetree était bien ce sang-mêlé qui avait la réputation de connaître parfaitement les Rocheuses. Et la réputation également d'être l'un des meilleurs tireurs à l'ouest du Mississippi.

En revanche, la rumeur ne lui avait pas signalé que Wolfe était incroyablement possessif avec sa femme. Rafe se ferait un plaisir de passer le mot au prochain innocent qui commettrait la folie de sourire à Jessica.

— Madame, dit-il en soulevant son chapeau, ce fut un plaisir.

— Ne vous sentez pas obligé de partir. Wolfe n'est pas aussi féroce qu'il s'en donne parfois l'air.

Rafe eut un sourire narquois.

— Vous avez raison. Il l'est deux fois plus. Et il a l'œil sur vous. Je ne peux pas lui en vouloir. A sa place, je n'agirais pas autrement, dit-il en se dirigeant vers la porte.

— Dieu vous protège, Rafe Moran ! murmura Jessica d'une voix douce.

Rafe se retourna, ému. C'était la première fois depuis très longtemps que quelqu'un l'appelait aussi gentiment par son nom.

— Prenez soin de vous, ajouta Jessica. Les vrais gentlemen sont si rares.

— Je ne pense pas être ce qu'on appelle un gentleman, mais merci tout de même. Quant à vous, ne quittez pas votre mari d'une semelle. Cette ville ne m'inspire pas confiance.

Rafe souleva son chapeau une dernière fois avant de sortir de la boutique. Jessica le regarda s'éloigner par la fenêtre, puis elle retourna vers le comptoir, un peu triste d'avoir perdu un compagnon si plaisant.

Elle jeta un coup d'œil au jean et à la chemise que Wolfe avait reposés mais renonça à les acheter. Elle était encore sous le choc de la scène qu'il lui avait faite. Elle aurait voulu lui expliquer qu'il n'avait pas à être jaloux de Rafe. Un seul regard aimable de Wolfe lui aurait fait plus plaisir que tous les sourires de Rafe Moran.

D'un autre côté, un peu d'affection de la part d'un étranger valait mieux que pas d'affection du tout.

Jessica se dirigea vers le comptoir où un jeune commis achevait d'emballer les articles qu'elle avait achetés sur les ordres de Wolfe. Les choses auraient été beaucoup plus rapides si le garçon s'était concentré sur sa tâche au lieu d'admirer béatement les boucles flamboyantes qui s'échappaient du chapeau de Jessica. Ce spectacle paraissait le fasciner.

— Tout va bien ? se décida à demander Jessica.

Le garçon devint cramoisi.

— Excusez-moi, madame. Je n'avais encore vu personne qui vous ressemble. Sauf dans les contes de fées que ma mère me lisait quand j'étais petit.

— C'est très gentil de votre part, répondit Jessica en dissimulant son sourire. (L'admiration innocente du jeune homme lui réchauffait le cœur.) Laissez-moi ouvrir la porte, vous êtes déjà assez encombré comme ça.

Jessica, au passage, rattrapa un des paquets qui menaçait de tomber de la pile. Prudemment, elle inspecta les deux côtés de la rue avant de traverser. Tout à l'heure, elle avait évité une catastrophe de justesse. Au moment où elle s'apprêtait à entrer dans le magasin, un cavalier avait descendu la rue au galop, une bouteille de whisky dans une main et son revolver dans l'autre, avec lequel il tirait des coups de feu en l'air. La scène aurait été plus impressionnante encore si le cheval n'avait pas stoppé net et envoyé son cavalier mordre la poussière.

— Faites attention, madame, l'avertit le commis. La ville est devenue très agitée depuis qu'on a parlé d'or.

— De l'or? Où ça?

— Quelque part dans les montagnes. Du côté de San Juan.

— C'est là que nous allons.

— Je m'en doutais.

— Pourquoi?

— Votre mari a acheté des chevaux en les payant avec des pépites d'or, répondit simplement le garçon. La nouvelle a déjà fait le tour de la ville.

Quand ils furent près du buggy, le commis renouvela ses mises en garde :

— Dites à votre mari d'être prudent, madame. L'or rend les gens mauvais. D'après ce que j'ai entendu dire, Wolfe Lonetree est un sacré tireur. Mais c'est un homme seul. Je n'aimerais pas qu'une jolie dame comme vous ait du chagrin.

Jessica considéra l'air grave du garçon et elle comprit qu'il était plus mûr que ses manières avec elle l'avaient laissé supposer. Elle devina que les mœurs de l'Ouest avaient vite raison de l'innocence enfantine. Le garçon ne devait pas avoir plus de quatorze ans, mais il portait déjà sur la vie le regard d'un adulte.

— Merci, dit-elle gentiment. Wolfe veillera...

Elle fut interrompue par une voix avinée.

— Tiens, tiens, tiens, qu'est-ce que je vois là? Jolis vêtements pour Canyon-City. Jolie fille aussi, on dirait. Viens un peu ici, poupée ! Ce bon vieux Jim voudrait te voir d'un peu plus près.

Jessica ignora délibérément l'homme qui s'était approché du buggy.

— Posez les paquets à l'arrière, ordonna-t-elle au commis, tout en grimpant sur la banquette.

Discrètement, elle cacha le fouet du buggy sous ses jupes.

— Madame... commença le commis d'une voix inquiète, blanc comme un linge.

— Merci. Vous pouvez retourner dans le magasin, à présent.

Elle le rassura d'un sourire, pour l'obliger à s'éloigner du buggy. Elle ne voulait pas qu'il tombe entre les mains du dénommé Jim.

— Allez-y, reprit-elle. Mon mari ne va pas tarder à revenir. Peut-être pourriez-vous aller voir ce qui le retient ?

— Tout de suite, madame.

Jim tendit la main pour l'attraper, mais le garçon esquiva son geste. Il s'élança vers l'écurie de louage en soulevant un nuage de poussière sous ses semelles.

Le manche du fouet serré dans sa main, Jessica faisait mine de contempler l'horizon, comme si elle était seule. Des bruits de voix l'informèrent que d'autres hommes s'approchaient du buggy, mais elle fit mine de ne rien entendre.

Une grosse main sale vint palper l'ourlet de sa robe.

— Sacré bon Dieu, j'ai rien tâté d'aussi doux depuis Atlanta ! Je parie que c'est encore plus doux dessous !

Des rires gras fusèrent.

Quelques passants surprirent la scène, mais préférèrent ne pas s'en mêler. Les huit hommes qui entouraient le buggy étaient tous armés et assez ivres pour tenter un mauvais coup. En outre, Jessica avait été identifiée pour être la femme d'un sang-mêlé, ce qui n'était pas la meilleure carte de visite dans une ville de l'Ouest où tout le monde haïssait les Indiens.

— Je parie dix dollars qu'elle porte des dessous en soie, lança un homme.

Jim tira sur la jupe de Jessica.

— Dis-moi, poupée, c'est vrai, ça ? Montre un peu tes jambes à l'assistance.

Jessica continua de l'ignorer.

— Regarde-moi quand je te cause ! gronda Jim. Une fille qui couche avec un sang-mêlé devrait être sacrément contente qu'un Blanc accepte de la toucher !

Quand Jessica le sentit soulever sa jupe, elle brandit le fouet et frappa avec le manche aussi fort qu'elle le pouvait sur le nez de son agresseur. Jim lâcha prise en rugissant de colère et de douleur. Il porta la main à son visage et aussitôt du sang coula entre ses doigts.

Avant que Jessica n'ait pu le frapper une deuxième fois, Jim lui saisit le poignet pour l'obliger à descendre du buggy.

Soudain, il y eut un claquement sec comme une détonation d'arme à feu, suivi d'un grand cri. Jim lâcha Jessica et s'écroula à terre.

Du coin de l'œil, Jessica vit Rafe venir à son secours en maniant un fouet avec une habileté meurtrière. Un deuxième homme s'écroula, frappé en plein visage. Les autres portèrent la main à leur ceinture.

— Ils sont armés ! cria Jessica.

Elle assena un coup avec le manche de son fouet sur l'homme qui se trouvait à sa portée, tout en sachant que cela ne suffirait pas. Il restait encore cinq hommes indemnes et quatre autres accouraient du saloon à la rescousse. Tous armés.

— Descendez ! lui cria Rafe.

Occupée à distribuer des horions avec son arme de fortune, Jessica l'ignora.

Le fouet de Rafe vibra dans l'air, mais cette fois ce n'était pas pour tuer. La lanière vint s'enrouler délicatement autour de la taille de Jessica, et une petite secousse l'obligea à descendre de son perchoir. Elle atterrit dans les bras de Rafe juste au moment où les premiers coups de feu éclataient. Coincée entre le buggy et le corps massif de Rafe, Jessica assista à la fusillade avec effarement. Wolfe se tenait au milieu de la rue et il blessait les assaillants les uns après les autres avec la carabine à répétition. Si Jessica ne s'était pas trouvée au milieu de la mêlée, il n'aurait sans doute pas hésité à les tuer tous.

— C'est un sacré bon tireur, commenta Rafe avec admiration.

La pétarade cessa brutalement.

— Jessi ! appela Wolfe.

— Je vais bien ! cria-t-elle en retour.

— Si j'étais vous, les gars, dit Rafe d'une voix détachée, je me dépêcherais de rouler dans la poussière avant que Lonetree n'ait fini de recharger son arme.

La sagesse de ce conseil leur sauta aux yeux quand Wolfe recommença à tirer. Ceux qui n'étaient pas encore tombés se jetèrent face contre terre. Rafe s'approcha d'eux.

— Gardez la tête baissée, les gars, si vous ne voulez pas la perdre.

Rafe n'avait pas besoin d'en dire plus. Le fouet, dans sa main, parlait à sa place. A une vitesse stupéfiante, il s'abattait sur leurs chapeaux, leurs vêtements et sur les mains qui brandissaient encore une arme. Ce n'étaient plus les claquements secs de tout à l'heure, juste un sifflement sinistre suivi d'un petit bruit mat quand le cuir frappait sa cible.

L'un des hommes gémit et se signa.

— Bonne idée, l'encouragea Rafe. Il n'est jamais trop tard pour faire la paix avec le Ciel.

Wolfe le rejoignit, la carabine à la main. De la pointe de sa botte, il retourna les hommes l'un après l'autre pour mémoriser leurs visages. Ils tremblaient de peur, comprenant qu'ils n'avaient jamais approché la mort d'aussi près.

Quand Wolfe eut dévisagé le dernier agresseur, il se recula.

— Si jamais je revois l'un d'entre vous rôder autour de ma femme, je l'abats comme un chien!

Jessica observait Wolfe et elle vit qu'il ne plaisantait pas. Elle aurait dû être épouvantée, et pourtant non. Elle savait que ces hommes n'auraient pas hésité à la violer.

— Je vais compter jusqu'à dix, reprit Wolfe d'une voix calme, beaucoup plus terrifiante que s'il avait crié. Si j'en vois encore un dans les parages quand j'ai terminé, il se pourrait qu'il reçoive une balle. Un. Deux. Trois...

Les hommes se relevèrent vivement et s'égaillèrent dans la rue, la plupart en claudiquant. Un seul ne bougeait plus, car il était mort. C'était Jim.

— Beau travail, Lonetree! s'écria Rafe. Vous valez largement votre réputation. Mais vous êtes seul et il vous reste beaucoup de chemin à faire jusqu'au ranch de Caleb.

Wolfe pointa son arme sur Rafe et le toisa avec un regard hostile.

— En quoi notre destination vous importe-t-elle ?

9

Jessica s'interposa entre les deux hommes.

— Rafe est le frère de Willow, s'empressa-t-elle d'expliquer.

— Le frère de Willow? répéta Wolfe, après un lourd silence.

Rafe acquiesça.

Imperceptiblement, les traits de Wolfe se détendirent. Il dévisagea longuement le grand gaillard blond qui lui faisait face et hocha la tête.

Jessica soupira de soulagement et revint près du buggy.

— J'aurais dû m'en douter, dit Wolfe. Les mêmes yeux, la même couleur de cheveux, la même voix un peu traînante. (Il sourit à Rafe pour la première fois, abaissa son arme et lui tendit la main.) Willow est simplement un peu plus petite que vous!

Rafe sourit à son tour et lui serra la main.

— Je suppose qu'on vous l'a déjà dit, mais vous êtes un sacré tireur!

Jessica vit avec plaisir les deux hommes fraterniser. Elle n'aurait pas pu supporter l'idée que Rafe et Wolfe continuent de se considérer comme des ennemis.

— Vous ne vous débrouillez pas trop mal non plus, avec votre fouet, remarqua Wolfe en aidant Jessica à remonter dans le buggy. Je n'avais encore jamais vu ça. Êtes-vous conducteur de troupeaux ?

— Je suis un *jackaroo*, entre autres choses, acquiesça Rafe. C'est le nom australien pour désigner les conducteurs de bétail. Le fouet est notre outil de travail. (Après une pause, il reprit :) D'habitude, je voyage seul, mais puisque nous allons dans la même direction... Un peu trop de gens ici savent à présent que vous avez de l'or dans vos poches.

Wolfe hocha la tête.

— Moi aussi, d'ordinaire je voyage seul, mais avec Jessica... (Il haussa les épaules.) Honnêtement, j'aurais voulu que Caleb ou Reno soient dans le coin. J'aimerais pouvoir compter sur un allié.

— Vous en avez trouvé un.

— Oui, je le crois bien, répliqua Wolfe avec un sourire. Bienvenue, Rafe Moran !

Pendant qu'ils parlaient, le commis du magasin s'était approché des deux hommes. Wolfe fouilla dans sa poche et en tira une petite pépite d'or qu'il lui tendit.

— Prends-la, gamin. Pour te remercier d'être venu me chercher. Si un jour tu as besoin d'aide, tu pourras compter sur Wolfe Lonetree.

— Vous n'avez pas à me payer, répondit le garçon en rougissant. Je m'inquiétais tellement pour la dame.

— Elle est un sujet d'inquiétude pour nous tous.

Jessica lança un regard noir à son mari, mais elle sourit chaleureusement au commis.

— Gamin ? appela Rafe.

Le garçon détourna son regard de Jessica. Rafe lui lança une pièce d'argent qu'il attrapa au vol.

— Fais en sorte que quelqu'un s'occupe du corps, dit-il en désignant le cadavre de Jim avec le manche de son fouet. Il n'y a plus rien à faire pour lui, mais Dieu peut encore pardonner à son âme.

— Oui, m'sieur, répondit le commis en empochant la pièce avant de détaler vers le magasin.

Il avait hâte de raconter son aventure aux badauds qui s'étaient prudemment retranchés derrière les vitrines.

La banquette du buggy grinça quand Wolfe monta à son tour. Jessica s'empara des rênes, dans l'intention évidente de conduire. Wolfe l'interrogea du regard.

— Il reste encore des hommes dans le saloon, dit-elle simplement.

Wolfe hocha la tête et rechargea son arme tout en se poussant pour faire une place à Rafe. La banquette grinça de plus belle. Elle n'était pas habituée à porter deux hommes de cette taille.

— Si vous savez manier un troupeau avec autant d'habileté que votre fouet, Caleb vous bénira, dit Wolfe à Rafe pendant que Jessica démarrait. Il a quelques Indiens pour l'aider, et aussi Reno, quand il n'est pas en train de courir après l'or, mais ce pauvre Cal est toujours à court de main-d'œuvre.

— Reno ? Est-ce lui qui a la réputation de connaître les montagnes aussi bien que vous et Caleb ?

— Encore mieux que nous. Mais je suppose que vous le connaissez déjà. Sous un autre nom, précisa Wolfe en souriant.

— Lequel ?

— Matthew Moran.

Rafe parut soulagé.

— Matt ? Il va donc bien ? D'après sa dernière lettre, il était plutôt mal en point.

— Il va mieux. Sauf qu'il a contracté la fièvre de l'or.

— Comme moi celle des horizons lointains, grimaça Rafe. Les Moran ne savent pas tenir en place.

— Aucun homme n'en est capable, dit Wolfe en souriant. Tant qu'il n'a pas rencontré une femme comme Willow.

Le fouet du buggy siffla aux oreilles des chevaux. Rafe lança un regard admiratif à Jessica.

— Ou comme votre femme, dit-il. Vous tenez très bien les rênes, madame.

Le sourire de Wolfe disparut instantanément et Rafe le sentit se crisper.

— L'avantage d'être vagabond, reprit-il d'une voix neutre, c'est que je peux apprécier les belles choses sans forcément vouloir les posséder. La possession enchaîne un homme. Or, à mes yeux, rien n'aura jamais autant d'attrait que les pays que je n'ai pas encore visités.

Wolfe faisait des efforts pour contenir sa colère. Il savait qu'il n'était pas raisonnable de se montrer si agressif devant les compliments de Rafe. Ou d'un autre. Cependant il ne pourrait pas s'en empêcher tant que Jessica ne consentirait pas à cette annulation qui les délivrerait tous deux d'une situation impossible.

Mais, en attendant ce moment, Wolfe devait se contrôler. Et cela devenait de plus en plus difficile après chaque nuit, chaque journée, chaque heure passées en compagnie de Jessica.

— Vous êtes trop aimable, répondit-elle à Rafe sans le regarder, car elle avait perçu elle aussi la nervosité de Wolfe. Mais j'imagine que Willow le fait encore mieux que moi. Il me faudra encore beaucoup de persévérance avant de pouvoir prétendre être une vraie femme de l'Ouest.

Rafe fronça les sourcils.

— Vous êtes un peu trop délicate pour ce genre d'existence.

— Vous avez au moins un point commun avec mon mari : vous confondez la force avec les muscles.

— Nous avons de bonnes raisons pour cela, marmonna Wolfe.

— De mauvaises raisons, répliqua Jessica. Les fleurs sont frêles et fragiles, donc faibles à vos yeux. Eh bien, je vais vous dire quelque chose, messieurs les gros bras : la même tempête qui peut déraciner un chêne ne fera que laver les tendres violettes qui poussent à ses pieds.

Rafe voulut cacher son amusement, mais c'était impossible. Il secoua la tête et adressa un regard de connivence à Wolfe.

— Elle nous a bien eus, hein ?

Wolfe grommela entre ses dents et concentra son attention sur la route derrière eux. Personne ne semblait les suivre. Pourvu que ça dure ! Il se retourna vers Rafe, qui lui souriait toujours.

— J'imagine que vous êtes impatient de revoir Willow ?

— Oui. Il y a si longtemps que nous ne nous sommes pas vus...

Wolfe sourit à son tour.

— Willow est unique. Le moule qui l'a forgée s'est cassé après sa naissance, dit-il avec une affection perceptible dans la voix.

Rafe remarqua l'ombre fugitive qui assombrit les traits de Jessica. Il passa la main dans ses cheveux avant de rabattre son chapeau d'un geste précis. Caleb Black était-il un mari jaloux ?

— On dirait que vous connaissez bien ma sœur, dit-il à Wolfe au bout d'un moment.

— En effet.

— Et Caleb ?

Wolfe comprit le sous-entendu de sa question. Il sourit de nouveau.

— Cal est mon meilleur ami. Il est largement aussi grand que vous. On le croirait taillé dans le granit. Mais il aime Willow à la folie.

— Qu'en pense l'intéressée ? voulut savoir Rafe, un peu surpris.

— Ses sentiments sont aussi forts. Leur amour saute aux yeux. Quand on les voit ensemble, on se dit que Dieu savait ce qu'il faisait lorsqu'il a créé l'homme et la femme et qu'il leur a donné le monde pour élever leurs enfants.

Jessica n'avait rien perdu des paroles de Wolfe. L'admiration qu'il vouait à la femme de son meilleur ami la mettait au supplice et elle avait envie de hurler.

Wolfe ne remarqua même pas la crispation de Jessica. Pour le moment, il ne s'intéressait qu'au géant blond assis à ses côtés.

— Je suis bien content d'entendre ça, finit par dire Rafe en poussant un long soupir qui fit grincer la banquette. Willy était si fragile, quand elle était petite. J'avais peur que la vie ne la brise.

— Briser une telle perle ? ironisa Jessica en arrêtant le buggy devant l'écurie de louage. C'est impossible, Rafe. La nature s'y serait opposée.

Au moment où elle terminait sa phrase, Jessica croisa le regard de Wolfe. Il l'observait avec une curiosité amusée. Intuitivement, elle comprit qu'elle était en train de lui fournir une arme qu'il saurait, à l'occasion, retourner contre elle. Cependant, elle ne put s'empêcher d'ajouter :

— Serait-il possible d'arrêter de chanter ses louanges, au moins tant que nous sommes encore en ville ? demanda-t-elle d'une voix aigre. Notre présence rend les gens nerveux.

— C'est l'accoutrement le plus étrange que j'aie jamais vu, commenta Rafe en approchant son cheval de celui de Jessica. Pourtant, j'ai observé beaucoup de choses étonnantes, au cours de mes voyages.

Malgré la fatigue qui raidissait ses articulations, Jessica se redressa dans sa tenue d'amazone et elle se tourna vers Rafe, heureuse de la distraction qu'il lui offrait.

Les montagnes, immenses, se dressaient tout autour d'eux, leurs pics enneigés cachés par une épaisse couche de nuages. Plus ils progressaient en altitude, et plus ils avaient l'impression de régresser dans l'hiver. Le vent soulevait la neige des sommets et la faisait retomber en brouillard glacé sur les cavaliers. Mais il y avait pire que le froid, pour Jessica : c'était la plainte interminable du vent entre les rochers, ces gémissements qui ressuscitaient ses horribles cauchemars.

— Les femmes australiennes ne montent donc pas en amazone ? demanda-t-elle à Rafe.

— Je n'en ai jamais vu, avoua-t-il, mais il est vrai que je croisais très rarement des femmes blanches. Est-ce aussi inconfortable que ça en a l'air ?

Jessica se souleva un peu pour mieux répartir le poids de la lourde jupe qui s'évasait en corolle sur les flancs de sa monture. Chaque mouvement lui était une torture et elle devait serrer les dents pour se retenir de crier.

— Sur terrain plat, avec une petite jument et pendant quelques heures seulement, c'est très confortable...

— ... Mais votre cheval est massif, la pente est raide et c'est déjà le troisième jour que nous chevauchons pendant seize heures d'affilée, compléta Rafe. Vous avez l'air si épuisée que je ne serais pas étonné de voir les rayons du soleil vous traverser de part en part.

Une rafale de vent plus forte que les autres souleva un tourbillon de neige qui les enveloppa de sa main glacée.

— Je ne crois pas que le soleil soit à redouter, pour l'instant, répondit Jessica avec un pauvre sourire.

— C'est égal... Dès que Wolfe sera revenu de son petit tour en éclaireur, je proposerai d'établir le camp pour ce soir.

— Non, dit Jessica d'un ton ferme. Je ne veux pas être la cause du moindre retard. Je suis plus solide qu'il n'y paraît, vous savez ?

— Je sais.

Jessica le regarda, interloquée.

— Je n'aurais jamais cru que vous puissiez survivre à la première journée, expliqua-t-il. Encore moins à la deuxième. Mais si vous ne vous reposez pas suffisamment ce soir, j'ai bien peur que demain nous ne soyons obligés de vous ligoter à votre selle pour vous empêcher de tomber.

— Alors vous m'attacherez. Wolfe a raison de vouloir franchir les cols avant qu'une nouvelle tempête ne se déclare.

Rafe fronça les sourcils. Il savait pourquoi

Wolfe hâtait le pas. Ils avaient contourné les restes d'un campement récent qui attestait la présence d'un groupe d'hommes dans les parages. Plus ils se rapprocheraient des cols, où les chemins se resserraient, et plus ils risquaient de tomber sur eux.

— La fièvre de l'or, marmonna Rafe. Même le choléra est moins redoutable.

— J'en doute, assura Jessica. J'ai vu le choléra ravager un village entier. Il ne restait même plus un seul adulte vaillant pour enterrer les morts. Juste une poignée d'enfants qui n'avaient plus que leurs yeux pour pleurer.

Rafe dévisagea longuement Jessica.

— Vous étiez l'un de ces enfants ?

Jessica hocha la tête.

— J'avais neuf ans.

— Doux Jésus ! murmura Rafe. Comment avez-vous survécu ?

Jessica sourit tristement.

— Je vous l'ai déjà dit. Je ne suis pas aussi fragile que j'en ai l'air.

— Je l'espère, ou sinon vous ne franchirez pas les cols avec nous. Nulle part en Australie je n'ai eu à affronter de montagnes aussi rudes que celles-ci.

— Et pourtant, elles vous fascinent.

Rafe parut hésiter un moment.

— Je ne l'avais pas envisagé sous cet angle, mais je crois que vous avez raison. Les Rocheuses ne sont pas des montagnes comme les autres. Elles paraissent terrifiantes, et en même temps elles sont magnifiques pour qui sait les regarder. (Il resta silencieux quelques secondes avant d'ajouter :) Ici, je me dis que peut-être, devant moi, il existe quelque part une cabane que je ne connais pas, une femme que je n'ai jamais vue et que toutes deux m'attendent pour me donner leur chaleur.

— J'espère que vous les trouverez, Rafe Moran, répondit Jessica d'une voix émue. Vous le méritez.

Rafe regarda Jessica du coin de l'œil, intrigué par la tristesse qui affleurait sous ses propos. Un léger bruit, sur la piste au-dessus d'eux, lui fit relever la tête. Instinctivement, il approcha la main du revolver qui pendait à sa ceinture.

— Voilà Wolfe qui revient, annonça-t-il en reconnaissant son cheval.

Jessica hocha lentement la tête. Elle se sentit retomber dans une semi-hébétude qui lui permettait tout juste de garder l'équilibre.

Rafe décida qu'il proposerait lui-même d'établir le camp, si Wolfe n'en prenait pas l'initiative. Mais plus celui-ci se rapprochait d'eux, et plus Rafe mesurait sa nervosité. Avant même que Wolfe ait ouvert la bouche, Rafe avait compris qu'il lui faudrait renoncer à son projet.

— Il neige sur les cols, annonça Wolfe laconiquement. Si nous ne les franchissons pas au plus vite, nous serons obligés de dresser le camp pour attendre la fin de la tempête. Ce qui risque de durer au moins une semaine, voire plus. C'est trop risqué, même si nous n'allumons pas de feu.

— Un camp sans feu ? s'étonna Rafe. Vous avez relevé d'autres traces ?

Wolfe hocha brièvement la tête.

— Vous ont-ils vu ?

— Non, répondit Wolfe en tirant une boîte de cartouches de sa sacoche de selle. Vous allez traverser le ruisseau qui coule sur notre droite et vous me rejoindrez de l'autre côté, dans la forêt.

En suivant la piste, vous arriverez dans une clairière. C'est là que nous nous retrouverons.

Sans prévenir, il lança la boîte de cartouches à Rafe, qui l'attrapa au vol.

— Vous êtes bien le frère de Reno, s'exclama Wolfe, souriant, en admirant son adresse. Les mains les plus rapides que je connaisse. Sauf peut-être celles de Caleb ! Comment vous débrouillez-vous, avec un pistolet ?

— Plutôt mieux que la plupart des gens, mais pas aussi bien que vous, j'en ai peur !

— Prenez la carabine de Jessica et tenez-la devant vous, en travers de votre selle.

Rafe approcha sa monture de celle de la jeune femme et prit la carabine dans son sac de selle. Il en vérifia le mécanisme avec la précision d'un homme habitué à ce genre d'opérations.

— Et vous ? demanda-t-il à Wolfe sans lever les yeux.

— Il y a un petit tertre à quelques centaines de mètres de leur campement. De là, je pourrai les surveiller sans vous perdre des yeux le temps que vous arriviez dans la forêt. S'ils bougent, je tirerai. Mais je ne suis pas sûr de tous les atteindre avant qu'ils n'aient pu se mettre à l'abri. Ils sont neuf.

Rafe comprit que Wolfe avait résolu de tuer ces hommes si la situation l'exigeait.

— Vous les connaissez ?

— J'ai eu des mots avec certains d'entre eux dans un relais de diligence.

Jessica laissa échapper un soupir qui fut entendu des deux hommes. Rafe lui jeta un coup d'œil avant de revenir à Wolfe.

— Je vois. Dans ce cas, je m'occuperai des traînards.

— Méfiez-vous de celui qui a une moustache, le prévint Wolfe. Ne lui laissez pas le temps de dégainer.

— C'est un de vos amis? ironisa Rafe.

— Je ne l'ai jamais rencontré. Mais Cal a tué son frère jumeau, Reno son frère cadet, et moi deux de ses cousins... ainsi que quelques autres membres de leur gang.

— Ils détroussaient les chercheurs d'or?

— C'est une de leurs occupations. Mais, en l'occurrence, ils avaient eu le tort de s'en prendre à Willow.

Rafe haussa les sourcils.

— Prenez garde à Jericho Slater, répéta Wolfe. S'il apprend que vous êtes le frère de Reno, il n'aura de cesse qu'il ne vous ait tué.

— Ne vous inquiétez pas, répondit Rafe d'une voix calme. Je saurai bien lui faire passer cette idée.

— Je l'espère pour vous. Laissez-moi un quart d'heure pour rejoindre ma cachette avant de faire comme je vous ai dit.

— Wolfe... appela Jessica alors qu'il tournait déjà bride.

Il la regarda par-dessus son épaule.

— Je... commença Jessica d'une voix éteinte. (Elle fit un geste vague de la main.) Soyez prudent.

Il hocha gravement la tête avant de lancer son cheval sur la piste.

Un quart d'heure plus tard, Jessica et Rafe se mirent en route. Crispée sur sa selle, Jessica tendait l'oreille, à l'écoute d'une éventuelle fusillade. Mais elle n'entendit rien d'autre que la plainte lugubre du vent. Rafe chevauchait en silence et elle n'essaya pas de lui parler.

Ils pénétrèrent bientôt dans la forêt que leur avait indiquée Wolfe. Les sapins étaient d'un vert très foncé, presque noir. Par endroits, des plaques de glace affleuraient sous la neige et les chevaux progressaient péniblement, en soufflant bruyamment par leurs naseaux.

Lorsque Rafe et Jessica atteignirent la clairière, Wolfe les y attendait déjà. Jessica sentit son cœur se serrer en voyant sa silhouette virile se profiler devant elle. Il semblait émerger de ce décor grandiose comme s'il en faisait partie. Ces montagnes étaient son élément et Jessica comprit soudain qu'il était né pour vivre dans ce pays, plutôt que dans la mollesse raffinée de la civilisation. Elle comprit aussi qu'elle l'aimait pour ce qu'il était. Et qu'elle l'aimerait toujours ainsi.

— Ils ne nous ont pas vus, annonça Wolfe. Ils sont trop occupés à boire et à jouer aux cartes. Jericho les aura tous plumés d'ici la fin de la nuit.

— C'est un as aux cartes ? demanda Rafe.

— Il joue aussi bien que le diable en personne.

Wolfe éperonna doucement sa monture et leur fit signe de le suivre. Rafe fermait la marche. Une main crispée sur la carabine de Jessica, il écoutait le moindre bruit derrière eux.

Au bord de l'épuisement, Jessica s'était tassée sur son cheval. La piste longeait une pente raide et enneigée, mais elle ne s'en aperçut même pas. Elle avançait machinalement, usant ses dernières forces pour garder son assiette. Quand son cheval dérapa sur une plaque de glace, elle tenta de se cramponner à lui. Trop tard. L'animal s'affala lourdement sur le flanc et Jessica se mit à dévaler la pente en roulant sur elle-même.

Wolfe, entendant son exclamation étouffée, se retourna aussitôt. Le temps qu'il fasse volter sa monture, Jessica avait été arrêtée dans sa chute par un bouquet d'arbustes. Mais elle ne bougeait plus. Oubliant toute prudence, Wolfe s'engagea sur la pente glissante.

— Jessi !

L'appel de Wolfe résonna dans les rochers mais ne reçut aucune réponse. D'un bond, il sauta de sa selle et courut s'agenouiller auprès de Jessica.

— Jessi ? Est-ce que ça va ? demanda-t-il d'une voix anxieuse.

Elle ne répondait toujours pas.

— Parlez-moi, petit lutin, murmura Wolfe en repoussant de ses doigts tremblants la neige qui s'était collée sur le visage de Jessica. Ce n'était pas une grosse chute. La neige est épaisse, vous n'avez pas heurté de rocher... Jessi...

Délicatement, Wolfe ôta les cristaux de neige qui s'étaient accrochés dans les cils et les sourcils de la jeune femme. Leur belle couleur acajou semblait presque noire, par contraste avec sa peau qui était devenue aussi blanche que la neige.

— Vous ne pouvez pas être blessée. Ô Dieu, non, ce n'est pas possible ! Bon sang, Jessi, réveillez-vous !

Jessica gémit faiblement et tenta de s'asseoir. Mais à peine avait-elle commencé à se relever que sa longue tresse, qui s'était coincée sous elle, la tira violemment en arrière et la fit retomber dans la neige. Trop hébétée pour comprendre ce qui lui arrivait, Jessica voulut recommencer. Le même scénario se répéta.

Wolfe lui saisit les bras.

— Allez-y doucement, Jessi. Vos cheveux vous tiennent en laisse une fois de plus.

— Wolfe ? dit-elle d'une voix hésitante. C'est vous ?

— Oui, Jessi. C'est bien moi.

A présent qu'il savait Jessica saine et sauve, Wolfe se sentait euphorique. Tout en l'aidant à s'asseoir, il éclata de rire en repensant à cet autre jour où il avait découvert Jessica prisonnière de sa chevelure.

— Parfois vous ressemblez à une chatte dont la longue queue rouge se prendrait dans tous les pièges, dit-il en brossant ses cheveux du plat de la main pour en ôter la neige.

Le rire de Wolfe blessa Jessica comme une gifle en plein visage. Elle voulut s'écarter, mais il la tenait fermement. En riant toujours, il la remit sur ses pieds, avec autant de décontraction que s'il avait soulevé une valise.

Ce fut la goutte qui fit déborder le vase. Dans un élan incontrôlé où se mêlaient la fatigue, l'angoisse, la colère et l'humiliation, Jessica s'empara du couteau que Wolfe portait à sa ceinture. Son geste fut si inattendu qu'elle avait déjà tiré l'arme de son fourreau avant que Wolfe ait pu réagir. Il lui saisit le poignet avec la rapidité d'un serpent.

— Que voulez-vous faire ? lui demanda-t-il.

Jessica grimaça et tenta de libérer sa main.

— Jessi ! Que diable vous arrive-t-il ? Cette chute vous aurait-elle ôté tout votre bon sens ?

Elle ne répondit rien. Elle était épuisée, elle avait froid, elle sentait des élancements douloureux dans sa cheville droite, mais par-dessus tout elle était exaspérée contre cet homme qui s'amusait de ses faiblesses.

— Lâchez-moi !

Wolfe cessa de sourire quand il mesura la fureur de Jessica.

— Pas tant que vous ne m'aurez pas dit ce que vous comptez faire avec ce couteau.

Jessica le fixa un moment, la respiration haletante. Puis elle baissa les yeux sur le couteau, comme si elle était surprise de le trouver dans ses mains. Quand elle croisa de nouveau le regard de Wolfe, ses yeux étaient soudain devenus froids.

— Mes cheveux, dit-elle.

— Eh bien quoi, vos cheveux ?

— Je vais les couper, annonça-t-elle catégoriquement.

— Ce n'est pas une bonne idée. De la façon dont vous êtes partie, vous risqueriez de vous couper aussi la gorge, par erreur.

Ou de trancher la sienne. Et là, ce ne serait pas par inadvertance.

Il lui retira le couteau des mains avec une désinvolture qui ne fit qu'aiguiser la colère de Jessica.

— Sale bâtard ! siffla-t-elle entre ses dents.

— Tout à fait d'accord, chère madame.

— Vous êtes deux fois bâtard. D'abord par la naissance, ensuite par tempérament. Vous m'obligez à trimer comme une domestique, vous ignorez tous mes efforts pour vous complaire et, par-dessus le marché, vous éclatez de rire quand je tombe de cheval parce que je suis trop épuisée pour tenir en selle. Vous n'êtes qu'un bâtard !

— Dites le mot et vous serez libre. Vous savez bien de quel mot je veux parler. Dites-le donc !

— *Mari*, siffla Jessica avec un sourire plus glacial que la neige.

— Tout le problème est là, rétorqua Wolfe d'une voix cinglante. Je suis votre mari, mais vous n'êtes pas ma femme.

— J'ai une solution à vous proposer. Allez en enfer. La souffrance que vous y découvrirez vous amusera tellement que vous vous étranglerez de rire jusqu'à en perdre la vie. Alors, enfin, vous serez libéré de moi. *Mais pas avant.*

Sur ces mots, Jessica commença à remonter la pente. Wolfe la suivit du regard, un sourire aux lèvres. Le moindre mouvement de la jeune femme trahissait la rage qui l'animait toujours. Wolfe l'avait connue de différentes humeurs, mais il ne l'avait encore jamais vue ainsi. La frêle et délicate aristocrate qui brillait dans les salons londoniens avait décidément un tempérament digne du feu qui incendiait ses cheveux.

En rejoignant son cheval, Wolfe ne put s'empêcher de se demander si un jour Jessica ferait preuve, dans le lit d'un homme, ne serait-ce que du dixième de la fougue qu'elle venait de lui témoigner à l'instant. L'idée d'être l'homme qui révélerait à Jessica toute l'étendue de sa sensualité réveilla brutalement son désir. C'était devenu une habitude, désormais. Dès qu'il touchait Jessica ou, même, l'approchait, son corps réagissait immédiatement, sans qu'il pût rien y faire.

Furieux de se savoir si vulnérable devant une femme qui venait de lui souhaiter d'aller en enfer, Wolfe remonta sur son cheval en étouffant un juron.

Au moment où il levait la tête pour regarder la pente, il vit Jessica s'affaler dans la neige. Il crut d'abord qu'elle avait trébuché sous l'effet de sa colère. Mais il la vit se relever à grand-peine, marcher deux pas, et tomber encore. Son pied droit paraissait blessé.

— Attendez, Jessi ! cria-t-il. Je vais vous aider.

Jessica ne prit même pas la peine de lui jeter un coup d'œil. Elle se remit debout tant bien que mal et reprit aussitôt sa pénible ascension.

Wolfe engagea son cheval sur la pente. Quand il

fut à la hauteur de Jessica, il la souleva de terre sans même s'arrêter et la tint serrée contre sa cuisse. Dès que sa monture eut regagné le chemin, il lui serra la bride pour l'obliger à ralentir le pas.

— Asseyez-vous à califourchon devant moi, ordonna-t-il à Jessica en la soulevant un peu plus dans ses bras.

Jessica était trop groggy pour réagir, mais comme par enchantement ses jambes trouvèrent d'elles-mêmes la bonne position.

— Tenez-vous droite, grogna Wolfe, en proie à une nouvelle bouffée de désir provoquée par ce contact intime.

Jessica ne répondit rien, mais elle n'essaya pas non plus de descendre. Wolfe allongea la main sur sa jambe droite pour lui toucher le pied.

— Où avez-vous mal?

Jessica regarda Wolfe par-dessus l'épaule et elle eut soudain la conviction qu'il n'accepterait jamais leur mariage. Au contraire, il deviendrait de plus en plus cruel dans ses tentatives pour l'obliger à renoncer. *Vous regretterez le jour où vous m'avez obligé à vous épouser. Il existe beaucoup d'autres choses bien pires que de se faire caresser par un sauvage. Vous n'allez pas tarder à les découvrir.*

A présent, Jessica savait qu'il disait vrai. Mais il était trop tard. Trop tard pour tout. Car elle savait avec une égale certitude que jamais elle n'accepterait de retourner en Angleterre pour se soumettre à un mariage arrangé.

— Où avez-vous mal? s'impatienta Wolfe.

— Je n'ai pas mal.

Wolfe fut surpris par son intonation. Il n'avait jamais entendu Jessica parler d'une voix aussi atone.

— Je vous ai vue boiter.

— Et après ?

Wolfe commençait à s'inquiéter sérieusement.

— Jessi ?

Perdue dans ses pensées, Jessica ne lui répondit pas.

Wolfe hésita quelques secondes, puis il se décida à effleurer la bottine de Jessica pour sonder discrètement son pied. Il avait l'impression qu'elle se raidissait chaque fois qu'il frôlait sa cheville.

— Vous sentez-vous capable de monter à cheval ? demanda-t-il.

— C'est ce que je suis en train de faire.

Il n'y avait nulle trace de moquerie dans sa réponse. Juste une évidence : en ce moment même, elle chevauchait la jument de Wolfe.

— Jessi, qu'est-ce qui ne va pas ?

Jessica lui adressa un regard vide, inexpressif, comme si elle ne le voyait même pas. Un bruit de sabots sur le chemin détourna l'attention de Wolfe. Il releva la tête et vit Rafe venir à leur rencontre.

Remarquant la pâleur de Jessica et l'air soucieux de Wolfe, ce dernier s'alarma.

— Est-elle blessée ? demanda-t-il.

— Sa cheville droite est enflée, mais c'est surtout son orgueil qui a souffert.

Rafe regarda Jessica. Elle paraissait ne pas avoir noté sa présence. Du reste, elle semblait ne plus rien voir du tout. Son immobilité et son calme étaient inquiétants. Rafe avait déjà rencontré des hommes dans cet état. Des hommes parvenus au bout de leurs limites à cause de la souffrance, de la guerre ou de l'inanition.

— Elle n'en peut plus, dit-il. J'ai repéré un

emplacement idéal pour dresser notre camp à quelques centaines de mètres d'ici.

Une brusque rafale de vent ponctua sa phrase d'un sinistre mugissement.

— Nous allons franchir les cols, répliqua Wolfe.

Il fit repartir sa monture au trot. D'une main ferme, il enserra Jessica à la taille pour la maintenir contre lui.

Jessica se raidit un peu mais ne protesta pas. Elle s'était totalement refermée sur elle-même, puisant tout au fond de son âme l'énergie dont elle aurait besoin pour surmonter le piège qu'elle s'était elle-même tendu. Quoi qu'il arrive, désormais, elle n'était plus sûre que d'une seule chose : elle ne retournerait jamais en Angleterre.

Je dois faire face. Je dois me montrer forte, ne cessait-elle de se répéter. *Au moins pendant quelques minutes.*

Quelques minutes s'écoulèrent.

Encore un peu plus.

D'autres minutes suivirent, et Jessica réitéra sa prière silencieuse. Une demi-heure passa ainsi. Puis une heure. Une deuxième... Lentement, Jessica réapprenait à vivre en sachant que plus rien ne serait comme avant. Dorénavant, elle était seule face à son destin. Elle ne devait plus compter sur Wolfe.

10

— Wolfe ! Je n'arrive pas à croire que c'est bien toi ! Caleb m'avait assuré que les cols étaient encore fermés.

La voix rocailleuse de Willow déconcerta Jessica. Elle s'était imaginé que la perle des perles parlait avec les intonations mélodieuses d'une cantatrice. A présent, elle était plus que jamais impatiente de voir à quoi ressemblait cette fameuse Willow Black. Mais l'ombre du porche lui dissimulait ses traits.

— C'est bien moi, répondit Wolfe en descendant de cheval. Et je t'ai apporté un cadeau, ajouta-t-il en se dirigeant vers elle.

— Te voir, c'est déjà un cadeau suffisant ! s'écria Willow en lui tendant les bras.

Ils s'étreignirent affectueusement sous les yeux de Jessica, à qui cette scène inspirait une jalousie mêlée d'amertume.

J'avais peut-être une petite chance avec Wolfe, mais cette maudite perle me l'a enlevée.

Jessica gardait les yeux fixés sur le porche, mais elle ne voyait toujours rien, à l'exception des bras de Willow pendus au cou de Wolfe.

Elle est belle, bien sûr, songea Jessica. *Belle et forte comme ces montagnes qui l'entourent.*

Elle sentait une immense tristesse l'envahir en contemplant le ranch qui se découpait fièrement sur fond d'horizon grandiose.

— Viens embrasser ton cadeau, annonça Wolfe en entraînant Willow à sa suite.

— Embrasser un cadeau ?

Le plaisir manifeste que prenait Wolfe à ces retrouvailles était pour Jessica un véritable supplice. Elle avait cru toucher le fond du désespoir lorsqu'ils avaient franchi les cols après sa chute de cheval, mais elle s'était trompée. Apparemment, elle se trompait toujours quand il s'agissait de Wolfe.

Puisse cette maudite perle périr en enfer !

Mais quand Willow apparut enfin à la lumière du soleil, Jessica en eut le souffle coupé. La malheureuse n'aurait même pas besoin d'aller en enfer : il était venu jusqu'à elle. Willow était enceinte, et à en juger par la taille de son ventre, son bébé ne tarderait pas à lui arracher des cris et des larmes pour venir au monde.

Dieu tout-puissant, ayez pitié d'elle ! pria Jessica, toute jalousie envolée. Elle ne pouvait pas se réjouir de l'épreuve qui attendait Willow. Et elle ne pouvait pas non plus la haïr plus longtemps. Soudain, elle ne ressentait plus que de la compassion pour cette femme condamnée à endurer les pires souffrances.

En arrivant à la hauteur du cheval de Jessica, Willow leva les yeux vers elle avec un sourire accueillant. Jessica lui rendit son sourire, mais Wolfe ne s'arrêta pas.

— Wolfe ? appela Willow en lui tirant le bras.

— Ton cadeau est juste derrière.

Rafe sauta de cheval avec un grand sourire. Quand il enleva son chapeau, le soleil alluma des reflets dorés dans ses cheveux blonds. Ils étaient exactement de la même couleur que ceux de sa sœur.

Willow ouvrit de grands yeux étonnés avant de se mettre à rire et à pleurer en répétant le prénom de son frère. Rafe la serra très fort dans ses bras et lui chuchota à l'oreille des mots destinés à elle seule. Enfin il la relâcha et essuya les larmes de bonheur qui coulaient sur les joues de sa sœur.

— Eh bien, Willy, Wolfe m'avait raconté que tu t'étais trouvé le mari idéal ! (Il fit une pause, avant d'ajouter d'un air coquin :) Visiblement, vous n'avez pas perdu de temps. Quand est-ce que je vais devenir tonton ?

— D'ici à quelques semaines, répondit Willow en dévisageant son frère. Mon Dieu, que c'est bon de te revoir, Rafe ! Cela faisait si longtemps ! J'ai hâte que Caleb et Reno rentrent de leur tournée d'inspection dans les pâturages. (Elle passa le bras sous celui de Rafe.) Et maintenant, présente-moi ta femme. Elle est très belle, mais je n'en suis pas surprise. Tu as toujours apprécié la beauté, qu'il s'agisse de paysages, de chevaux ou de femmes.

— Jessi est belle, c'est vrai, acquiesça Rafe. Mais ce n'est pas ma femme. C'est celle de Wolfe.

Willow se tourna vers Wolfe, bouche bée. Les questions qu'elle voulait lui poser moururent sur ses lèvres quand elle croisa son regard glacial. Elle reporta son attention sur la jeune femme élégante qui se tenait toujours en selle. Ses traits étaient délicats, ses yeux d'un bleu pur et sa longue chevelure flamboyait sous les rayons du soleil. Elle portait une tenue d'équitation qui semblait avoir souffert, mais la coupe impeccable et la qualité du tissu étaient rares dans l'Ouest. Willow eut une intuition :

— Lady Jessica Charteris ?

— Plus maintenant. Désormais, je m'appelle Jessica Lonetree. Ou Jessi.

— Descendez de cheval et venez à la maison. Vous devez être épuisée. Je me souviens de mon premier voyage à travers les Rocheuses. Si ça n'avait pas été pour Caleb, je ne l'aurais jamais fait. A la fin, il devait me porter.

— Nous en avons fait autant, déclara Wolfe. Lady Jessica n'a ni ta force ni ta résistance.

Willow jeta un bref coup d'œil à Wolfe, intriguée par son attitude.

— Je n'en crois rien, répondit-elle calmement. Une personne qui a pu traverser ces montagnes dans une tenue aussi peu pratique est forcément plus forte que moi.

Wolfe grommela une remarque inintelligible pendant que Jessica commençait précautionneusement à descendre de sa monture. Rafe vint à son secours.

— J'aurais pu me débrouiller toute seule, dit-elle d'une voix lasse, mais merci quand même.

Willow fut la seule à noter le mouvement involontaire de Wolfe pour venir en aide à Jessica au moment où elle se levait de sa selle. De même qu'elle fut la seule à deviner son brusque accès de colère, vite maîtrisé, quand Rafe la prit dans ses bras.

— Ce n'est pas la peine de forcer, dit Rafe. Votre cheville est encore fragile.

— Que s'est-il passé ? voulut savoir Willow.

— Elle est tombée, expliqua Wolfe.

— Ce n'est rien, assura Jessica. Juste un petit bleu.

— Balivernes ! s'exclama Willow en voyant la fatigue de Jessica. Venez vous asseoir à l'intérieur. Je vais vous préparer du thé.

— Du thé ? répéta Jessica, stupéfaite. Vous avez vraiment du thé ?

Willow éclata de rire.

— Personne n'y a touché depuis la dernière visite de Wolfe. C'est le seul à en boire.

Jessica lança un regard furieux à Wolfe en se rappelant toutes les fois où elle aurait voulu savourer le plaisir d'une tasse de thé.

— Nous n'avons que du café, à la maison, dit-elle d'une voix contrite.

— Les femmes de l'Ouest boivent du café. Vous vouliez être une vraie femme de l'Ouest, si je ne me trompe ?

La froideur de Wolfe surprit Rafe, qui se garda néanmoins de faire le moindre commentaire. Wolfe et lui avaient conclu une sorte de pacte tacite à propos de Jessica : la jeune femme était sous la responsabilité de Wolfe, et non sous la sienne. Rafe ne comprenait pas le comportement de Wolfe à l'égard de son épouse, mais il se doutait pourtant que ce n'était pas dans sa nature de se montrer cruel.

Willow était du même avis. Elle prit la main de Jessica.

— Venez avec moi.

— Il faut d'abord que je prenne soin de mon cheval.

— Laissez Wolfe s'en occuper.

— Les femmes de l'Ouest s'occupent elles-mêmes de leur cheval, récita Jessica. Elles le débarrassent de sa selle, l'étrillent, nettoient ses sabots et...

— Allez à la maison, l'interrompit Wolfe. Je me charge de votre cheval, pour cette fois.

— J'y compte bien, assura Willow d'une voix acerbe. Jessi a fait le même voyage que toi, mais elle n'a pas ta force physique. Sans parler de ce ridicule accoutrement. J'aimerais bien te voir à sa place, si tu avais traversé les Rocheuses dans une tenue d'amazone. Franchement, Wolfe, qu'est-ce qui te prend ?

Jessica s'interrogea sur la subite rougeur qui monta aux joues de Wolfe, mais Willow la tira de ses pensées.

— Je n'ai jamais vraiment bien su préparer le thé, confessa-t-elle en l'entraînant vers la maison. Vous allez me montrer.

— Une perle qui ne sait pas faire le thé ? s'étonna Jessica. C'est impossible. (Elle sourit, avant d'ajouter :) En fait, non, c'est merveilleux.

— Qui a prétendu que j'étais une perle ?

— Moi, avoua Jessica. Mais Wolfe m'y a beaucoup encouragée.

— Grands dieux ! Pourquoi donc ?

— A force de me comparer à vous.

— Vous avez fait un voyage éprouvant, grommela Willow, et j'ai peur que votre raison n'en ait souffert. Celle de Wolfe également. Je ne l'ai jamais vu aussi crispé.

— Peut-être qu'une tasse de thé lui fera le plus grand bien, suggéra Jessica avec un soupir involontaire.

— Un bon coup de pied où je pense serait plus efficace, marmonna Willow.

— Les perles ne disent pas des horreurs pareilles !

— Très juste, renchérit Willow dans un éclat de rire. Et elles ne les pensent même pas !

La porte d'entrée s'ouvrit et se referma sur les deux femmes, étouffant le bruit de leurs voix.

Mais il n'était pas difficile de deviner ce qui alimentait leur conversation : les manières de Wolfe.

Ou, plus exactement, son manque de manières.

Après un moment de silence, Wolfe se décida à desseller son cheval en laissant échapper un soupir. Rafe l'entendit et se mit à rire.

— Ma foi, je vois que le mariage n'a pas coupé sa langue à ma sœur ! s'exclama-t-il joyeusement en se dirigeant vers l'écurie, sa selle sur l'épaule.

Wolfe ne répondit rien. S'il avait décidé d'amener Jessica jusqu'au ranch de Caleb, c'était pour qu'elle comprenne une fois pour toutes qu'elle n'était pas faite pour vivre dans l'Ouest. Mais ce n'était certes pas pour que tout le monde s'aperçoive de sa dureté à son égard. Lui-même n'en avait déjà que trop conscience.

Cependant, il était convaincu que son plan pour obliger Jessica à demander l'annulation de leur mariage allait réussir. Lentement, mais sûrement, Wolfe viendrait à bout de sa détermination. Tôt ou tard, elle serait forcée de reconnaître sa défaite. Mais Wolfe espérait que ce jour ne serait plus long à venir. Car il ne savait pas combien de temps encore il pourrait continuer à la rudoyer et à la voir souffrir par sa faute.

Le Vicomte Sauvage.

Quand il pénétra dans la maison, Wolfe s'était recomposé un visage impassible. Jessica dormait dans la chambre d'amis et il resta quelques instants à la contempler. Sous les rayons du soleil qui filtraient à travers les rideaux de mousseline, elle semblait presque irréelle. Et si fragile. Il avait de la peine à croire qu'elle pourrait trouver la force de s'asseoir. Et encore moins de le défier, alors que des hommes beaucoup plus forts qu'elle ne s'y seraient pas risqués.

S'obligeant à détourner le regard du lit, Wolfe parcourut la chambre des yeux, à la recherche d'un endroit où ranger les valises. Une petite alcôve aménagée dans le mur lui parut l'endroit idéal, mais il y découvrit un berceau destiné au futur bébé.

L'espace d'un instant, Wolfe se demanda ce qu'il ressentirait si c'était lui qui attendait la naissance de son enfant. Cette pensée fugitive ne laissa derrière elle qu'une traînée d'ombres. Il posa les valises par terre et s'apprêta à quitter la chambre ; ses pas le ramenèrent malgré lui vers le lit et il s'arrêta, retenu par une force qu'il ne pouvait pas nommer.

Jessica frissonna légèrement, sans doute sous l'effet d'un courant d'air, mais elle ne se réveilla pas. Elle se pelotonna davantage sur elle-même comme si, même dans son sommeil, elle savait désormais que personne ne s'occuperait de son bien-être.

Jessi... bon sang ! Dans quel piège nous avez-vous fourrés ? Éloignez-vous de moi avant que je ne commette un acte que nous regretterions tous les deux jusqu'à la fin de nos jours !

Après un dernier regard à la créature de rêve qui dormait à poings fermés, Wolfe s'éloigna d'un pas lourd.

— Pourquoi on m'a surnommé ainsi ? C'est bien ce que vous voulez savoir ? demanda Reno après avoir répété la question de Jessica.

— Ô mon Dieu, j'espère que je ne me suis pas montrée grossière envers vous ! s'excusa Jessica en s'interrompant de manger. Je ne suis pas encore très familiarisée avec vos coutumes.

Reno sourit. Le contraste de ses dents blanches sous sa moustache noire était lumineux. Reno était aussi imposant physiquement que son frère. Et comme son frère, il était tombé sous le charme de cette délicieuse petite créature à la chevelure flamboyante.

— Jessi, même si vous le vouliez, vous ne pourriez pas être grossière, répondit-il en surveillant du coin de l'œil l'assiette de biscuits qui faisait le tour de la table. (S'il n'y prenait pas garde, Rafe se servirait plus que sa part.) Il y a quelques années de cela, reprit-il, je cherchais de l'or dans la Sierra Nevada. Un jour, j'ai rencontré un vieux Français du nom de Reno. Il avait eu maille à partir avec des individus qui s'en étaient pris à son or. Je les ai retrouvés et je les ai persuadés de rendre l'or au bonhomme, en leur expliquant qu'il en avait besoin pour sa petite-fille. Ils se sont exécutés, et après cela les gens ont commencé à parler de la Vengeance de Reno, et c'est moi qu'ils ont fini par appeler Reno.

En voyant Wolfe et Caleb rire à ce récit, Jessica comprit qu'elle n'avait pas entendu l'histoire dans son intégralité.

— Bon sang ! Rends ces biscuits ! tonna Reno à l'adresse de son frère.

— Mais je n'en ai croqué que trois ! se plaignit Rafe.

— Menteur !

— Non, c'est toi !

Willow et Caleb éclatèrent de rire avant de se prendre tendrement la main et de continuer à manger.

Jessica avait observé la scène, intriguée. Plus elle regardait vivre Caleb et Willow, et plus elle prenait conscience de l'affection qui les unissait. Une affection visiblement sincère, mais déroutante pour la jeune femme. Malgré sa grossesse qui la fatiguait et la gênait dans ses mouvements, Willow ne paraissait pas en vouloir à Caleb. Au contraire, elle semblait toujours chercher son contact et ils se souriaient mutuellement avec des yeux brillants de bonheur.

Et pourtant, Caleb ne s'était pas montré capable de brider ses plus bas instincts. Il avait engrossé Willow alors qu'il n'avait pas besoin d'enfant, n'ayant ni titre ni fortune à transmettre. Et le plus déconcertant dans tout cela, c'est que Willow semblait apprécier son état.

Songeuse, Jessica essayait de concilier dans son esprit l'amour de Caleb pour sa femme avec la grossesse de Willow. C'était aussi difficile que de concilier l'affection de Willow pour un homme qui s'était si peu soucié de son bien-être.

— Es-tu bien sûr que c'est vraiment ainsi que tu as gagné ton surnom ? demanda Wolfe d'un air innocent.

— Mais oui, répondit Reno.

— Il se trouve que je me suis laissé raconter une histoire un tout petit peu différente. (Wolfe tendit la main par-dessus la table pour reprendre un biscuit. Depuis une semaine qu'il voyait les deux frères Moran se disputer les gâteaux de Willow, il avait compris qu'il valait mieux oublier les bonnes manières s'il voulait avoir sa part.) D'après ce qu'on m'a dit, reprit-il en mordant dans le biscuit, ce vieux Français s'était aménagé une cabane dans les montagnes. C'est là que quatre hommes l'ont roué de coups et laissé pour mort après l'avoir dépouillé de son or.

Jessica mesurait toute la tendresse avec laquelle Wolfe contait cette histoire. Reno et lui étaient aussi attachés l'un à l'autre que Rafe à son frère et que Caleb à eux tous. Les quatre hommes étaient liés par une indéfectible amitié qui ne devait rien à la naissance, à l'argent, ou à leur position sociale.

— Tu as trouvé le vieil homme, continua Wolfe, tu l'as soigné et ensuite tu t'es lancé à la poursuite de ses agresseurs. Tu les as suivis jusque dans un saloon où tu les as traités de voleurs et d'autres noms que la bienséance m'interdit de répéter à cette table. Et puis tu leur as demandé de rendre l'or. Au lieu de cela, ils ont dégainé.

Wolfe s'était interrompu pour savourer son biscuit.

— Et alors? demanda Jessica, impatiente de connaître la suite.

— Toujours d'après ce qu'on m'a raconté, reprit Wolfe en souriant, aucun des quatre hommes n'a été assez rapide pour avoir le temps de tirer ne serait-ce qu'une seule balle.

Jessica observa Reno. Il étalait du miel sur son biscuit, comme si cette conversation ne le concernait pas.

— Après cet épisode, les gens ont commencé à parler de la Vengeance de Reno et d'un homme qui accomplissait des prodiges avec son revolver. Et c'est ainsi qu'est née la légende d'un dénommé Reno, l'homme qui vous venait en aide si vous tiriez de mauvaises cartes dans un jeu truqué, l'homme qui ne cherchait pas la bagarre mais qui ne se dérobait jamais si on le provoquait. J'ai aimé cette légende et, par voie de conséquence, j'ai tout de suite aimé Reno.

Reno se tourna vers Wolfe pour lui répondre, et Jessica en profita pour chiper un biscuit dans son assiette. Rafe lui adressa un clin d'œil complice et lui passa le miel, mais Jessica comprit au regard de Reno qu'il avait vu son geste. Elle savait qu'il aurait très bien pu l'arrêter s'il l'avait voulu. Elle ne connaissait aucun homme qui avait des réflexes plus rapides que lui.

— Redonnez-moi le plat, demanda Reno. Une sale rouquine m'a volé ma part.

— Elle pensait seulement à ta ligne, se moqua Rafe.

— Dans ce cas, elle ferait mieux de chaparder dans ton assiette. Si tu profites encore quelques jours de la cuisine de Willow, tu ne pourras bientôt plus fermer ton pantalon.

Jessica couvrit sa bouche avec sa serviette, mais elle ne put se retenir de pouffer. En l'entendant rire, Reno se tourna vers elle.

— Vous moqueriez-vous de moi, par hasard ?

Jessica hocha la tête.

— Vous êtes une petite coquine !

Wolfe étreignit sa fourchette en voyant Jessica s'amuser de si bon cœur. Il essaya de se convaincre que ce n'était pas leur faute si Rafe et Reno avaient du charme et de l'esprit. En outre, il savait pertinemment que jamais les frères Moran ne se seraient permis de toucher la femme d'un autre. Encore moins la femme de leur meilleur ami.

Et cependant, la complicité qui s'était établie entre eux et Jessica le faisait enrager. Il n'arrivait plus à se rappeler la dernière fois où Jessica l'avait gratifié d'un sourire.

Et c'est mieux ainsi, voulut-il se persuader. *C'est déjà assez difficile de partager le même lit que Jes-*

sica depuis une semaine. Si en plus elle me souriait...

Un brusque élan de désir le submergea. Il se traita d'idiot de ne pas avoir choisi de dormir avec Rafe et Reno dans la petite cabane où avaient logé autrefois Caleb et Willow pendant la construction du ranch. Ainsi, il ne serait pas resté chaque nuit de longues heures éveillé à écouter respirer la femme qui couchait à côté de lui sans jamais le toucher. Il n'aurait pas non plus souffert de ce désir qui tenaillait son corps mais que sa raison s'acharnait à combattre.

— Pêche à la truite? dit Jessica en levant les yeux de sa couture. Je vous ai bien entendus parler de pêche à la truite?

Caleb et Wolfe, assis à la table de la salle à manger, étudiaient une carte de la région. Caleb redressa la tête et se tourna vers Jessica qui raccommodait une des robes de Willow à la lumière de la lampe.

— Vous aimez pêcher? demanda-t-il.

— J'adore ça! Je pourrais faire des kilomètres pour trouver un bon endroit.

Caleb haussa les sourcils et regarda Wolfe.

— C'est vrai, reconnut celui-ci.

— Pourquoi ne me l'as-tu pas dit plus tôt? Tu sais bien que les torrents regorgent de truites, par ici.

— Il est un peu tôt dans la saison. L'eau est encore trop froide. Les truites ne sont pas sorties de leur torpeur hivernale.

— Tu te trompes. Je connais un torrent réchauffé par des sources chaudes.

— C'est vrai? demanda Jessica.

— Rien de plus vrai, affirma Caleb en souriant.

— Merveilleux !

Jessica posa sa couture et courut dans la chambre. Elle revint les mains pleines d'un assortiment de petites boîtes.

— A quoi ressemblent les insectes, dans votre région ? (Elle ouvrit les boîtes et les étala sur la table devant les deux hommes. Elles contenaient toutes des mouches et autres insectes, soigneusement épinglés.) Sont-ils clairs ou foncés ? Petits ou grands ? Colorés ou unis ?

— Oui.

— Oui quoi ? répéta Jessica en fixant Caleb d'un œil interrogateur.

Il hocha gravement la tête.

— Ils sont petits et grands, clairs et foncés, colorés et unis.

— Caleb, cesse de taquiner Jessica ! cria Willow depuis la cuisine.

— Mais c'est si agréable !

Jessica essaya de dissimuler son sourire en voyant Willow les rejoindre.

— Jessi a déjà assez à souffrir des plaisanteries de mes deux gredins de frères, reprit-elle. Tu devrais plutôt prendre sa défense !

— Ça, c'est le travail du mari, répondit Caleb avec un sourire énigmatique. Et que Dieu protège celui qui oserait se mêler des affaires de Wolfe !

Celui-ci ne répondit rien. Il semblait impassible, mais Caleb ne se laissait pas si facilement abuser. Il s'était parfaitement rendu compte que les galantes attentions de Rafe et de Reno envers Jessica le rendaient jaloux et irascible. Caleb aurait préféré éprouver davantage de sympathie pour son ami, mais il ne réussissait pas à s'expliquer pourquoi Wolfe se montrait si dur avec sa jeune épouse.

— Les taquineries de Rafe et de Reno ne me gênent pas, répondit Jessica à Willow. Je n'ai jamais eu ni frère ni sœur. Je ne savais pas que ça pouvait être aussi drôle.

— Vous êtes fille unique ? demanda Willow, étonnée. Pauvre chérie, comme vous avez dû vous sentir seule !

Jessica parut hésiter avant de hausser les épaules.

— Je n'ai pas connu autre chose. Je ne pouvais pas comparer.

— Je n'aimerais pas n'avoir qu'un seul enfant, déclara Willow en secouant la tête. J'ai envie d'une maison remplie de bambins.

— J'imagine que toutes les femmes pensent la même chose tant qu'elles n'ont pas fait l'expérience de l'accouchement.

Le dégoût et la peur qui transparaissaient dans la voix de Jessica jetèrent un froid. Devant le silence qui s'éternisait, elle comprit son impair et se dépêcha de changer de sujet de conversation.

— Vous aimez pêcher, Willow ? demanda-t-elle en se forçant à sourire.

— Caleb est le pêcheur de la famille. Il se débrouille très bien.

— Je suis un assez bon pêcheur, c'est vrai, reconnut modestement Caleb en souriant à son épouse. Et je n'ai que faire d'appâts ou de canne à pêche.

— Vraiment ? s'étonna Jessica. De quoi vous servez-vous, alors ? D'un filet ? Ou d'une lance, comme les Esquimaux ?

Caleb secoua la tête.

— Rien de tout cela.

— Mais comment faites-vous pour attraper les poissons ?

— A mains nues. Et en m'armant de patience.

Il sourit encore à Willow, qui piqua un fard. La sensualité avec laquelle il regardait sa femme surprit Jessica. Jusqu'à présent, elle n'avait jamais imaginé que Caleb puisse être un homme passionné. Au temps pour elle !

— Voyez-vous, reprit-il d'une voix chaude et profonde, les truites aiment qu'on les caresse. C'est pourquoi elles se tiennent toujours là où le courant est le plus fort. Elles restent immobiles, frémissantes, en attendant le moment où...

Willow plaqua prestement la main sur la bouche de son mari pour l'empêcher de terminer sa phrase.

— Caleb Black, si tu n'étais pas aussi grand, je te donnerais une fessée pour t'apprendre les bonnes manières !

Caleb secoua sa tête en riant pour déjouer les efforts de Willow qui cherchait à le museler. Leur jeu ne dura pas plus d'une minute, mais Jessica vit les doigts de Willow frôler furtivement les lèvres de son mari en une caresse intime.

— Je suis trop gros pour tes genoux, chérie. En revanche, tu as juste la bonne taille pour les miens.

— Caleb...

Willow était devenue cramoisie. Elle jeta un bref coup d'œil aux deux témoins de la scène.

— Chut, murmura Caleb en passant la main sur sa joue. Wolfe et Jessica sont mari et femme. Ils ne vont pas s'évanouir s'ils te voient t'asseoir sur mes genoux.

En soupirant, Willow s'assit sur les jambes de son mari. Il la serra contre lui et déposa un baiser dans ses cheveux avant de reporter son attention sur les boîtes de Jessica.

— Vous aurez probablement beaucoup de succès avec celle-ci, dit-il en désignant une grosse fourmi noire.

— Le torrent dont vous avez parlé est-il loin du ranch ? s'enquit Jessica.

En réalité, cette question n'était pas sa principale préoccupation. Elle méditait sur la différence qui séparait le mariage tel qu'elle le concevait et tel que le vivaient Caleb et Willow.

Serait-ce la raison pour laquelle Wolfe se refuse à accepter notre union ? Attend-il du mariage la même chose que Caleb et Willow ? La fusion de deux existences, plutôt que la réunion de deux patrimoines ?

— Ce n'est pas très loin, répondit Caleb. Wolfe sait comment y aller.

— Merci, mais dans ce cas, je peux m'y rendre toute seule.

— A votre guise, intervint Wolfe. Toutefois, si c'est bien le torrent auquel je pense, il y a une tribu d'Indiens qui passe l'hiver sur ses bords. Eux aussi apprécient les sources chaudes.

Caleb acquiesça.

— C'est un petit camp. Pas plus de trois ou quatre familles. Avec une majorité de femmes, d'enfants et de vieillards. Je n'ai jamais eu aucun problème avec eux.

— A condition de rester vigilant, rétorqua Wolfe. Sinon, tes chevaux auraient vite fait de disparaître.

— Je ne dors jamais que d'un œil, concéda Caleb.

— Tu aurais pu faire un bon guerrier ! s'exclama Wolfe en riant.

— C'en est un, dit Willow d'une voix ensommeillée. (Elle étouffa un bâillement et se blottit contre l'épaule de son mari.) S'il ne l'était pas, je serais morte l'année dernière.

— Reno et Wolfe m'ont prêté main-forte, rectifia Caleb.

Willow ne répondit pas. Elle s'était endormie. Caleb sourit et déposa un baiser dans les cheveux de sa femme.

— Tu as raison à propos de ces Indiens, reprit-il à l'adresse de Wolfe. Ils se sont installés à quelques centaines de mètres du meilleur trou d'eau pour attraper les truites. Mais tant que tu garderas ton arme sur toi, tu n'auras rien à redouter d'eux. Ils ont entendu parler de L'arbre-qui-se-tient-à-part. Tu es une légende, pour eux.

— Je suis sûre que Wolfe a mieux à faire que de me surveiller pendant que je pêche, intervint Jessica.

— C'est exact, approuva Wolfe.

Caleb regarda tour à tour Wolfe et Jessica, retenant les paroles acerbes qui lui montaient aux lèvres. Il ignorait quel problème les opposait, mais il était convaincu qu'il y en avait un. Wolfe qui, d'ordinaire, savait toujours se contrôler était devenu aussi imprévisible qu'un bâton de dynamite dont la mèche se serait allumée toute seule. Et il ne semblait même pas trouver d'apaisement dans le sommeil. Jessica ne faisait pas meilleure figure. Lorsqu'ils étaient arrivés, sa fatigue pouvait se mettre sur le compte de leur voyage harassant. Mais dix jours plus tard, elle paraissait toujours aussi épuisée.

— Balivernes ! se contenta-t-il de répondre. Cela te fera le plus grand bien, Wolfe. Tu as trop travaillé, depuis une semaine.

— Pas du tout, répliqua Wolfe. S'occuper de nos chevaux n'est pas un travail. C'est un plaisir.

— Et planter des clôtures, ramasser du bois de chauffage, nettoyer les écuries...

— J'ai dit que ça ne comptait pas, le coupa Wolfe en haussant le ton.

— Calmez-vous, vous allez réveiller Willow, intervint Jessica. De toute façon, je n'ai pas l'intention de laisser Willow toute seule pendant que vous travaillerez dans les pâtures. Le bébé peut naître d'un moment à l'autre. Willow va beaucoup souffrir et il n'est pas question que je l'abandonne dans cette épreuve.

— Gardez vos réflexions pour vous, répliqua Wolfe d'une voix glaciale. Tout le monde ne partage pas vos préjugés sur l'accouchement.

— Tout le monde, non, concéda Jessica avec la même froideur. Seulement les femmes.

— Ça suffit ! gronda Wolfe.

— Jessica a raison, approuva Caleb. Que Dieu me pardonne, mais moi aussi j'ai peur. Quand je pense à la façon dont Rebecca est morte... (Avec une angoisse perceptible, il baissa les yeux sur la femme qui dormait dans ses bras.) Willow est toute ma vie.

Il se leva et, sans un mot, porta sa femme dans leur chambre. La porte se referma doucement sur eux.

Le silence fut de courte durée. Le vent qui mugissait au-dehors revint résonner dans les oreilles de Jessica. Pour lutter contre l'angoisse qui menaçait de la submerger, elle croisa les mains si fort l'une contre l'autre que les jointures de ses doigts blanchirent.

Bientôt, elle entendrait crier dans cette maison une femme dont les plaintes se joindraient à celles du vent. Mais Jessica se demandait si ces cris seraient ceux de Willow ou les siens.

11

— Comme c'est joli ! s'exclama Willow en admirant Jessica broder un *B* sur une robe de baptême. J'ai essayé d'apprendre quand j'étais petite, mais je n'avais pas la patience. Et je ne l'ai toujours pas.

— Je préférerais savoir faire les gâteaux.

— Votre civet était succulent.

— Mangeable, rectifia Jessica avec un sourire. Je dois vous remercier. Sans votre aide, je n'y serais jamais arrivée.

— Ne me remerciez pas, c'était un plaisir. Je suis vraiment très contente que vous soyez ici. Je n'avais pas eu l'occasion de parler avec une autre femme depuis la mort de ma mère.

— Vous avez dû vous sentir bien seule.

— Pas après avoir rencontré Caleb. (Willow se cala plus confortablement dans le sofa et étouffa un bâillement.) Si vous avez d'autres conseils à me demander sur la façon de tenir un ménage, n'hésitez pas. Je vais continuer à vous regarder broder pendant que le pain lève.

— C'est vrai ? demanda Jessica.

— Tout ce qu'il y a de plus vrai. Je me sens très paresseuse, aujourd'hui.

— Je voulais parler des conseils.

— Oh, bien sûr ! dit Willow en allongeant ses jambes. Allez-y.

— Ce que j'aimerais savoir est plutôt, euh... personnel.

— Ne vous inquiétez pas. Vous pouvez me demander ce que vous voulez.

Jessica prit une profonde inspiration avant de se lancer.

— Vous semblez aimer beaucoup votre mari, risqua-t-elle.

— Oh oui, énormément ! C'est un homme formidable, répondit Willow avec un sourire lumineux.

— Non, je voulais dire que vous l'aimiez physiquement.

Willow parut étonnée.

— Bien sûr que oui.

— Savez-vous si beaucoup de femmes sont comme vous ?

Willow resta un moment songeuse. Elle se rappela les mots tendres que se chuchotaient ses parents jusque tard dans la nuit. Elle se souvint aussi de la vieille Mme Sorenson, dont le visage s'éclairait chaque fois qu'elle évoquait les années qu'elle avait partagées avec son défunt mari.

— Je pense que oui, répondit-elle finalement. Cela dit, je n'en avais jamais fait l'expérience avant d'avoir rencontré Caleb. J'ai été fiancée à un garçon qui est mort pendant la guerre de Sécession. Quand il me prenait la main ou qu'il m'embrassait sur la joue, c'était très agréable, mais cela ne me donnait pas envie de lui appartenir. Tandis que chaque fois que Caleb me regarde, me sourit ou me touche...

Willow parut hésiter. Elle cherchait ses mots.

— ... plus rien d'autre ne compte pour vous, acheva Jessica à sa place en se rappelant ce qu'elle avait ressenti autrefois, lorsque Wolfe lui souriait.

Mais il y avait si longtemps qu'il ne lui avait plus souri...

— Oui, c'est exactement cela. (Après quelques instants de silence, Willow ajouta :) Avant d'avoir rencontré Caleb, j'ignorais qu'on pouvait prendre du plaisir à faire un enfant.

Jessica sentit ses doigts se crisper sur sa broderie.

— Tous les enfants ne sont pas conçus ainsi. Pas ceux de ma mère, en tout cas. Elle subissait les assauts de mon père. Mon Dieu, ce qu'elle a pu souffrir...

Willow lui prit le bras, dans un réflexe de sympathie.

— Il n'y avait donc pas d'amour entre eux? demanda-t-elle d'une voix douce.

— Mon père voulait un héritier mâle. Sa première femme était une aristocrate stérile. Quand elle est morte, il a épousé ma mère. Ce n'était qu'une femme du peuple, mais elle était enceinte de moi, à l'époque. Le comte avait déjà couché avec elle.

— Donc il y avait forcément un peu d'affection entre eux.

— Peut-être, concéda Jessica en reposant sa broderie. Mais j'en doute. Ma mère était pauvre, le comte voulait désespérément un héritier mâle. Je crois que c'est ce qui les a réunis. Je sais que maman aurait préféré dormir seule, mais elle ne le pouvait que lorsqu'elle était enceinte.

— Tous les mariages ne se déroulent pas ainsi, dit Willow en voyant la pâleur de Jessica.

— Tous les mariages que j'ai vus, si. C'étaient toujours des familles et des fortunes qui s'épousaient, jamais des hommes et des femmes. Et c'est ce genre de mariage que mes tuteurs avaient prévu pour moi. (Jessica se tourna vers Willow.) Mais je vois bien à quel point c'est différent entre vous et Caleb. Vous êtes venue dans son lit de votre plein gré. Il ne vous a jamais... brutalisée, n'est-ce pas ?

Willow se mit à rire. En d'autres circonstances, elle aurait refusé de parler des aspects les plus intimes de son mariage. Mais elle devinait que Jessica n'avait pas été préparée à devenir une épouse, qu'il s'agisse de la cuisine... ou du reste. En outre, Willow soupçonnait d'avoir mis le doigt sur le problème qui divisait Wolfe et Jessica.

— J'avoue que j'adore coucher avec mon mari, confessa-t-elle. (Elle se rapprocha de Jessica pour lui chuchoter à l'oreille :) Pour tout vous dire, j'ai hâte que le bébé soit né et que nous puissions recommencer à faire l'amour comme avant. Je crois que je ne m'en lasserai jamais !

Jessica ne put s'empêcher de sourire en voyant la légère coloration qui était montée aux joues de Willow.

— Caleb a de la chance de vous avoir.

— C'est moi, la chanceuse, rétorqua Willow en souriant à son tour. Avez-vous d'autres questions ? N'hésitez surtout pas. D'après ce que vous m'avez raconté de votre enfance, j'imagine que vous n'aviez pas beaucoup de femmes autour de vous avec qui vous pouviez parler de ces choses.

— Je n'avais qu'un seul ami.

— Il doit vous manquer.

— Oui, terriblement. Notre amitié n'a pas résisté à notre mariage.

— Après avoir vu à quel point Wolfe peut se montrer possessif, je le comprends aisément. Votre ami a dû penser que la discrétion était la meilleure des vertus.

— Vous m'avez mal comprise. Wolfe était mon ami. Il est devenu mon mari. (Avec une grimace, Jessica se dépêcha de changer de sujet de conversation :) Il y a un autre point sur lequel vous êtes très différente de ma mère.

— Lequel ? voulut savoir Willow en l'encourageant du regard.

— Ses grossesses étaient très pénibles. Alors que vous, vous n'avez pas l'air de souffrir.

— Oh, je serai bien contente quand je pourrai enfin porter mon bébé dans mes bras, plutôt que dans mon ventre ! Comme je serai contente également de ne plus traîner le pas et de ne plus avoir besoin de l'aide de mon mari pour m'extraire de mon fauteuil.

— Mais vous êtes en pleine forme, objecta Jessica avec le plus grand sérieux. Vous pouvez marcher dans la maison sans vous évanouir, vous pouvez manger sans vomir tout de suite après, et vous ne...

La voix de Jessica mourut dans sa gorge. Les souvenirs qui affluaient à sa mémoire la faisaient frissonner.

— Quoi ? lui demanda tendrement Willow.

— Vous ne pleurez pas. Vous ne criez pas. Et vous ne maudissez pas votre sort.

— Grands dieux ! C'est ce que faisait votre mère ?

Jessica frissonnait toujours. Elle croisait et décroisait nerveusement les doigts, comme si cela pouvait la libérer de l'angoisse qui l'oppressait.

— Et vous ne maudissez pas Caleb de vous

avoir engrossée, n'est-ce pas? demanda-t-elle, déterminée à en finir avec toutes les questions qui la taraudaient.

— Maudire Caleb? répéta Willow, incrédule. (Impulsivement, elle prit la main de Jessica et la posa sur son ventre.) Sentez-le. Sentez mon bébé bouger.

Jessica voulut retirer sa main, car ce geste lui rappelait trop celui de sa propre mère quand elle lui demandait de vérifier que le bébé qu'elle portait était bien vivant. Mais pas une seule fois Jessica n'avait senti quelque chose bouger. Sa mère avait toujours accouché de bébés mort-nés.

Le ventre de Willow était chaud, et à travers la peau distendue Jessica sentit quelque chose remuer sous sa main.

— Il bouge! s'exclama-t-elle, le souffle coupé. Il est vivant!

— Bien sûr! Cette maudite petite chose est aussi remuante qu'une puce!

— Non, vous ne comprenez pas. *Il est vivant!*

Willow sourit, émue par la stupéfaction qui se lisait sur les traits de Jessica.

— Oui, il est vivant, acquiesça-t-elle. Une nouvelle vie qui s'éveille. Un petit cœur qui se met à battre à l'intérieur de moi. C'est un sentiment si merveilleux! Comment pourrais-je en vouloir à l'homme qui m'a apporté ce bonheur?

Jessica resta silencieuse, trop déconcertée par sa découverte pour répondre quoi que ce soit.

— Ici, reprit Willow en dirigeant la main de la jeune femme. Est-ce que vous sentez sa petite tête toute ronde, pas plus grande que votre paume?

Jessica hocha la tête.

— Donnez-moi votre autre main. Là : vous sentez son pied? Il est minuscule, mais déjà plein de vigueur. En ce moment, je le sens grandir tous les jours. (Elle rit.) Bientôt il sera assez fort pour venir au monde et je pourrai voir Caleb porter son enfant dans ses bras et me sourire.

— Vous n'avez pas peur ?

— Je suis solide. Et en bonne santé. Ma mère a eu plusieurs enfants sans le moindre problème. (Willow parut hésiter.) Caleb aurait préféré que je descende en ville, il y a deux mois. Mais il faisait encore trop froid, à l'époque. Et puis je voulais que notre enfant naisse ici. Je n'aurais pas aimé me trouver dans un lieu inconnu, avec des étrangers autour de moi.

— Quand le moment sera venu, je vous aiderai, promit Jessica. Si vous le souhaitez, bien sûr. J'ai une petite expérience en ce domaine, bien que je ne m'en sois jamais servie.

— Je serai heureuse de vous savoir près de moi, répondit simplement Willow.

— Alors, vous pouvez y compter.

Jessica ramassa sa broderie et reprit son ouvrage. Pour la première fois, elle s'autorisait à espérer que la petite robe de baptême ne servirait pas de linceul à un bébé mort-né.

— S'il vous plaît, jouez-nous quelque chose ! implora Jessica en souriant à Caleb. Reno m'a dit que vous étiez un virtuose de l'harmonica. Cela fait si longtemps que je n'ai pas entendu de musique !

— Voilà ce qui arrive quand on veut être une femme de l'Ouest, déclara Wolfe. On se retrouve privée de tous les menus plaisirs de la civilisation.

— Certainement pas de la musique, intervint Caleb. A moins de l'avoir soi-même choisi. (Il approcha l'harmonica de ses lèvres et quelques notes joyeuses s'élevèrent dans l'air.) Bien sûr, reprit-il, ce n'est pas aussi mélodieux qu'un orchestre de chambre.

— Continuez, lui demanda Jessica. C'était très joli.

— Ce n'était pourtant pas du Bach, persifla Wolfe.

— Taisez-vous, le tança gentiment Jessica. Si j'avais voulu entendre du Bach, j'aurais apporté mon violon et je vous aurais infligé un récital.

— Bien répondu, Jessi ! s'esclaffa Reno.

Malgré lui, Wolfe sourit à son tour :

— En fait, j'aime beaucoup Bach.

— Pas étonnant, renchérit Rafe. Tu as quand même passé plusieurs années en Angleterre.

Caleb approcha de nouveau l'harmonica de ses lèvres et il souffla les premières notes d'un vieil air folklorique. Aussitôt, les conversations cessèrent. Reno et Willow se mirent à fredonner les paroles et Rafe se joignit bientôt à eux.

Wolfe ne put s'empêcher de grimacer en voyant Jessica sourire aux deux frères pour les encourager. Il avait beau se dire qu'elle se montrait aussi attentionnée et charmante avec Caleb et Willow, il ne supportait pas cette complicité qui s'était instaurée entre la jeune femme et les deux frères Moran. Certes, aucun des deux n'avait jamais esquissé le moindre geste déplacé à son égard. Mais leur regard brillait d'une lueur particulière dès qu'elle entrait dans la pièce où ils se trouvaient. Et leur sourire se réchauffait au sien. Savoir que Jessica prenait plaisir à leur compagnie — et non à celle de son mari — était une torture pour Wolfe. Et savoir qu'il avait vraiment tout fait pour arriver à cette situation ne lui était d'aucun apaisement. Bien au contraire.

Je n'aurais jamais dû l'amener ici. J'aurais dû me douter que Reno passait l'hiver chez sa sœur. Et j'aurais dû me douter de l'effet que produiraient sur lui le sourire et les yeux bleus de Jessica. Dieu sait déjà l'effet qu'ils produisent sur moi ! Ou, plutôt, le diable le sait. Je ne peux plus supporter de voir Jessica papillonner autour de ces deux beaux garçons. Je devrais l'emmener loin d'ici.

Mais Wolfe ne pouvait pas davantage se résoudre à cette solution. Il aimait trop Willow pour la priver de la présence de Jessica si peu de temps avant son accouchement.

Lorsque Caleb attaqua les premières mesures d'une valse, Jessica se mit à fredonner et à battre la mesure avec ses mains.

— Wolfe? appela-t-elle, dans l'espoir qu'il l'inviterait à danser.

Il secoua la tête. Il en avait pourtant très envie, mais il n'était pas assez confiant dans ses réactions. S'il prenait Jessica dans ses bras, il savait que la flamme de son désir se rallumerait instantanément.

— J'ai soif, annonça-t-il en se levant pour aller dans la cuisine.

Jessica le suivit du regard.

— Il ne sera pas dit que Matthew Moran est resté assis alors qu'une jolie femme désirait danser, dit Reno.

Il s'approcha de son fauteuil et lui offrit son bras. Jessica accepta son invitation et commença à danser avec une grâce toute britannique.

Dans la cuisine, Wolfe but deux verres d'eau coup sur coup en jurant silencieusement. Il aurait tant aimé tenir Jessica dans ses bras, sentir son corps contre le sien, respirer son parfum et se perdre dans le bleu profond de ses yeux...

Mais c'était un autre homme qui avait pris sa place.

Il reposa son verre d'un geste brutal et retourna au salon. Il resta un moment dans l'ombre de la porte, à contempler Jessica avec un désir qu'il était incapable de dissimuler. Sa robe de soie framboise donnait à sa peau l'éclat d'une fine porcelaine. Le chignon que Willow lui avait appris à faire mettait en valeur le modelé délicat de son visage. Quelques boucles rebelles retombaient gracieusement sur ses tempes et derrière ses oreilles.

Malgré sa colère de la voir dans les bras d'un autre homme, il était bien obligé d'admettre qu'une simple valse n'avait rien d'indécent. D'autant moins que Reno tenait sa cavalière selon les règles : ni trop près, ni trop familièrement. Et Jessica gardait elle aussi ses distances. Ils se contentaient de danser joyeusement à travers la pièce, en suivant le rythme imprimé par Caleb, qui leur souriait, ainsi que Rafe et Willow.

Wolfe était le seul à rester de marbre. Il était trop en colère pour sourire, et le bonheur de Jessica lui donnait des envies de meurtre.

Rafe s'approcha du couple de danseurs.

— C'est mon tour, petit frère.

— Je suis aussi grand que toi, lui fit remarquer Reno.

— Mais tu as un an de moins.

Avec un sourire amusé, Reno salua Jessica et la confia aux bras de son frère.

— Je suis un peu rouillé, dit Rafe. Les Australiens préfèrent la bagarre aux amusements de salon. Cela fait très longtemps que je n'ai pas dansé avec une dame.

— Je suis sûre que vous vous en tirerez très

bien. Quiconque sait marcher, chevaucher et manier un fouet comme vous le faites est naturellement doué pour coordonner ses mouvements.

— Merci, mais vous feriez peut-être mieux de surveiller vos pieds. Les jolies fleurs ne sont pas en sûreté quand les éléphants s'essaient à danser.

Jessica essaya de ne pas pouffer, mais c'était impossible. Le regard mutin de Rafe était une délicieuse invitation à rire. Malgré ses préventions, il dansait parfaitement, et il la fit tournoyer dans le salon jusqu'à lui faire perdre le souffle.

Les bras croisés, Wolfe continuait d'observer imperturbablement la scène, profitant de ce que personne ne faisait plus attention à lui. Mais la noirceur de son regard trahissait la rage qui bouillonnait en lui.

Reno aida Willow à se lever et la fit danser en prenant soin de ne pas calquer son pas sur le rythme endiablé de Rafe et de Jessica. Caleb leva les yeux de son instrument, sourit à sa femme et ralentit la mesure. Willow lui rendit son sourire, mais elle se fatigua vite. Quand Reno l'entraîna près du sofa où se tenait Caleb, elle lâcha les bras de son frère pour ceux de son mari. Reno l'aida à s'asseoir et Caleb la serra contre lui sans cesser de jouer.

Reno continua de valser tout seul, en se rapprochant de Rafe et de Jessica, jusqu'à toucher l'épaule de son frère.

— Attendez, dit la jeune femme en leur souriant. Je vais vous montrer comment danser tous les trois ensemble.

Elle se plaça entre les deux garçons et leur prit chacun une main. Elle fut frappée de leur ressemblance. Bien qu'ils n'aient ni les mêmes yeux, ni la même couleur de cheveux — Reno était brun avec de beaux yeux verts —, on devinait que le même sang coulait dans leurs veines simplement en regardant leurs mains.

— Maintenant, comme ceci, dit-elle en leur indiquant la marche à suivre. Un pas à droite, on croise derrière, un pas à gauche...

C'était si facile qu'ils ne tardèrent pas à danser tous les trois en mesure avec de grands éclats de rire, sous le regard impassible de Wolfe, toujours caché dans la pénombre.

Quand la valse s'acheva, Rafe et Reno levèrent d'un même geste les mains de Jessica pour y déposer chacun un baiser et Jessica les salua gracieusement.

— Encore, Caleb! murmura Willow. C'est l'un de mes airs préférés.

La même valse recommença. D'un commun accord entre les deux frères, Rafe lâcha la main de Jessica avec un sourire et alla se rasseoir.

Reno et Jessica se remirent aussitôt à danser. Reno conduisait sa partenaire en lui chuchotant à l'oreille. En la voyant rougir et rire de plaisir, Reno s'illumina et ses yeux verts brillèrent d'un éclat d'émeraude.

Wolfe ne put en supporter davantage.

Quand c'est moi qui la touche, elle me traite de Vicomte Sauvage, mais avec Reno, elle ne fait pas autant de manières!

Il traversa le salon avec une détermination qui alarma Rafe et Caleb sur ce qui allait suivre. Reno n'avait rien remarqué. La petite tape sèche sur son épaule le surprit.

— Patience, frérot. Ce sera bientôt ton tour.

— A partir de maintenant, tous les tours sont pour moi.

La voix glaciale de Wolfe lui fit brusquement

tourner la tête. Et son regard suffit à lui faire lâcher Jessica sans un mot. La jeune femme voulut sourire à Wolfe, mais en voyant la froideur de ses yeux, son sourire s'évanouit aussitôt. Elle trébucha quand il l'entraîna loin de Reno.

— Désolée, dit-elle en se rattrapant au bras de Wolfe. Vous m'avez fait peur.

La galanterie aurait voulu que Wolfe s'accuse lui-même de l'avoir fait trébucher en prétextant sa propre maladresse. Mais Wolfe, à cet instant, ne se souciait guère de galanterie.

— Je ne me contenterai pas de vous faire peur si vous continuez à séduire tous les hommes qui sont à votre portée.

— Je ne séduisais personne.

— A d'autres, madame, répliqua Wolfe d'une voix aussi sévère que son regard. Maintenant, écoutez-moi bien. Vous m'avez obligé à vous épouser. Tant que vous ne voudrez pas renoncer à cette comédie, vous vous conduirez en public comme une femme mariée. Nous ne sommes pas en Angleterre et les frères Moran ne sont pas des aristocrates. Ici, les femmes mariées ne connaissent pas d'autres hommes que leur mari, et les maris pas d'autres femmes que leur épouse. Vous m'avez compris ? Il n'y aura pas d'amants ou de maîtresses, ni pour vous, ni pour moi, tant que cette farce durera.

Avant que Jessica n'ait pu répondre quoi que ce soit, Wolfe la relâcha pour se diriger vers les deux frères Moran. La musique cessa instantanément.

— Messieurs, commença Wolfe avec un calme à glacer l'échine, ne vous laissez pas abuser par les apparences. Lady Jessica a provoqué notre mariage en faisant croire que je l'avais séduite. C'est faux. Elle est aussi vierge aujourd'hui qu'au jour de sa naissance. Et pourtant nous sommes mariés. Cette petite nonne l'a voulu ainsi, parce qu'elle savait que je ne la violerais pas. Elle s'imagine qu'elle pourra rester toute sa vie une enfant gâtée qui peut s'amuser à jouer à l'épouse, à la maîtresse de maison ou à la séductrice.

Le silence qui suivit la déclaration de Wolfe était si pesant que le mugissement du vent résonna tout à coup avec une intensité inhabituelle.

— Amusez-vous avec Jessica, riez avec elle, goûtez sa conversation brillante, reprit Wolfe en s'adressant toujours aux deux frères, mais n'allez pas plus loin... vous vous en mordriez les doigts. Ce qu'il vous faut, c'est une femme comme Willow. Une vraie femme. Pas une gamine. Une femme forte, capable de se battre à vos côtés. Une femme assez passionnée pour réchauffer votre lit, et assez généreuse pour vous donner des enfants, même si elle devait le payer de sa vie. Jessica n'est pas cette femme.

Sur ces derniers mots, Wolfe se dirigea vers la porte. Le vent s'engouffra dans la pièce quand il l'ouvrit.

Sans un regard pour son épouse, L'arbre-qui-se-tient-à-part se fondit dans la nuit.

12

Jessica dormit encore plus mal cette nuit-là. Les paroles blessantes de Wolfe résonnaient inlassablement dans sa tête. Les défenses qu'elle s'était patiemment construites pendant des années pour se prémunir de ses angoisses et de ses cauchemars semblaient soudain s'être écroulées comme un vulgaire château de cartes.

Elle était à demi assoupie lorsque Wolfe entra dans la chambre. Il se déshabilla en silence et se glissa sous les couvertures, ses cheveux encore humides de neige.

Certaine qu'il s'était rendu compte de son insomnie, Jessica s'attendait à ce qu'il lui dise quelque chose. Mais il s'allongea sur le côté en lui tournant le dos. Jessica ferma les yeux et voulut se persuader qu'elle était heureuse qu'il n'ait plus pour elle des mots aussi durs que tout à l'heure.

Et cependant, elle n'était pas satisfaite. Elle aurait préféré subir une scène, plutôt que de rester seule éveillée dans ce lit, à entendre l'interminable plainte du vent. Elle attendit patiemment que le sommeil vienne la libérer de ses angoisses. Mais, quand elle s'endormit enfin, d'horribles cauchemars prirent le relais.

C'était le vent, encore. Une bise glaciale venue du nord, qui soufflait à ses oreilles en imitant la voix plaintive d'une âme damnée.

La voix de sa mère.

En étouffant un sanglot, Jessica enfonça sa tête dans son oreiller pour ne plus entendre cette voix qui la terrorisait.

Mais si c'était bien la voix de sa mère, en revanche c'étaient les paroles de Wolfe qui résonnaient à ses oreilles.

Il vous faut une vraie femme. Une femme comme Willow. Pas une gamine. Une femme forte... passionnée... généreuse, qui vous donnera des enfants même si elle devait le payer de sa vie. Jessica n'est pas cette femme.

Et soudain, un flot de souvenirs afflua à sa mémoire. Les images qu'elle avait mis des années à chasser de son esprit défilaient devant ses yeux, aussi nettes et précises qu'autrefois.

Jessica ne dormait plus, à présent. Elle revoyait distinctement ses parents s'affronter dans une lutte sans merci.

Je ne veux pas me souvenir !

Mais c'était impossible. Jessica se rendit compte brutalement qu'elle ne pourrait pas contenir plus longtemps les cris qu'elle retenait. Et elle ne voyait plus qu'un seul endroit où se réfugier : dehors, au milieu de la tempête, là où le vent couvrirait ses cris.

Juste au moment où elle posait le pied par terre, un bras vigoureux la saisit à la taille et la tira en arrière.

Ce contact inattendu était comme le prolongement de son cauchemar. Il lui rappela les gestes de son père pour obliger sa mère à se plier à son désir.

Wolfe devina que Jessica allait crier. Il plaqua la main sur sa bouche et l'obligea à se rallonger. Après une courte lutte, Jessica se retrouva prisonnière. Une main lui bâillonnant toujours la bouche et l'autre enserrant ses poignets, Wolfe pesait de tout son poids sur elle, l'empêchant de respirer. Elle ne pouvait pas crier. Et encore moins s'échapper.

— Si vous croyez que je vais vous laisser rejoindre un des deux frères Moran, vous vous faites des illusions, dit Wolfe d'une voix glaciale.

Jessica était si terrorisée qu'elle entendit à peine ses paroles. Peu à peu, cependant, elle recouvra ses esprits. Quelqu'un la retenait prisonnière, mais ne cherchait pas à la violenter. Et ce quelqu'un, c'était Wolfe. Wolfe en qui elle avait toujours eu confiance, depuis le jour où elle l'avait rencontré. Wolfe qui ne lui ferait jamais subir ce que sa mère avait enduré avec son mari. Wolfe, qui la haïssait peut-être, mais qui ne lèverait jamais la main sur elle. Jessica cessa de se débattre.

— Voilà qui est mieux, madame. Je sais que vous répugnez à ce que je vous touche, mais tant pis. C'est vous qui avez voulu m'épouser. Pas moi.

Elle secoua la tête pour essayer de libérer sa bouche. Wolfe finit par retirer sa main.

Jessica humecta ses lèvres avant de pouvoir parler.

— Vous ne me répugnez pas, Wolfe, murmura-t-elle. Même quand vous me touchez.

— Vous mentez très bien, sœur Jessica, mais votre corps m'a dit la vérité, répondit Wolfe d'un ton sardonique. Vous auriez crié si je vous avais laissée faire. Une femme qui aime se faire toucher par un homme ne réagit pas ainsi.

— Vous ne comprenez pas. Je sortais d'un cauchemar et vous m'avez attrapée par surprise. Je ne savais plus faire la part entre le rêve et la réalité.

— Allez raconter vos mensonges aux frères Moran. Ils ne savent pas encore quelle femme vous êtes.

Wolfe relâcha Jessica et roula sur le côté, comme s'il ne supportait plus son contact.

— Wolfe, murmura-t-elle en se rapprochant de lui. Wolfe, vous êtes le seul en qui j'aie toujours eu confiance. Je vous en prie, ne me laissez pas affronter le vent toute seule ! Je crois que je vais devenir folle.

Les tremblements qui agitaient Jessica alarmèrent Wolfe autant que le désespoir perceptible dans sa voix.

— Ce n'est qu'une tempête, dit-il un peu rudement.

— Non. Vous n'entendez pas crier ? *Écoutez*. C'est la plainte d'une femme dont l'âme a été damnée, dit-elle en serrant le bras de Wolfe de ses doigts glacés.

Malgré sa colère, Wolfe ne pouvait rester sourd plus longtemps aux supplications de Jessica. Il posa la main sur la sienne, pour la réchauffer.

— Jessi... ce n'est que le vent. Rien de plus.

Elle ne répondit pas, perdue dans ses souvenirs.

— Jessi ?

Doucement, Wolfe la serra contre lui. Elle était si tendue que ses membres étaient rigides, mais elle n'essaya pas de se débattre. Elle restait inerte dans ses bras et Wolfe en venait presque à espérer qu'elle se mette à crier.

Mais elle n'était plus capable de la moindre

réaction. Wolfe ne tirait aucun triomphe de savoir qu'il avait réussi à pousser Jessica jusqu'à un point de non-retour. Si cela avait été possible, il aurait même voulu pouvoir effacer les paroles blessantes qu'il lui avait jetées au visage. Il n'avait pas eu l'intention de la faire tant souffrir.

— Tout va bien, Jessi, chuchota-t-il gentiment. Rien ne pourra vous arriver. Je suis là, avec vous.

— Rien ne peut arrêter le vent, murmura-t-elle d'une voix si faible qu'elle était à peine audible.

— Le vent ne peut pas vous faire de mal, répondit Wolfe en caressant ses cheveux. Vous êtes en sécurité, avec moi.

Dans le silence qui suivit, Wolfe se pencha pour allumer la lampe de chevet, dans l'espoir que la lumière réconforterait Jessica. Quand il se retourna, la jeune femme fixait la fenêtre d'un regard désespérément vide.

— Jessi ?

— Vous l'entendez, Wolfe ? Vous l'entendez ?

— Qui entendez-vous ? voulut savoir Wolfe, gagné à son tour par un frisson glacé.

Jessica cligna des yeux.

— Le comte s'en prend encore à maman, expliqua-t-elle d'une voix étrange, comme absente. D'abord les pleurs, ensuite le sang. Et pour finir, la mort.

Le regard de Jessica fixait toujours quelque chose qu'elle seule pouvait voir. Quelque chose de si horrible qu'elle en tremblait de peur.

— Dites-moi ce que vous voyez, demanda Wolfe gentiment.

Jessica ferma les yeux.

— *Je ne veux pas me souvenir !*

— Si. Il le faut. Exorcisez vos démons, Jessica. C'est la seule façon de vous libérer.

La tempête redoubla de violence, ébranlant le toit du ranch. Mais Jessica n'y prêtait même plus attention. Elle s'était renfermée dans le monde de ses souvenirs.

— Le comte veut un fils, murmura-t-elle simplement.

Wolfe caressait toujours ses cheveux, pour la rassurer.

— Continuez, dit-il doucement.

— Le comte veut un fils.

— Oui.

— Maman ne veut pas être enceinte. Elle ne le voulait plus, après la première fois. Elle avait failli mourir.

Wolfe se rappelait maintenant les propos de Jessica affirmant qu'aucune femme ne voulait plus d'enfant après avoir mis au monde le premier. Tendrement, il continua de passer la main dans ses boucles soyeuses.

— Votre père était-il en colère contre elle ?

— Toujours. Il s'enivrait et ensuite il allait frapper à la porte de sa chambre. La porte était verrouillée. Il la martelait comme un forcené. Je ne pouvais pas entendre tout ce qu'il disait, parce que le vent soufflait et que maman criait.

Wolfe ferma les yeux un instant, redoutant ce qui allait suivre.

— Votre mère ouvrait la porte ?

— Non.

Avec un soupir de soulagement, il demanda :

— Quoi d'autre ?

— Il enfonçait la porte. Et ma mère criait encore plus fort.

Wolfe ferma de nouveau les yeux. Il les rouvrit pour déposer un baiser sur le front de Jessica. Sa peau était moite.

— Il la traînait dans le couloir, continua Jessica. Et il jurait qu'elle lui donnerait un fils, quoi qu'il lui arrive.

— Jessi... chuchota Wolfe, appréhendant la suite.

— Maman se débattait et, alors, il la brutalisait jusqu'à ce qu'elle n'ait plus la force de bouger. Ensuite, il la violait. Quand c'était fini, je venais soigner ses blessures et je la recouchais.

— Dieu tout-puissant ! soupira Wolfe, horrifié. Vous n'étiez qu'une enfant.

Jessica ne répondit pas. A présent qu'elle avait commencé à parler, elle voulait aller jusqu'au bout, dans l'espoir de faire comprendre à Wolfe qu'elle ne l'avait pas repoussé parce qu'il lui répugnait.

— Parfois, maman faisait une fausse couche après avoir été malade pendant plusieurs semaines. Mais les autres fois, elle allait jusqu'au terme de sa grossesse. Elle souffrait beaucoup, et l'accouchement se concluait toujours de la même façon : le bébé était mort-né. Personne, dans le village, ne venait l'aider. Tous croyaient que ça leur porterait malheur. J'étais toute seule avec elle.

— Jessi...

La voix de Wolfe se brisa.

— Je lavais les bébés et je les revêtais d'une robe de baptême. Ils ressemblaient à de petites poupées de cire, aussi rigides et froides que le marbre de leur pierre tombale. Il y en a eu six.

Jessica tourna la tête vers Wolfe. Ses yeux étaient dilatés et elle ne semblait pas le voir.

— Depuis, le vent ne cesse de me rappeler les cris de ma mère. J'entends sa voix. Elle m'appelle et je revois ses souffrances.

Wolfe voulut caresser Jessica, mais il se retint, de crainte de l'effrayer. Maintenant, il comprenait pourquoi elle redoutait tellement de se faire toucher par un homme.

Un dernier frisson agita le corps de Jessica. Puis elle dévisagea Wolfe comme si elle le voyait pour la première fois depuis que ses souvenirs étaient remontés à la surface. Elle leva une main hésitante pour caresser sa joue.

— Vous êtes si chaud, murmura-t-elle dans un souffle.

Elle caressa lentement sa joue, savourant la chaleur de la vie qui courait sous sa peau, se réchauffant elle-même comme s'il était un brasier. Wolfe voulut dire quelque chose, mais il ne trouvait pas les mots qui auraient pu traduire son émotion.

— Je ne voulais pas vous repousser. (Jessica posa le visage sur sa poitrine.) Pas mon lord Wolfe. Ne m'abandonnez pas, je vous en prie! Vous êtes le seul homme en qui j'aie toujours eu confiance.

Wolfe sentit soudain les larmes de Jessica couler sur son torse. Ses propres yeux le brûlaient. Il toucha la joue de la jeune femme d'une main tremblante.

— Je ne vous hais pas, Jessica, dit-il d'une voix enrouée. Jamais je ne vous haïrai.

Elle tourna la tête pour embrasser sa main.

— Merci, murmura-t-elle.

— Je suis le plus à blâmer, confessa Wolfe d'une voix émue. C'est moi qui devrais vous demander de ne pas me haïr. Je croyais que vous n'étiez qu'une enfant têtue et trop gâtée. J'ignorais ce que vous aviez vécu.

Wolfe promena ses lèvres sur les joues de Jessica pour boire ses larmes.

— Ne pleurez plus, petit lutin. Vos larmes me brisent le cœur. Ne pleurez plus. Je ne serai plus jamais cruel avec vous.

— Je... je suis désolée. Je sais que vous détestez me voir pleurer, mais je...

— Non, je ne déteste pas cela, l'interrompit Wolfe en posant doucement un doigt sur ses lèvres.

— Mais vous... vous avez dit...

— Chut, Jessi ! Je l'ai dit sous le coup de la colère, parce que je croyais que je vous répugnais quand je vous touchais.

— Jamais ! s'exclama Jessica en nouant ses bras autour du cou de Wolfe. Jamais, jamais, jamais ! Vous seul étiez capable de m'aider à vaincre ma peur du vent. Mais quand vous avez commencé à me détester, je me suis retrouvée toute seule. Seule face au vent.

Wolfe avait la gorge nouée par la culpabilité et le chagrin. Il serra Jessica très fort contre lui.

— Où alliez-vous, quand je vous ai arrêtée, tout à l'heure ?

— Dehors, dans le vent.

Wolfe voulut parler, mais aucun son ne sortit de sa gorge. Il aurait aimé lui dire à quel point il regrettait ses paroles de la soirée, mais son esprit était obsédé par cette lancinante question : comment avait-il pu si totalement se méprendre sur le compte de Jessica ?

— Je suis désolé, Jessi, finit-il par dire. Si j'avais su, je ne me serais pas montré si dur avec vous. Pouvez-vous me croire ?

Jessica hocha lentement la tête.

— Et pouvez-vous me pardonner ?

Elle hocha encore la tête, et serra un peu plus ses bras autour de son cou.

— J'ignore comment vous le pouvez, soupira Wolfe. Moi-même, je crois que j'en suis incapable.

Pendant de longues minutes, Wolfe tint Jessica serrée contre lui dans un silence absolu. Il attendait patiemment que sa respiration redevienne normale, que se détendent ses muscles tétanisés par la peur. Finalement, Jessica laissa échapper un soupir à fendre l'âme avant de déposer un baiser dans le cou de Wolfe. Sa peau était humide de ses larmes.

— J'ai bien peur de vous avoir mouillé.

— Aucune importance.

Jessica redressa la tête pour croiser le regard de Wolfe.

— Vraiment ?

— Vraiment.

— Cela veut-il dire que vous m'avez pardonné ? demanda-t-elle avec un timide sourire.

— Je vous l'ai dit, Jessi. Et je regrette de vous avoir laissée croire que vos larmes me rebutaient.

— Non, je ne parlais pas de cela. Je voulais savoir si vous me pardonniez de vous avoir forcé à ce mariage.

Il y eut un silence. Puis Wolfe soupira.

— Vous avez réagi pour sauver votre vie. Je ne peux pas vous le reprocher.

— Je ne me doutais pas que ce mariage vous déplairait, murmura Jessica. J'étais réellement persuadée que je pourrais être une bonne épouse pour vous. Je ne m'étais pas rendu compte à quel point je manquais d'expérience... en tout.

Wolfe pressa un doigt sur ses lèvres, pour l'empêcher de continuer.

— Ne vous rabaissez pas, Jessi. Ce n'est pas votre faute si je suis un bâtard à demi sauvage. Vous étiez faite pour épouser un lord.

— Taisez-vous !

Jessica posa à son tour un doigt sur ses lèvres. Wolfe le retira gentiment.

— C'est la vérité, Jessi. Vous avez été élevée pour devenir une lady sachant gouverner le château de son mari.

— La vérité, Wolfe Lonetree, c'est que vous êtes un homme qui fait tourner la tête à toutes les femmes. Leur tête et leur cœur.

— Il ne faut pas se fier aux apparences, je le crains, s'agissant des hommes ou des femmes, dit-il avec une ironie mêlée de tristesse.

Jessica lui sourit, malgré les larmes qui embuaient de nouveau ses yeux.

— Ce n'est pas seulement une question d'apparence, Wolfe, et vous le savez très bien. Vous êtes très viril.

— Allongez-vous sous les draps, Jessi. Je reviens tout de suite, dit-il en déposant un baiser sur sa joue.

Il s'assit au bord du lit pour remettre son pantalon. Quand il se releva, il sentit que Jessica le regardait. Il tourna la tête et lut de l'admiration dans ses yeux. Son désir se réveilla instantanément, mais cette fois aucune colère ni frustration ne s'en mêla. Il avait compris que Jessica ne cherchait pas à le provoquer. Elle ne se rendait sans doute même pas compte de l'effet dévastateur de son regard, sinon elle aurait pris peur. Et Wolfe n'aurait pas pu lui en vouloir, à présent qu'il connaissait la façon dont elle avait découvert la sexualité.

Il revint quelques minutes plus tard, un verre de cognac dans une main, une cuvette d'eau dans l'autre. Il posa la cuvette sur la table de chevet, s'assit sur le lit et réchauffa le verre de cognac entre ses mains avant de le tendre à Jessica.

— Buvez cela comme un médicament, lui conseilla-t-il. L'alcool va vous réchauffer.

— Comment savez-vous que je suis glacée ?

Il haussa les épaules.

— J'ai connu moi aussi les frissons de la peur. Ce n'est pas quelque chose qu'on peut oublier.

— Vous ? questionna Jessica en écarquillant les yeux.

Wolfe s'amusa de sa stupéfaction.

— Plusieurs fois, répondit-il.

— Quand cela ?

— Par exemple, le jour où un bison a chargé lord Robert après que son cheval fut tombé dans un fossé. Pour avoir vu des Cheyennes se faire tuer par des bisons, je savais ce qui arriverait si je ratais ma cible.

— Mais vous ne l'avez pas ratée.

— Non. En effet. Mais parfois il m'arrive de le regretter.

Voyant que Jessica paraissait choquée, il l'encouragea à goûter le cognac. Elle but une gorgée en grimaçant.

— Je n'ai pas voulu dire que j'avais souhaité la mort de lord Robert, rectifia Wolfe. Mais si je n'avais pas réussi un tel tir, alors que j'étais très loin du bison, peut-être lord Robert m'aurait-il laissé chez les Cheyennes. Je n'avais que treize ans et je n'avais pas encore été initié pour devenir un guerrier.

Jessica dévisageait Wolfe par-dessus le verre de cognac. La lumière de la lampe se reflétait dans ses yeux.

— Après tout, peut-être n'aurait-ce pas été très différent si j'étais resté, reprit Wolfe en haussant les épaules. Je ne me sentais pas un vrai Cheyenne. Une partie de moi était attirée par ce pays au-delà des mers où vivait mon père. Mais je ne me sentais pas davantage anglais. J'avais grandi parmi les Indiens. Le Vicomte Sauvage...

Jessica voulut protester, mais Wolfe haussa encore les épaules.

— Finalement, je ne suis ni indien ni anglais. J'ai suivi ma propre voie, mes propres règles, pour faire ma vie.

— Un homme de l'Ouest.

— Oui, acquiesça Wolfe en souriant bizarrement. Un homme sans feu ni lieu, mais chargé d'un lourd passé.

Jessica sentit qu'elle allait de nouveau pleurer en voyant la tristesse se peindre sur les traits de Wolfe. Elle devinait ses pensées : il était un homme de l'Ouest marié à une femme qui ne pourrait jamais lui convenir.

— Wolfe... murmura-t-elle.

— Finissez votre verre, Jessi. Ensuite, je laverai votre visage. Et après, si vous le voulez bien, je vous serrerai contre moi pour que vous ne puissiez plus entendre le vent pendant que vous dormez.

Jessica voulut parler, mais Wolfe l'en empêcha.

— Buvez, répéta-t-il. Cela vous fera autant de bien qu'un bon massage.

Le souvenir de la nuit où Wolfe avait frictionné Jessica avec son essence de rose s'imposa soudain à leur mémoire.

— Ne vous inquiétez pas, Jessi, voulut la rassurer Wolfe. Je ne chercherai pas à vous faire du mal. Vous n'avez rien à craindre de ma part.

Jessica ferma les yeux et porta le verre de cognac à ses lèvres en se demandant pourquoi elle éprouvait plus de déception que de soulagement.

— Wolfe... (Elle toussa en avalant l'alcool.) Est-ce que...

Une nouvelle quinte de toux l'empêcha de continuer.

— Allongez-vous, dit Wolfe en arrangeant les oreillers sous sa tête. Vous avez besoin de vous détendre.

Il attrapa la cuvette et lui lava doucement le visage avec une serviette.

— Wolfe ?

— Oui ?

— Je croyais que tous les mariages ressemblaient à celui de mes parents, confessa-t-elle.

— Je l'ai compris, à présent.

— Mais c'est faux, n'est-ce pas ?

— C'est faux, en effet.

— Même... au lit ?

— Surtout au lit, répondit Wolfe en essorant la serviette. Dès lors qu'il existe de l'affection entre un mari et sa femme, ils prennent tous les deux du plaisir à partager le lit conjugal. Et s'il y a de l'amour entre eux... s'il y a de l'amour, alors je crois que c'est le paradis sur terre.

Délicatement, Wolfe passa la serviette sur l'un des bras de Jessica.

— La majorité des hommes ne sont ni ivrognes ni cruels. Ils ne prennent aucun plaisir à voir souffrir une femme.

Jessica le fixait avec des yeux intrigués.

— Tout homme digne de ce nom doit être capable de maîtriser sa force, continua Wolfe. Il doit savoir que les femmes sont plus délicates, que leurs sens sont plus longs à s'éveiller. Mais quand une femme s'est ouverte à la passion, il n'existe pas de feu plus intense. Et elle partagera généreusement cette flamme avec l'homme qui saura lui témoigner de l'attention.

— Malgré la douleur ?

— Une femme passionnée ne ressent rien d'autre que du plaisir, quand elle donne son corps à un homme. C'est comme un feu divin qui les consumerait tous les deux.

— Une flamme qui ne vous brûlerait pas, murmura Jessica, qui se rappelait maintenant un certain souvenir.

Le désir de Wolfe s'était brutalement réveillé, mais il n'en laissa rien paraître. Il rinça et essora de nouveau la serviette.

— Oui, une flamme qui ne vous brûlerait pas, répéta-t-il.

Jessica dévisagea Wolfe en silence. Elle admirait le dessin parfait de ses sourcils, ses boucles noires qui retombaient sur son front, le contour charnu de ses lèvres.

— Avez-vous... (La voix de Jessica se brisa. Elle sentait une immense tristesse l'envahir.) Avez-vous déjà connu cela avec une femme ?

— J'ai eu des maîtresses. J'imagine que cela ne vous surprendra pas.

— Je ne voulais pas parler de votre inclination pour les duchesses.

Wolfe releva la tête, et il vit les larmes qui perlaient aux yeux de Jessica.

— Que cherchez-vous à savoir ?

Jessica ferma les yeux.

— Cette flamme... l'avez-vous déjà connue avec une femme ?

— Si cela m'était arrivé, je me serais marié. Je sais seulement qu'une telle passion peut exister entre un homme et une femme.

Jessica voulut lui demander comment il pouvait connaître une chose dont il n'avait jamais fait l'expérience, mais la réponse s'imposa d'elle-même à son esprit.

— Caleb et Willow.

— Oui, acquiesça Wolfe. Caleb et Willow.

— Est-ce que... Y a-t-il... Oh, zut! marmonna Jessica en voyant qu'elle était incapable de mettre de l'ordre dans ses pensées.

Wolfe posa un doigt sur ses lèvres.

— Chut, Jessi! Détendez-vous. Voulez-vous encore un peu de cognac?

— Je vais être ivre.

— Pas avec ce que vous avez bu.

Wolfe voulut se relever, mais Jessica lui saisit le bras.

— Wolfe? Est-ce que... (Elle prit une profonde inspiration et s'accrocha au bras de Wolfe comme si c'était une bouée de sauvetage.) Caressez-moi. Apprenez-moi.

Wolfe sentit son corps se raidir.

— Je ne peux pas, Jessi. L'annulation deviendrait impossible. Je ne suis pas le mari qu'il vous faut. Et vous n'êtes pas la femme dont j'ai besoin. Coucher avec vous serait la plus grande erreur de ma vie.

Jessica relâcha son bras. Elle se rallongea et ferma les yeux. Elle se sentait trop honteuse pour soutenir le regard de Wolfe.

— Excusez-moi, dit-elle d'une voix atone. J'avais oublié ce que vous pensez de moi. Vous auriez dû me laisser aller dehors. Ça aurait été préférable.

— Jessi, vous ne pouvez pas dire cela! s'insurgea Wolfe en lui caressant la joue. A moins que vous n'ayez décidé de tomber enceinte?

Elle rouvrit les yeux. Ils étaient de nouveau agrandis par la peur.

— Calmez-vous, la rassura-t-il. J'ai promis que je ne vous prendrais pas. Jessi, comprenez enfin que nous ne sommes pas faits l'un pour l'autre.

— Je ne peux pas vous laisser partir. Ne m'en veuillez pas, je vous en prie. La simple pensée de devoir coucher avec lord Gore ou un autre de la même espèce...

Jessica recommençait à trembler.

— Tous les lords ne lui ressemblent pas.

Elle ferma les yeux et secoua la tête, comme si elle refusait cette idée.

— L'Angleterre ne manque pas de lords jeunes et séduisants, poursuivit Wolfe. Je veillerai à ce que lady Victoria vous en choisisse un parmi les meilleurs.

— Je préférerais encore épouser le vent plutôt que de me laisser toucher par un homme !

— Un sang-mêlé n'est donc pas vraiment un homme, c'est ce que vous pensez ? demanda Wolfe d'une voix soudain redevenue glaciale.

Jessica rouvrit les yeux, indignée.

— Je n'ai jamais dit ça !

— Vraiment ? D'abord vous me demandez de vous caresser, et ensuite vous prétendez ne pas vouloir vous laisser toucher par un homme. *Ne suis-je pas un homme ?*

— Mais vous êtes si différent des autres hommes, murmura Jessica en traçant d'un doigt tremblant le modelé de sa bouche. Tellement différent...

Wolfe sentit qu'il ne pourrait pas refréner le désir que faisaient naître en lui les paroles de Jessica, sa caresse, l'émotion qui se lisait dans ses yeux.

— Jessi, murmura-t-il en lui embrassant la main, je puis vous caresser sans vous rendre enceinte. Est-ce que vous me comprenez ?

Jessica secoua la tête.

— Il existe des manières de vous donner du plaisir sans vous déflorer, expliqua Wolfe.

Jessica ouvrit de grands yeux.
— Oh, Jessi, sourit Wolfe, ce regard...
— Une telle chose est possible ? demanda-t-elle, ignorant la rougeur qu'elle sentait monter à ses joues.
— Oui. Vous ne souffrirez pas. Vous ne tomberez pas enceinte. Et vous resterez vierge.
— Que faut-il faire ?
— Je vais vous montrer. Mais il faudra que vous m'aidiez.
— Comment ?
— Cela aussi, je vous le montrerai.

13

Tout doucement, les doigts de Wolfe s'insinuèrent dans la chevelure de Jessica.

— Vos mains sont merveilleuses, dit-elle avec un soupir d'aise. Je me sens si bien !

En souriant, Wolfe traça le contour de son oreille avec sa langue. Jessica ne put retenir un gémissement devant cette caresse inattendue qui lui procurait d'étranges sensations.

— Pourquoi ce petit cri ? demanda-t-il. Je vous ai effrayée ?

Jessica secoua la tête.

— Dites-moi ce que vous avez ressenti, murmura-t-il.

— Est-ce ainsi que je dois vous aider ?

— C'est une des façons, oui.

— Vous m'avez fait frissonner, et en même temps j'ai senti comme une raideur dans tout mon corps, expliqua Jessica en regardant Wolfe. Je pense qu'un bouton de rose doit réagir pareillement à la première caresse du soleil.

— Jessi, vous me mortifiez, soupira Wolfe.

Elle aurait voulu lui demander pourquoi, mais la langue de Wolfe titillait de nouveau son oreille, et de nouveau la même exquise sensation la fit frissonner.

— Je ne savais pas, dit-elle.

— Quoi ?

— Que mes oreilles pouvaient être aussi sensibles. (Elle soupira.) Et que la langue de mon lord Wolfe pouvait être aussi agréable.

Wolfe sentait son pouls s'accélérer à mesure que son désir grandissait. Il mordilla délicatement le lobe de l'oreille de Jessica.

— Et les dents de votre lord Wolfe, les aimez-vous ?

Pour toute réponse, Jessica repoussa les mèches qui tombaient sur ses tempes. Wolfe accepta son invitation avec un sourire conquérant. Sa langue épousa de nouveau le contour de son oreille et en lécha l'intérieur jusqu'à ce que Jessica gémisse de plaisir. Alors, il la relâcha doucement.

— C'est tout ? demanda Jessica avec une pointe de tristesse.

Wolfe secoua la tête en riant.

— Où aimeriez-vous que je vous embrasse, à présent ?

— A quel endroit serait-ce aussi bon ?

— Il y a bien des endroits où ce pourrait même être encore meilleur.

Jessica écarquilla les yeux.

— C'est vrai ?

— Oh oui, assura Wolfe en suivant des yeux la courbe de ses épaules jusqu'à l'endroit où elle disparaissait sous la couverture. Mais il va falloir que vous m'aidiez.

— Cela veut-il dire que je dois vous mordiller l'oreille, moi aussi ?

Le mélange d'innocence et d'espièglerie dans la

voix de Jessica le fit éclater de rire, malgré l'ardeur du désir qui le tenaillait.

— Cela veut dire que vous allez m'expliquer tout ce que vous ressentez partout où je vous caresserai, répondit-il.

— Je préférerais mordiller votre oreille.

Wolfe rit encore.

— Plus tard, Jessi. Cela me distrairait.

— Vous distrairait ?

— Cela m'empêcherait de me concentrer, rectifia Wolfe.

— Comme ces étranges petits papillons que je sens voleter dans mon estomac ?

— D'une certaine façon, oui. Ils annoncent le début de la passion. Et la passion est quelque chose qui peut vous faire perdre la tête.

— C'est bien ce dont j'avais peur. Devenir passionnée.

— Avez-vous encore peur ?

— Non. Pas avec vous.

Wolfe l'embrassa dans le cou.

— Tant mieux. Car je crois que je n'ai jamais rencontré une femme aussi sensuelle que vous. Mais pour éveiller cette sensualité, une certaine intimité physique est nécessaire. Je ne parle pas de... consommation. Simplement d'intimité. Cette intimité qui vous répugnait, auparavant.

— Vous voulez dire... (Jessica rougit violemment.) Le jour où vous m'avez lavée, quand vous...

— Oui. Quand j'ai mis ma main entre vos cuisses.

Jessica couvrit son visage de ses mains.

— Grands dieux, Wolfe, je ne sais pas si je peux parler de choses pareilles !

— Trop répugnant ? demanda-t-il d'une voix neutre.

Elle secoua la tête.

— Expliquez-moi, Jessi. Je ne voudrais surtout pas vous effrayer.

— Et me mettre dans l'embarras ? marmonna-t-elle.

— L'idée n'est pas pour me déplaire. Je la garde en réserve. Maintenant, expliquez-moi.

— Expliquer ? répéta Jessica, incrédule. Je n'ose même pas repenser à ce qui s'est passé. Je me souviens où vous avez mis votre main, et que le contact de vos doigts était plus agréable que celui de l'éponge, mais le seul fait de l'évoquer me donne des frissons et me met le cœur à l'envers. Et vous voudriez que nous en parlions comme si nous étions dans la bibliothèque de lord Robert à comparer les mérites de Keats et de Shelley !

Wolfe sourit et embrassa ses mains qui cachaient toujours son visage.

— Vous caresser me donne aussi des frissons, murmura-t-il. Et me met le cœur à l'envers, comme vous dites.

Jessica abaissa lentement ses mains.

— Et cela ne vous trouble pas ?

— Bien sûr que si, admit-il. Mais je ne veux penser qu'au plaisir de vous sentir avec moi. Et combien vous êtes courageuse de me faire confiance, malgré vos appréhensions. (Il approcha ses lèvres de celles de Jessica, jusqu'à les toucher.) Me laisserez-vous vous caresser comme le fait le soleil avec un bouton de rose ?

— Comment le soleil s'y prend-il pour caresser un bouton de rose ?

— Tendrement. Entièrement. Partout.

Wolfe posa sa bouche sur celle de Jessica, et sa langue dessina le contour de ses lèvres. Un délicieux frisson de plaisir la fit tressaillir.

— Je ne voulais pas vous choquer, murmura Wolfe. Je vous avais prévenue que ce serait... intime.

— Vous ne m'avez pas choquée. Ce sont les papillons.

— Les papillons ?

— Ne vous retournez pas... le perroquet est revenu !

— Au diable ce maudit perroquet ! Parlez-moi de ces papillons.

— Eh bien, je me demande en fait si ce ne sont pas plutôt de petites flammes.

— Voulez-vous que nous nous en assurions ?

— Oui, mais ne vous méprenez pas si vous me voyez tressaillir. Vous ne me répugnez pas, Wolfe. Vous êtes le plus bel homme que j'aie jamais vu.

— Adorable petite menteuse ! Les frères Moran sont bien plus beaux que moi.

— L'arbre-qui-se-tient-à-part est aveugle. Quand vous entrez dans une pièce, tous les regards se tournent vers vous, comme si vous apportiez la lumière.

Jessica sentit au léger frisson qui agita Wolfe que ses paroles l'avaient ému.

— Cela veut-il dire que vous me donnez l'autorisation de vous embrasser... intimement ? demanda-t-il, quand il fut enfin capable de parler.

— Oui, murmura-t-elle. S'il vous plaît.

Wolfe approcha sa bouche de la sienne et, avec beaucoup de tendresse, sa langue força la barrière de ses lèvres.

Pour Jessica, cette sensation était totalement nouvelle ; cependant, elle n'eut pas peur — elle était avec Wolfe. Elle noua les bras autour de son cou et s'abandonna au plaisir qu'elle sentait monter en elle à mesure que le baiser de Wolfe devenait plus profond. Quand il voulut se retirer, elle protesta et chercha sa langue avec la sienne pour prolonger ce baiser qu'elle voulait ne jamais voir finir.

Deux bras vigoureux la soulevèrent de sous les draps pour l'allonger sur la couverture de fourrure. La force de Wolfe, le contact de ses bras nus sur sa peau étaient une autre source de plaisir pour Jessica. Impulsivement, elle serra ses doigts sur ses biceps pour en éprouver la dureté. Wolfe se raidit et laissa échapper un gémissement.

— Wolfe ? Quelque chose ne va pas ?

— Non. J'étais simplement en train de penser que les lutins avaient des griffes dorées.

— Pardon ?

Il rit.

— Vous sentez le cognac.

— Vous aussi.

— C'est parce que je vous ai goûtée. Et que j'ai très envie de recommencer.

Jessica le dévisagea, surprise. Wolfe la questionna du regard.

— Le baiser... murmura-t-elle. Vous venez de me faire comprendre ce que j'ai ressenti. *Je vous ai goûté*. Oh, Wolfe, vous me faites tourner la tête, comme le cognac !

— Jessi... chuchota Wolfe en piquant de petits baisers sur ses lèvres pour la provoquer, dans l'espoir qu'elle réclamerait davantage.

— Wolfe ?

— Hmmm ?

— Embrassez-moi comme tout à l'heure. Embrassez-moi pour que je puisse encore vous goûter !

Avec un gémissement de plaisir, Wolfe s'empara de sa bouche et l'embrassa comme il n'avait jamais embrassé aucune femme auparavant. En même temps, ses mains couraient le long du corps de Jessica, avides d'en savourer la douceur à travers le tissu de la chemise de nuit. Jessica s'abandonnait à ses caresses en s'arquant instinctivement contre lui.

Wolfe s'arracha à leur baiser pour suivre lentement du regard le modelé de sa bouche, la courbe de son menton, et il descendit encore, jusqu'à la naissance de sa gorge que dissimulait à peine la fine étoffe. Les deux mamelons s'offraient à son regard, délicieusement tentants.

— Vous souvenez-vous du soleil et du bouton de rose ? demanda Wolfe d'une voix rauque. Et de ce que je vous ai dit à propos de la passion ?

— Je crois que cela me plaît. Avec vous.

— Tant mieux. Parce que la véritable intimité va commencer.

— Commencer? répéta Jessica en écarquillant les yeux. *Commencer ?*

— Adorable petit perroquet à la crête rouge, murmura-t-il à son oreille, oui, cela va commencer. Ce sera merveilleux, Jessi ! Encore meilleur que lorsque nous nous embrassions.

Il approcha ses lèvres des siennes et Jessica lui offrit sa bouche. Sans cesser de l'embrasser, il caressa l'un de ses seins.

— J'ai l'impression d'avoir capturé un petit oiseau, dit Wolfe. Votre cœur bat si fort ! Est-ce que je vous fais peur ?

Jessica voulut parler, mais sa gorge ne laissa passer qu'un petit gémissement étouffé. La caresse de Wolfe éveillait en elle un flot de sensations qui lui coupaient le souffle.

— Aidez-moi, Jessi. Parlez-moi. Dites-moi ce que vous ressentez.

Du bout des doigts, il titilla la pointe de son mamelon. Il le sentit durcir sous la soie fine.

— J'ai l'impression que le bouton de rose n'a plus peur du soleil, chuchota-t-il.

Il continua de l'effleurer, puis il releva lentement la tête et plongea son regard dans le sien.

— Vous tremblez, dit-il.

— Je ne peux pas m'en empêcher. Quand vous me regardez ainsi...

— Comment est-ce que je vous regarde?

— Comme si vous vouliez...

Sa voix se brisa et elle se sentit rougir.

— Comme si je voulais... ?

— Embrassez-moi, murmura-t-elle. Là.

Avec un frisson d'anticipation, Jessica sentit les lèvres de Wolfe descendre le long de son cou et s'approcher de sa poitrine, tandis que ses mains écartaient sa chemise de nuit. Elle sentit la caresse de l'air sur ses seins, mais Wolfe continuait de tirer délicatement sur le tissu. Elle se rendit alors compte qu'il avait l'intention de la déshabiller complètement.

— Wolfe...

— Cela fait partie de notre intimité, Jessi. Je ne vais pas vous faire de mal. Me donnez-vous la permission de vous déshabiller?

— Oui, répondit-elle dans un souffle.

Il y eut un silence, pendant lequel on n'entendit que le froissement de la soie tandis que Wolfe retirait la chemise de nuit. Jessica tremblait un peu, mais elle ne tenta pas de se couvrir.

— Votre corps est parfait! s'extasia Wolfe d'une voix rauque. Je rêvais de le contempler depuis l'été de vos quinze ans.

— De mes quinze ans? demanda Jessica, incrédule.

— Lady Victoria avait raison. Je m'interdisais de penser à vous, mais je ne pouvais pas contrôler mes rêves. (La voix de Wolfe se fit plus chaude.) Dans mes rêves, je vous déshabillais et je vous goûtais. Ce sont mes rêves qui m'ont forcé à quitter l'Angleterre.

— Je croyais que c'était à cause du scandale avec cette duchesse ?

Au lieu de répondre, Wolfe laissa courir ses doigts le long du corps de Jessica, depuis la naissance de sa gorge jusqu'en haut de ses cuisses, et il refit le même chemin en sens inverse. Jessica frissonnait de plaisir en murmurant son nom.

— La duchesse était un exutoire, finit-il par répondre. Je croyais qu'en prenant une maîtresse je pourrais brider mes rêves.

— Et vous avez réussi ?

La voix de Jessica était à peine plus audible qu'un murmure, tellement sa gorge était nouée. Elle aurait voulu couvrir sa nudité... et en même temps elle avait envie de s'étirer comme une chatte sous les caresses de Wolfe.

— Non. Je ne pouvais pas oublier ce jour où nous nous étions abrités sous un chêne pendant une averse. Votre robe était mouillée et vos petits seins tendaient l'étoffe de votre décolleté.

Wolfe se pencha pour embrasser sa gorge.

— Je me demandais si vos tétons pourraient se tendre ainsi pour moi, murmura-t-il.

Jessica laissa échapper un petit gémissement qui décupla le désir de Wolfe.

— J'ai essayé de vous chasser de mon esprit, reprit-il, mais je n'y parvenais pas. J'ai cherché un prétexte pour quitter l'Angleterre et c'est alors que la duchesse a provoqué un scandale en se plaignant publiquement que je la négligeais. Finalement, lord Robert a convenu qu'il était préférable que je disparaisse pendant quelque temps.

Quand Wolfe posa doucement sa tête sur sa poitrine, Jessica ne fit rien pour le repousser. Ses paroles la troublaient autant que ses caresses.

— J'ai pleuré, en apprenant que vous alliez partir, avoua-t-elle.

— C'est vrai ? Pourtant, je ne me rappelle que votre sourire, et vos sarcasmes sur mon inclination pour les duchesses.

— J'étais en colère contre vous.

— Vous étiez jalouse, Jessi. Lady Victoria s'en est aperçue. De même qu'elle s'était aperçue de ce que j'essayais de cacher à tout le monde, y compris à moi-même. Je ne pouvais pas respirer une rose sans penser à vous. Je ne pouvais pas entrer dans une pièce où vous étiez passée sans vous désirer ardemment. C'était sans issue. Aucune autre femme ne parvenait à me consoler. Je ne pouvais pas lutter contre mon désir pour vous. La seule solution, c'était partir.

— J'ignorais tout cela, murmura Jessica.

Wolfe baissa la tête. Il admira longuement les courbes parfaites du corps de Jessica.

— J'étais désespérée, après votre départ, confessa Jessica. Oh, Wolfe, vous me manquiez au point que je voulais mourir ! Je vous aimais tellement ! Je vous ai toujours aimé.

Wolfe soupira.

— Ne m'aimez pas, Jessi. Cela ne pourrait que nous faire du mal, à tous les deux. Encore ce soir, j'aurais dû lutter contre le désir que j'éprouve pour vous. Mais c'est impossible. Vous êtes si belle ! Et j'ai rêvé de vous pendant si longtemps !

Avec un soupir de pur plaisir, Wolfe approcha la langue d'un mamelon, en sachant très bien qu'il ne pourrait plus résister très longtemps à l'exquise tentation. Jessica laissa échapper un gémissement et elle crispa ses doigts dans la chevelure de Wolfe.

— N'ayez pas peur, murmura-t-il. Je ne suis pas un lord aviné qui vous battra jusqu'au sang. Je ne suis qu'un bâtard sans titre mais qui attend depuis des années de pouvoir vous caresser.

Avant que Jessica n'ait pu répondre, Wolfe s'empara à nouveau de ses lèvres. Instinctivement, Jessica se cambra contre lui, comme si elle voulait s'offrir tout entière dans ce baiser passionné.

Quand elle sentit que Wolfe aventurait une de ses mains vers ses jambes, elle ne protesta même pas. La chaleur de sa main caressant ses cuisses participait de ce feu divin qui embrasait tout son corps.

— Vous souvenez-vous comment le soleil caresse le bouton de rose? demanda-t-il, la main suspendue au-dessus de la toison qui cachait sa féminité.

— Tendrement, murmura Jessica. Entièrement.

— Partout.

Elle comprit soudain.

— Mon Dieu, Wolfe! Même là?

— Surtout là. Je vais vous montrer comment le bouton de rose s'ouvre pour la première fois à la caresse du soleil.

Jessica dévisageait Wolfe sans réagir.

— N'ayez pas peur. Vous en avez envie. Je le sais, même si vous, vous ne le savez pas encore. Vous êtes en train de vous ouvrir à moi.

Jessica gémit doucement quand il abaissa sa main.

— Ne serrez pas vos cuisses, dit-il tendrement. Je veux vous voir.

Sa main resta immobile. Il ne voulait pas la forcer. Elle devait se livrer de son plein gré.

— Wolfe...

— Chut, petite rose ! Je sais que vous vous languissez du soleil. Laissez-moi vous l'offrir.

Jessica reprit lentement sa respiration avant de pouvoir détendre ses jambes. Wolfe l'aida en déposant une pluie de baisers sur ses seins et sur son ventre. Chaque pression de ses lèvres incendiait un peu plus le corps de la jeune femme. Quand il glissa la main entre ses cuisses, elle ne lui opposa aucune résistance.

— Jessi ! murmura Wolfe, bouleversé par la confiance qu'elle lui témoignait.

Il écarta un peu plus ses cuisses, d'une légère pression de la main.

— Quelle fleur magnifique ! s'extasia-t-il, d'une voix rauque. Y a-t-il du nectar, à l'intérieur ?

Jessica ne comprit ce qu'il avait voulu dire que lorsqu'elle sentit les doigts de Wolfe s'immiscer doucement en elle. Plus que toutes les autres, cette caresse aurait dû la choquer. Mais il lui était impossible de se rebeller contre le plaisir que Wolfe lui procurait.

— *Wolfe !*

— Je sais ce que vous ressentez, chuchota-t-il. C'est encore plus beau que dans mes rêves.

Sa main s'aventura de nouveau dans le secret de sa féminité et Jessica s'offrit à sa caresse en gémissant. Elle brûlait de le sentir en elle, et Wolfe ne le devinait que trop bien. Avec un juron étouffé, il retira lentement sa main.

— S'il vous plaît, murmura Jessica, caressez-moi encore !

— Pas de cette façon.

— Est-ce que... vous... vous n'aimez pas ça?

Il rit. Mais son rire était un aveu d'impuissance. L'innocence de Jessica décuplait son désir. Ses doigts retrouvèrent le chemin de la source de vie, chaude et humide, qui l'attirait irrésistiblement. Une vague de plaisir submergea brutalement Jessica.

— Wolfe? Que m'arrive-t-il? Oh, Wolfe... Wolfe!

Jessica répéta son nom, encore et encore, tandis qu'elle se pâmait sous ses caresses.

Les yeux brûlants de désir, Wolfe contemplait le corps de Jessica, métamorphosé par le plaisir qu'il était en train de lui donner. Il savait qu'il n'aurait pas dû prendre ce risque de percer son hymen, mais il ne pouvait plus se retenir d'enfoncer sa main plus profondément encore dans le secret de sa chair. Jessica poussa un cri de pur plaisir.

— Je ne prendrai pas votre virginité, murmura Wolfe d'une voix rauque. Mais je veux vous connaître comme je n'ai jamais connu aucune autre femme. Donnez-vous à moi, Jessi. Laissez-moi goûter votre jouissance.

Il s'empara de sa bouche et Jessica s'abandonna à son baiser. Dans un ultime sursaut de plaisir, elle lui offrit sa jouissance qu'il cueillit avec sa langue. Puis il la serra longuement dans ses bras, en silence, pendant que Jessica, encore frissonnante, reprenait lentement souffle.

Mais Wolfe était amer. Il se reprochait sa folie, à présent. Il avait éveillé à la sensualité une jeune aristocrate qui n'avait rien à voir avec la femme dont il avait besoin. Maintenant qu'il avait découvert la passion dont Jessica pouvait être capable, il la désirait plus que jamais. Et cependant, il ne pouvait pas la posséder. *Il ne le devait pas*.

Ils n'étaient toujours pas faits l'un pour l'autre. Rien n'avait changé. Ou plutôt, si : c'était pire qu'avant.

Wolfe mit très longtemps à s'endormir, cette nuit-là.

14

— On ne se croirait pas au printemps, maugréa Willow. Tantôt il gèle, tantôt il fait soleil, puis il reneige... Aujourd'hui, le temps est clair, mais le vent du nord s'est déchaîné. Vous l'entendez ?

— Le contraire serait difficile, répondit Jessica. Même en Écosse, elle n'avait jamais entendu le vent souffler aussi fort. Et cependant, bien qu'elle serrât dans sa main le médaillon qui renfermait le portrait de Wolfe, elle prenait conscience que le vent n'avait plus le pouvoir de la terroriser. Sans doute ne trouverait-elle jamais aucun charme à une tempête, mais au moins elle n'aurait plus peur. Elle avait enfin réussi à faire la part entre la réalité, ses cauchemars et ses horribles souvenirs d'enfance.

Et cela, je le dois à Wolfe.

Elle se sentit rougir en se rappelant leur nuit. Elle n'aurait jamais pu imaginer qu'un corps de femme puisse connaître autant de plaisir. Et c'était Wolfe qui l'avait initiée.

Il m'a tout donné. Et moi... rien.

— Drôle de saison, insista Willow en se tournant vers la fenêtre.

Jessica suivit son regard. De petites touffes d'herbe essayaient de percer sous la neige, et les arbres se teintaient de reflets verts. Mais le vent mettait la végétation à rude épreuve.

Cette nuit, pour la première fois de sa vie, le vent n'avait pas troublé le sommeil de Jessica. Elle s'était endormie dans les bras de Wolfe, le visage posé sur son torse musclé. Il l'avait réchauffée de sa chaleur et sa force l'avait protégée des attaques du vent.

— Jessi ?

Elle cligna des yeux et se tourna vers Willow.

— Oui ?

— Cessez de ruminer ce qui s'est passé hier soir.

Pendant un instant, Jessica crut que Willow avait tout deviné. Elle rougit, avant de se rappeler l'autre événement de la soirée : l'éclat de Wolfe.

— Wolfe s'est excusé auprès de tout le monde, ce matin, expliqua Willow. Je présume qu'il vous a présenté ses excuses pendant la nuit.

— Oui, confirma Jessica, se sentant rougir de plus belle.

Willow lui sourit.

— Ce sont les joies du mariage. Les réconciliations sont aussi passionnées que les disputes.

— Vous vous disputez, Caleb et vous ?

— Ne prenez pas cet air ahuri. Vous vous êtes quand même bien rendu compte que mon mari est têtu comme une mule. Évidemment, que nous nous disputons !

— Et vous n'êtes pas têtue, vous ? ironisa Jessica.

— Bien sûr que non, répondit Willow avec un air de parfaite innocence. Je ne suis qu'une pauvre petite fleur fragile. Comment pourrais-je prendre le risque de contrarier le grand méchant homme que j'ai épousé ?

Jessica éclata de rire.

— Ah, si seulement Caleb pouvait vous entendre !

— Oui. Si seulement !

La soudaine gravité de Willow inquiéta Jessica.

— Quelque chose ne va pas ?

— C'est à cause du vent. Et du froid. Les juments sont grosses. Elles peuvent mettre bas d'un moment à l'autre.

— Je suis au courant. Wolfe m'en a touché un mot avant de partir, ce matin. Il semblait redouter que le vent n'affole les juments.

— Nous n'avons pas eu le temps de clôturer toutes les pâtures. Au sud du ranch, la région devient accidentée et sauvage. Si la tempête pousse les juments dans cette direction, nous aurons beaucoup de mal à les retrouver. Le vent est glacé. Si jamais elles mettent bas...

La voix de Willow se brisa. Elle resta devant la fenêtre, à fixer les branches des arbres qui se tordaient sous les rafales.

Jessica s'approcha d'elle et lui posa la main sur l'épaule.

— Les hommes retrouveront les juments, dit-elle pour la rassurer.

— Les juments, les vaches, les poulains de l'année dernière... ce maudit vent risque de nous faire tout perdre. Je préférerais être dehors pour aider Caleb. Nous avons besoin de tous les bras valides. Je me sens si inutile. Je...

Willow s'interrompit brutalement. Elle suffoquait.

Jessica crut d'abord que la jeune femme pleurait. Mais, soudain, elle soupçonna autre chose.

— Quand cela a-t-il commencé? voulut-elle savoir.

— La tempête? Hier soir.

— Au diable la tempête! Depuis quand avez-vous mal?

— Depuis minuit. Par intermittence.

Jessica ferma les yeux un instant. Quand elle les rouvrit, son regard était déterminé.

— En avez-vous parlé à Caleb?

— Non. Ma mère m'avait expliqué que le premier bébé est toujours imprévisible. Le travail peut commencer et s'arrêter, recommencer le lendemain, et ainsi de suite pendant plusieurs jours. (Willow prit une profonde inspiration.) Le plus urgent, c'est de sauver nos bêtes. Je ne peux pas demander à Caleb de me tenir la main alors que je ne sais pas quand l'accouchement aura lieu.

Ces paroles courageuses ne trompèrent pas Jessica. Elle devina au regard de Willow qu'elle aurait aimé avoir son mari à ses côtés.

— Aviez-vous déjà ressenti des douleurs, avant cette nuit? demanda-t-elle.

— Il y a deux jours, confessa Willow. Mais, cette fois, je sens que c'est différent.

— Puis-je? demanda Jessica en approchant la main du ventre de Willow.

Willow hocha la tête, un peu surprise.

Sans un mot, Jessica palpa son ventre avec une inquiétude grandissante. Le bébé ne bougeait pas. D'après ce qu'elle avait lu dans un livre, lorsque le bébé avait trouvé la bonne position qui lui permettrait de naître, il pouvait rester de longues heures immobile avant que le travail d'expulsion ne commence réellement. Cependant, à la lumière des expériences douloureuses qu'elle avait vécues avec sa mère, Jessica ne pouvait pas s'empêcher de penser à une autre éventualité : le bébé était peut-être mort.

— Prévenez-moi dès qu'il se passera quelque chose, dit-elle en s'efforçant de sourire. En attendant, reprenez votre couture. Il faut vous divertir.

Une demi-heure plus tard, Willow sentit une nouvelle contraction.

— Jessi ! appela-t-elle.

Jessica accourut de la cuisine, où elle tirait de l'eau à la pompe. Elle palpa de nouveau le ventre de Willow. Il lui parut anormalement tendu. Prudemment, Jessica recommença son examen. Elle ne sentait toujours pas bouger le bébé.

— Où avez-vous mal, exactement ?

— Ça part du dos, et ensuite ça irradie partout.

— Pouvez-vous vous lever ?

— Sans le bras de Caleb pour m'aider ? Allons, essayons toujours.

Quand Willow fut debout, Jessica se pencha et palpa encore une fois son ventre. Le bébé semblait être descendu, et cependant elle ne le sentait absolument pas remuer. Mais, après tout, un premier bébé était... imprévisible. Dissimulant son angoisse, Jessica se redressa et sourit à Willow.

— Comme diraient vos frères : « Willow, tu as encore fait du bon travail ! » Le bébé est dans la bonne position. Il est prêt à voir à quoi ressemble le monde.

Willow sourit à son tour, et elle serra les mains de Jessica dans les siennes.

— Je suis si contente que vous soyez là, Jessi !

— Moi aussi.

Ce n'était qu'un demi-mensonge. Par affection pour Willow, elle était heureuse de lui tenir compagnie. Aucune femme ne devrait jamais accoucher dans la solitude. Pourtant, Jessica se serait bien passée d'une épreuve qui lui rappelait de si horribles souvenirs.

— Vous avez pris votre petit déjeuner? demanda-t-elle.

— Non. Je n'avais pas faim.

— Parfait. Pour l'instant, votre corps a mieux à faire que digérer du café et des gâteaux. Où rangez-vous les draps propres?

— Dans le coffre qui est... Oh!

— Que se passe-t-il?

Jessica avait à peine fini de poser sa question qu'elle vit la tache qui s'élargissait sur la robe de Willow.

— Vous perdez les eaux.

— Oui, bien sûr, répondit Willow avec un sourire contrit. Suis-je sotte! J'avais oublié que cela devait m'arriver.

— Vous n'êtes pas du tout sotte, déclara Jessica en posant la main sur son épaule. C'est tout naturel d'être angoissée. Surtout pour le premier.

— C'est sans doute préférable que Caleb ne soit pas là. Il a tellement peur qu'il m'arrive la même chose qu'à sa sœur.

Jessica se souvint de la soirée où Caleb avait porté sa femme endormie dans leur chambre. Il la contemplait avec une telle émotion!

Willow est toute ma vie.

Jessica s'était longuement demandé ensuite ce qu'une femme pouvait ressentir quand un homme l'aimait aussi profondément. Elle aurait été prête à remuer ciel et terre pour que Wolfe la regarde avec la même émotion.

A présent, elle savait que cela ne lui arriverait jamais.

Nous ne sommes pas faits l'un pour l'autre.

Wolfe avait à moitié raison. A moitié, seulement. Il était l'homme qu'il lui fallait. Mais elle n'était pas la femme dont il rêvait.

Jessica s'obligea à mettre ses propres tourments de côté. Elle prit la main de Willow et l'entraîna dans la chambre.

— Laissez-moi vous déshabiller, dit-elle.

— Je peux le faire moi-même.

— J'y arriverai plus facilement. (Jessica commença à délacer sa robe.) Il n'y a plus de place pour la pudeur, pendant un accouchement. Nous ne devons penser qu'au bébé.

— Vous me surprenez beaucoup.

— Me jugeriez-vous moins inutile que Wolfe ne le laissait entendre ?

— J'aurais dû lui tirer les oreilles pour ses paroles idiotes. Ce n'est quand même pas votre faute si vous êtes née dans l'aristocratie !

Jessica ne se sentit pas le cœur de lui répondre.

— Ce qui me surprend, expliqua Willow, c'est que vous n'ayez pas l'air de connaître grand-chose de la... euh... de l'aspect physique du mariage. J'en avais conclu que vous étiez terrifiée par tout ce qui concernait le corps. Je m'étais trompée. Vous avez l'air d'en savoir long sur les accouchements, n'est-ce pas ?

— J'ai grandi à la campagne. Chiens, chats, chevaux, cochons, vaches... j'ai vu tous ces animaux donner la vie.

— Je suis bien contente que vous ne soyez pas une aristocrate de la ville. Je pense que je vais avoir besoin de vous. Ne serait-ce que pour prendre soin du bébé, si jamais je m'endors après l'accouchement.

Jessica se força à sourire, autant pour rassurer Willow que pour se réconforter elle-même. Elle n'avait jamais tenu dans ses bras de bébé vivant.

Mais, bien sûr, il n'était pas question d'avouer une chose pareille. Willow devait avoir confiance dans ce qui allait se passer.

Willow une fois déshabillée, Jessica l'aida à se laver et à enfiler une simple combinaison. Ensuite, Jessica se hâta d'enlever les draps, de tendre une alaise sur le matelas et de remettre des draps propres. Au moment où Willow montait sur le lit, une nouvelle contraction lui arracha un petit cri de douleur.

Cette fois, il n'y avait plus aucun doute. Le travail avait commencé.

— Je reviens tout de suite, annonça Jessica après l'avoir aidée à s'allonger. Ne vous affolez pas si vous entendez des coups de feu. Je vais appeler les hommes.

— Non, c'est inutile. Je me sens bien.

— Willow, Caleb ne serait pas content si je ne le prévenais pas que vous avez besoin de lui.

— Les juments ont plus besoin de lui que moi, protesta Willow, les larmes aux yeux.

— Wolfe se chargera des juments. Il aime les chevaux plus que tout au monde.

— Excepté vous.

Jessica sourit tristement.

— Wolfe ne m'aime pas. Il prend soin de moi, c'est tout. Et c'est déjà plus que je ne mérite.

— Vous dites des sottises.

— Non. La simple vérité. Tout ce qu'a dit Wolfe à mon sujet hier soir était vrai. Je l'ai forcé à m'épouser contre sa volonté. Il aurait voulu une femme comme vous. Une vraie femme de l'Ouest. Et il se retrouve avec une aristocrate qui ne sait même pas se coiffer toute seule.

Jessica s'amusa de la surprise de Willow.

— Mais j'essaie d'apprendre, reprit-elle. Avec

vous, par exemple. (Elle serra la main de Willow.) Reposez-vous. Vous aurez besoin de toutes vos forces pour faire venir le bébé de Caleb au monde.

Willow tourna son regard vers la fenêtre. On ne voyait rien d'autre que les branches des arbres plier sous les assauts du vent.

— Ils ne vous entendront peut-être pas tirer, dit-elle. Ils sont contre le vent.

Jessica hocha la tête, mais elle quitta tout de même la chambre : elle était résolue à tenter l'expérience.

Elle sortit de la maison. Le vent soulevait ses jupes et lui glaçait le visage.

Elle arma la carabine à répétition, ce cadeau fait à l'occasion d'un mariage qui n'aurait jamais dû avoir lieu, puis elle tira trois coups. Elle attendit un peu, et en tira encore trois autres avant de rentrer, transie. Elle dut batailler contre la porte, que le vent cherchait à enfoncer, pour arriver à la refermer.

Pendant quelques minutes, Jessica resta debout dans le salon, s'armant de courage pour ce qui allait suivre. Puis elle se mit au travail.

Ignorant le tremblement de ses mains, elle lava ses ciseaux de couture et les essuya avec une serviette propre. Elle les plaça sur la couverture que Willow avait préparée avec tant d'amour pour le bébé. En frissonnant, Jessica redouta d'avoir à y déposer un petit corps glacé et raidi par la mort.

Mon Dieu, faites que le bébé soit vivant !

Fébrilement, elle attrapa une chaise et un livre et rejoignit Willow.

— Je crois que cela aidait maman que je lui fasse la lecture, expliqua-t-elle avec un calme qui n'était que de façade. Si ça ne marche pas, je me contenterai de rester assise à côté de vous jusqu'à ce que vous ayez besoin de moi.

— S'il vous plaît, demanda Willow d'une voix tendue, lisez-moi quelque chose.

— Essayez de ne pas bloquer votre respiration quand les contractions viendront. Cela vous ferait encore plus mal.

Puis elle commença à lire *Le Songe d'une nuit d'été*. Le temps passa vite, rythmé par les contractions qui devenaient de plus en plus rapprochées. Willow luttait courageusement contre la douleur.

— Prenez ça et serrez-le entre vos dents, dit Jessica en lui tendant une sangle de cuir.

Aucune des deux femmes n'entendit la porte s'ouvrir. Pas plus qu'elles n'entendirent la voix de Caleb appeler sa femme. Jessica ne s'aperçut de sa présence qu'en le voyant s'approcher du lit pour prendre la main de Willow.

— Non! s'exclama-t-elle en retenant brutalement son bras. Lavez-vous d'abord. Et changez-vous. Rien de sale ne doit toucher Willow ni le bébé, pour ne pas risquer une infection.

Caleb s'exécuta sans broncher. Quand il revint, quelques minutes plus tard, il sentait le savon mais il n'avait pris que le temps d'enfiler un pantalon propre. Il finit de s'habiller devant les deux femmes. Discrètement, Willow cacha sous les draps la sangle que lui avait donnée Jessica.

— J'avais dit à Jessi de ne pas tirer de coups de feu, dit-elle à son mari. Les juments...

— Wolfe s'en occupe, dit Caleb en terminant de boutonner sa chemise. Qu'est-ce que c'est que cette histoire de coups de feu?

— J'ai essayé de vous appeler quand les douleurs ont commencé, expliqua Jessica en passant une serviette humide sur le front de Willow pour la rafraîchir.

— Je n'ai rien entendu du tout.

Jessica regarda par la fenêtre. Il faisait encore grand jour et les autres hommes n'étaient pas rentrés au ranch.

— Alors, comment avez-vous su que vous deviez venir? demanda-t-elle.

— J'ai entendu Willow prononcer mon nom.

Jessica regarda Caleb, mais il n'avait d'yeux que pour sa femme. Agenouillé à son chevet, il lui souriait tout en lui caressant les cheveux. Quand Willow sentit une nouvelle contraction, elle s'accrocha à son bras. Malgré ses efforts pour ne pas crier, elle ne put retenir un gémissement.

— Vas-y, l'encouragea Caleb. Crie, pleure, jure! Tout ce qui peut t'aider.

Willow secoua la tête.

Jessica récupéra la sangle sous les draps et la posa bien en évidence sur la couverture.

— Je vous l'ai donnée parce que je savais que vous en auriez besoin, expliqua-t-elle calmement. Si vous ne criez pas, ou si vous ne mordez pas dans cette sangle, je demanderai à Caleb de quitter la chambre. Il ne faut pas vous retenir sous prétexte que votre mari est là. Il ne va pas se scandaliser s'il vous entend crier. Il a conçu le bébé avec vous, à présent il doit partager avec vous les souffrances et les joies de sa naissance.

Willow resta silencieuse. Caleb l'embrassa sur les joues et lui murmura tendrement des paroles de réconfort qu'elle seule pouvait entendre. Willow lui souriait, les larmes aux yeux.

— Si je pouvais le porter à ta place, je le ferais volontiers, ajouta Caleb à haute voix en se redressant.

— Je le sais. Mais il me suffit de te savoir à mes côtés.

C'était la vérité. Malgré la fréquence croissante des contractions, Willow paraissait beaucoup plus détendue. Elle regardait son mari avec des yeux qui exprimaient tout son amour pour lui.

La contraction suivante dépassa en violence toutes les précédentes. Sans un mot, Caleb tendit à sa femme la sangle de cuir. Elle la serra entre ses dents au moment où la douleur lui cisaillait le ventre.

Ensuite, il y eut un petit moment de répit, puis les contractions reprirent, de plus en plus rapides. Le travail était bien entamé, et il n'y avait plus rien d'autre à faire que de soutenir moralement Willow pendant qu'elle mettait au monde une nouvelle vie humaine. Jessica priait silencieusement pour que ce combat ne soit pas livré en vain.

Willow essayait de sourire à son mari, devenu soudain très pâle, mais les contractions lui laissaient à peine le temps de reprendre son souffle.

— Cela va durer encore longtemps? demanda discrètement Caleb à Jessica.

— Le temps qu'il faudra au bébé pour sortir.

— Elle ne pourra plus supporter ces douleurs très longtemps.

— Vous seriez surpris de voir tout ce qu'une femme est capable d'endurer.

Et Caleb le fut.

Vers la fin, Willow lui étreignit le bras avec une force qui le stupéfia. La marque de ses doigts s'imprima si profondément dans sa chair qu'il en conserva des bleus pendant plusieurs jours. Mais dans l'instant où sa femme s'accrocha à lui, Caleb ne sentit rien. Toutes ses pensées étaient tournées vers Willow et il n'avait qu'une préoccupation en tête : l'aider du mieux qu'il pouvait à traverser cette épreuve.

Le cri d'un nouveau-né résonna soudain dans la chambre.

— C'est un garçon ! s'exclama Jessica, riant et pleurant en même temps. Un beau garçon, bien vivant !

Willow sourit. Puis elle ferma les yeux, oubliant déjà tout ce qu'elle avait souffert. Son fils était né, et son mari lui couvrait la main de baisers.

Malgré les larmes de joie qui l'aveuglaient, Jessica s'occupa de couper le cordon. Ensuite, elle lava le bébé à l'eau tiède et l'enroula dans la couverture, avant de le tendre à Caleb.

— Montrez votre fils à Willow, dit-elle. Après, vous le poserez sur sa poitrine. Il a besoin de sentir battre le cœur de sa mère. Et elle a besoin de le sentir.

Avec une grande délicatesse, Caleb prit son fils dans ses bras et le présenta à sa femme. Jessica quitta la chambre, pour laisser le couple savourer son bonheur.

— Vous allez bien ? demanda Wolfe d'une voix inquiète en attirant Jessica dans ses bras avant qu'elle ait eu le temps d'ouvrir la bouche.

— C'est à Willow qu'il faut poser cette question.

Wolfe ne parut pas l'entendre. Il la serra très fort contre lui.

— Quand Reno m'a annoncé la nouvelle, j'ai tout de suite repensé à votre mère et à votre peur des accouchements. Je craignais que l'obligation d'avoir à en supporter un autre ne vous terrifie.

— J'étais angoissée, c'est vrai, admit Jessica en nouant les bras autour du cou de Wolfe. Mais tout s'est très bien passé. Le bébé est magnifique. Et bien vivant ! Si vous l'aviez entendu crier !

En souriant, Wolfe l'embrassa sur les lèvres. Jessica lui rendit son baiser avec une chaleur qui le fit frissonner. Tout au long de la journée, il n'avait cessé de repenser à leur nuit. Il désirait Jessica plus que jamais.

Incapable de se refréner, il l'embrassa encore et encore avant de se décider à la relâcher.

— Reno m'a dit que Willow et le bébé se portaient bien, expliqua-t-il finalement, en jetant un œil sur la porte de la chambre.

— Oui, confirma Jessica en l'embrassant sur le coin de la bouche. Très, très bien. Oh, Wolfe, c'était merveilleux ! Je ne savais pas qu'on pouvait ressentir autant de joie à tenir un nouveau-né dans ses bras.

— Quand m'autorisera-t-on à voir ce petit ange ?

— Willow n'a pas l'intention de le garder pour elle. Dès que vous vous serez lavé, vous pourrez entrer dans sa chambre.

— Je suis aussi propre que la rosée du matin. Reno m'a déjà obligé à prendre un bain, en disant qu'il ne voulait pas risquer la vie de son tout jeune neveu en le laissant se faire toucher par un sang-mêlé malpropre.

— Quoi ? Et vous ne l'avez pas tué sur-le-champ ? Il devrait avoir honte de vous insulter ainsi. Je vais lui tirer les oreilles.

— Petit lutin orgueilleux ! s'exclama Wolfe en embrassant ses lèvres. Je vous taquinais. Reno m'a souvent traité de tous les noms, mais il ne se serait jamais permis de railler ma naissance.

Le rire de Wolfe éclairait son visage. Jessica le regardait, troublée par sa beauté. Soudain, elle se demanda ce qu'elle ressentirait en tenant dans ses bras un bébé qui ressemblerait à Wolfe.

— Jessi ? Vous faites une drôle de tête ! Ça ne va pas ?

— Si. Non. Oh, je...

— Jessi ? Que se passe-t-il ? Vous me regardez comme si vous ne m'aviez jamais vu.

— Embrassez-moi, Wolfe. Embrassez-moi fort !

Wolfe s'exécuta. Leur baiser fut profond, passionné. Ils s'interrompirent pour reprendre leur souffle, mais au moment où Wolfe approchait de nouveau ses lèvres de celles de Jessica, la porte d'entrée s'ouvrit.

— Continuez comme ça, et il y aura bientôt un autre bébé dans la maison, s'écria Rafe avec un large sourire.

— Nous nous apprêtions à aller admirer ton neveu, expliqua Wolfe en serrant Jessica contre lui.

— Cause toujours... Qu'est-ce que c'est que cette histoire de bain à prendre avant de pouvoir faire la connaissance du petit prince ?

— Demande à Reno.

Jessica pouffa en voyant la mine déconfite de Rafe.

— On se moque de moi ? demanda-t-il.

— Pas du tout. Jessica te souhaitait simplement un bon bain.

— Bonté divine, je crois bien que je ne vais pas pouvoir y échapper ! Ne fatiguez pas trop le petit bout de chou en m'attendant.

— De quel petit bout de chou veux-tu parler ? demanda Wolfe.

— Wolfe ! protesta Jessica en rougissant.

— Allons, petit chou, montrez-moi la merveille, dit-il en lui prenant la main pour l'entraîner vers la chambre.

Willow était pâle. Elle semblait épuisée, mais elle accueillit Wolfe avec un grand sourire. Caleb tenait le bébé dans ses bras. Il le lui tendit.

— Doux Jésus, s'exclama Wolfe, il est minuscule !

— Pas pour un bébé, répondit Caleb. Il fait presque soixante centimètres, et il pèse quatre kilos.

— C'est bien ce que je disais. Il est tout petit, rétorqua Wolfe en prenant tendrement le bébé dans ses bras. C'est bien ton fils, Caleb. Il a ton regard.

Le bébé sembla examiner Wolfe pendant quelques secondes, puis il se rendormit. Wolfe sourit et caressa sa joue avec son pouce.

Jessica avait assisté à la scène, le cœur serré. Elle avait vu l'émerveillement avec lequel Wolfe avait regardé le bébé de Caleb. Mais elle avait vu autre chose, également : le désir de Wolfe de tenir un jour son propre bébé dans ses bras.

Un homme pouvait souhaiter avoir un enfant, même s'il n'avait pas de titre ni de fortune à transmettre. Cette soudaine découverte plongea Jessica dans un abîme de tristesse.

— J'espère que tu seras aussi vaillant que ton père, l'Ouest a besoin d'hommes forts, chuchota Wolfe au bébé. (Il sourit à Caleb, avant d'ajouter :) Et j'espère que votre prochain sera une fille. L'Ouest a aussi besoin de femmes.

— Fais-en une toi-même, rétorqua Caleb.

Jessica vit les traits de Wolfe s'assombrir. Elle devinait qu'il pensait à leur mariage, à ce piège qui l'empêchait d'avoir des enfants.

Wolfe avait retrouvé son sourire quand il rendit le bébé à Willow.

— Il est magnifique !

Se retournant vers Caleb, il lui donna une accolade amicale.

— Avant, tu avais le soleil, Caleb. A présent, tu as aussi la lune et les étoiles. Prends-en bien soin.

Jessica détourna la tête. L'amertume qu'elle avait perçue dans la voix de Wolfe lui brisait le cœur.

15

Jessica s'assit dans le lit, soudain réveillée. Les premières lueurs de l'aube commençaient à peine à colorer le ciel.

— Jessi ? Vous faisiez encore des cauchemars sur votre passé ? demanda Wolfe en posant la main sur son épaule.

— Non. Pas sur mon passé.

— Rallongez-vous sous les couvertures, dit-il gentiment. Il fait froid, dans la chambre.

Jessica se serra contre Wolfe. Elle avait besoin de sa chaleur.

Il lui caressa les cheveux.

— Que se passe-t-il ?

— J'ai fait un mauvais rêve. J'étais seule.

Désespérément seule sur une lande glacée battue par le vent. Le vent qui lui chuchotait des phrases atroces. Cette femme n'est pas Jessica. Ce serait la plus grande erreur de ma vie. Nous ne sommes pas faits l'un pour l'autre.

— Vous n'êtes plus seule. Je suis là.

Mais pour combien de temps encore ?

Wolfe sentait Jessica frissonner contre lui et ce contact le mettait au supplice.

— N'ayez pas peur. Cela fait plusieurs nuits

que nous dormons dans ce lit, et je ne vous ai pas touchée. Je ne le ferai plus jamais. Il me suffit de me rappeler pourquoi les hommes vous terrifient pour arriver à me contrôler.

— Ce n'est pas cela. Vous... vous m'avez surprise.

Jessica se concentra sur sa respiration. Elle voulait chasser de son esprit les images de son cauchemar. Oublier ce vent glacé qui lui rapportait les paroles de Wolfe.

— Ne m'abandonnez pas, murmura-t-elle, en le sentant s'écarter un peu.

— Je croyais que je vous faisais peur.

Elle secoua la tête.

— En êtes-vous bien sûre ?

— Tout à fait sûre.

Doucement, Wolfe passa un bras autour de la taille de Jessica et la serra contre lui. Ils restèrent enlacés ainsi pendant un long moment.

— Wolfe ?

— Oui ?

— J'ai vu Willow... (Jessica hésita. Elle n'arrivait pas à trouver les mots qui auraient pu exprimer ce qu'elle avait ressenti.) La naissance a été...

Wolfe l'embrassa sur le front.

— Vos cauchemars sont revenus, n'est-ce pas ? Ne vous inquiétez pas, ils finiront par s'estomper. Même quand tout se passe bien, un accouchement est toujours une rude épreuve. Sachant ce que vous avez connu, j'imagine que cela a dû être terrible.

— Ce n'était pas du tout ce que je voulais dire. L'accouchement était dur, en effet, mais le printemps l'est aussi. On ne fait pas d'omelette sans casser des œufs !

Wolfe sourit.

— Ai-je déjà pensé à vous dire combien vous étiez courageuse, Jessi ?

— Je suis une petite peureuse, et personne ne le sait mieux que vous.

— Ce n'est pas vrai ! répliqua Wolfe, intrigué par la tristesse qu'il percevait dans la voix de Jessica. Vous avez enduré des choses qui auraient pu briser bien des adultes. A plus forte raison une enfant.

Sans répondre, Jessica ferma les yeux et secoua la tête.

— Jessi... murmura Wolfe en embrassant ses paupières. Vous auriez pu vous cacher, quand votre mère subissait les violences de son mari. Mais vous ne l'avez pas fait. Vous étiez la seule à lui venir en aide.

— J'ai si peu fait pour elle !

— Beaucoup, au contraire. C'est vous qui apportiez du réconfort à la seule femme au monde qui aurait pu vous consoler.

— Plus personne ne pouvait la réconforter. Vers la fin, je crois qu'elle était folle.

Wolfe ferma les yeux.

— C'était peut-être mieux ainsi.

— Sans doute. Mais je me sentais encore plus seule. J'espérais mourir, quand le choléra l'a emportée. J'étais si mal. C'est alors qu'il s'est occupé de moi, et qu'il m'a nourrie, jusqu'à ce que le choléra le tue, lui aussi.

— Qui ?

— Mon père.

— Vous étiez si jeune... souffla Wolfe, la gorge nouée. Cela me brise le cœur de vous imaginer toute seule, avec vos cauchemars.

— Je n'avais pas connu autre chose, répondit Jessica d'une voix neutre. Jusqu'à ce que vous veniez. J'ai tenté tout ce que j'ai pu pour que vous ne vous aperceviez pas à quel point j'étais peureuse, mais ça n'a pas réussi.

— Chut! (Wolfe embrassa encore ses paupières.) Une peureuse se serait enfuie du ranch et elle aurait laissé Willow se débrouiller toute seule. Or vous êtes restée. Et Caleb m'a dit que vous étiez aussi calme qu'une sage-femme.

— Je ne pouvais pas dévoiler mes angoisses devant Willow. Je ne pouvais pas lui faire ça. Vous aviez raison, à son sujet. C'est une femme merveilleuse. Assister à son accouchement m'a rendue... moins peureuse.

En souriant, Wolfe promena un doigt sur la joue de Jessica. Elle tourna la tête pour attraper le bout de son doigt entre ses lèvres.

— Caleb m'a appris quelque chose, également, lui dit-elle.

— Vraiment?

— Hmmm.

Les dents de Jessica qui mordillaient l'extrémité de son doigt lui procuraient de délicieux frissons.

— En le voyant avec son fils, j'ai compris qu'un enfant pouvait représenter bien plus de choses qu'un simple héritier, expliqua-t-elle.

Wolfe prêtait à peine attention à ses propos. Ses petites dents nacrées l'enivraient d'un plaisir qu'il n'aurait pu imaginer dans ses rêves.

— Et vous aussi, vous m'avez appris quelque chose, continua Jessica.

— Encore! murmura-t-il.

— Quoi?

— Mordez-moi encore le doigt.

En souriant, Jessica lécha son doigt.

— Je ne vous ai pas appris cela, dit Wolfe d'une voix rauque.

— Non. Mais vous m'avez appris quelque chose de beaucoup plus important.

— Vraiment ?

— Oui. J'ai lu dans vos yeux que vous désiriez, vous aussi, un enfant. Laissez-moi vous l'offrir.

Wolfe se raidit soudain.

— Aimez-moi, Wolfe ! Laissez-moi vous aimer ! Donnez-moi l'occasion de vous rendre une partie du plaisir que vous m'avez donné.

— Jessi, vous n'avez aucune dette envers moi.

— J'en ai envie.

— Vous venez pourtant de vous réveiller après avoir refait un de vos horribles cauchemars.

— Non. C'était un nouveau.

— Vous en souvenez-vous ?

— Hélas, trop distinctement ! Nous étions séparés, je marchais seule sur une lande gelée et le vent me soufflait des paroles blessantes. Que je n'étais pas une femme assez bien, que...

— Vous êtes une femme merveilleuse, Jessi, la coupa Wolfe en la serrant dans ses bras.

— Alors pourquoi ne voulez-vous pas consommer notre mariage ?

— Jessi...

Jessica attendait, pleine d'espoir.

— Mon petit lutin, chuchota Wolfe en l'embrassant sur les lèvres, cela n'a rien à voir avec vos qualités ou vos défauts. Il n'y a rien à espérer du mariage d'une aristocrate écossaise avec un bâtard au sang mêlé. Vous avez besoin d'un mari plus civilisé que moi. Et moi... (Sa voix se brisa.) Un jour, vous conviendrez de votre erreur, et vous demanderez l'annulation.

Jessica voulut lui répondre, mais Wolfe s'empara de ses lèvres et l'embrassa avec fougue.

— En attendant ce jour, reprit-il, nous pouvons

nous donner du plaisir mutuellement sans toucher à votre virginité. Vous resterez vierge pour le lord que vous déciderez finalement d'épouser.

— Je ne veux aucun autre homme que vous.

— Si, vous verrez. Vous êtes trop sensuelle pour continuer à mener l'existence d'une nonne. Et vous le savez, à présent. Comme moi-même je le sais, bonté divine ! Jusqu'à mon dernier souffle je me souviendrai de votre parfum, et du goût de vos lèvres.

Sans laisser à Jessica le loisir de protester il l'embrassa de nouveau. En même temps qu'il l'ensorcelait avec sa langue, il pétrissait ses seins. La pointe de ses mamelons raidie par ses caresses, Jessica laissa échapper un gémissement.

— Peur ou plaisir ? voulut savoir Wolfe.

Jessica resta silencieuse, mais il lut la réponse dans ses yeux.

— Votre corps parle à votre place, Jessi. Je sais ce que vous attendez. Moi aussi, j'en ai envie.

— C'est vrai ?

Jessica semblait sincèrement étonnée.

— En doutez-vous ? J'aime cela autant que vous.

— Non. Pas autant.

— Vous semblez bien sûre de vous !

Jessica se sentit rougir.

— Si vous me caressez, vous m'offrirez le soleil.

— Je l'espère, Jessi. C'est si beau de vous voir brûler sous ses rayons.

— Mais moi, je ne sais pas vous donner le soleil.

Wolfe resta un moment sans voix. Son cœur s'emballait dans sa poitrine.

— Voulez-vous apprendre ? demanda-t-il finalement.

— Est-ce possible ? Je pourrais vous donner le soleil, moi aussi ?

— C'est non seulement possible, mais très facile. La simple idée de vos mains...

Wolfe ne put terminer sa phrase. Il savait que si Jessica commençait à le caresser, il ne pourrait plus se contrôler. Cependant, il n'avait plus le courage de la repousser.

— Mes mains ? Où, Wolfe ? Comment ? Apprenez-moi. Oh, apprenez-moi, s'il vous plaît !

Wolfe ferma les yeux, impuissant à lutter contre son désir.

— Je pense que nous devrions commencer très doucement, dit-il. De cette manière, vous pourrez vous arrêter dès que vous le souhaiterez. J'ai peur de vous effrayer, Jessi.

— Jamais, Wolfe !

— Je pourrais du moins vous troubler.

— C'est fait depuis longtemps. Vous avez troublé mon âme le jour où je vous ai rencontré. Et mon trouble s'accroît chaque fois que vous me touchez.

— C'est vrai ? (Wolfe lui baisa la main et soupira.) Et si vous commenciez par me caresser comme je vous ai caressée ?

Jessica contempla Wolfe un moment en silence. Le drap qui le couvrait jusqu'à la taille masquait à peine l'ardeur de son désir. Elle le fixa avec un regard espiègle.

— Je crains qu'il n'y ait un petit problème. (Elle rougit.) Pas un petit, en fait. Plutôt... un gros.

— De quoi parlez-vous ? rétorqua Wolfe d'un air innocent, pour la provoquer.

— Pour un homme qui a la réputation d'avoir la vue perçante, vous me semblez bien aveugle, tout à coup.

— Comment cela ? insista-t-il en s'amusant de la rougeur de Jessica.

— Et c'est moi que vous traitez d'innocente ! N'avez-vous rien remarqué, mon lord Wolfe ? Nous ne sommes pas conçus sur le même modèle. Il serait difficile pour moi de vous caresser comme vous m'avez caressée.

— Nous avons tous les deux des oreilles.

— Cela voudrait-il dire que je dois vous les mordiller ?

Avant que Wolfe n'ait eu le temps de répondre, il sentit la langue de Jessica explorer son oreille, et cette caresse sensuelle lui arracha un gémissement de plaisir.

— Vous aimez cela, constata-t-elle en plongeant son regard dans les prunelles noires.

— Oui, reconnut Wolfe en souriant.

— Merveilleux. Alors, je vais continuer.

Elle lui mordilla délicatement le lobe de l'oreille, jusqu'à ce que Wolfe gémisse à nouveau de plaisir.

— Nous avons tous les deux un cou, chuchota-t-elle.

— Quoi ?

— Vous m'avez embrassée dans le cou. Maintenant, c'est à mon tour.

L'instant d'après, il sentit la bouche de Jessica couvrir son cou de baisers mouillés. Son empressement à lui donner du plaisir était encore plus excitant que la caresse elle-même.

Jessica suivait avec sa langue la veine qui palpitait. Elle était grisée par sa force virile, au point qu'elle ne s'aperçut même pas que Wolfe avait délacé sa chemise de nuit et libéré un de ses seins qu'il prit entre ses mains. Quand elle sentit son mamelon durcir au contact de ses doigts, elle releva brusquement la tête.

— Nous avons tous les deux une poitrine, dit Wolfe. Mais la vôtre est exquisément veloutée.

— Je crois que je préfère la vôtre, répondit Jessica en admirant son torse musclé.

— Vous souvenez-vous comment je vous ai embrassée ?

— Oui.

— Vous aviez aimé ça ?

Jessica eut un rire aussi sensuel que ses lèvres.

— Dois-je comprendre que vous voudriez être embrassé de la même façon ?

— Seulement si vous en avez envie.

Pour toute réponse, Jessica posa les lèvres sur son torse et en commença l'exploration avec la langue. Wolfe ne put retenir un gémissement de plaisir. Il avait l'impression que sa peau s'embrasait.

Jessica sentit Wolfe vibrer de plaisir. Elle n'avait jamais imaginé que ses mains ou sa bouche pourraient avoir autant d'effet sur le corps puissant de Wolfe. Pas plus qu'elle n'aurait pu imaginer qu'elle prendrait elle-même autant de plaisir à le caresser. Elle se surprenait à vouloir explorer chaque parcelle de sa chair, et elle se rendait compte que c'était ce qu'elle avait toujours voulu.

Au souvenir du plaisir qu'elle avait éprouvé lorsque Wolfe l'avait caressée entre les cuisses, elle aventura la main sous le drap pour lui rendre la pareille. Mais Wolfe gardait les jambes serrées.

— Vous ne voulez pas que je vous touche ? demanda-t-elle.

Incapable de parler, Wolfe écarta légèrement les cuisses, priant le Ciel pour qu'il se contrôle jusqu'au bout.

Jessica effleura le membre dur et retira aussitôt

la main. Avec un gémissement, Wolfe la guida, mais il regretta très vite son geste.

— Pardonnez-moi, dit-il. Je ne voulais pas vous forcer à faire quelque chose dont vous n'avez pas envie.

Tendrement, Jessica lui donna un petit baiser sur le ventre.

— J'en ai envie. Simplement, je ne sais pas comment m'y prendre. C'est vous qui m'avez appris, quand j'avais quinze ans, la vulnérabilité de cette partie de l'anatomie masculine.

— Quoi ? Oh... (Wolfe sourit à ce souvenir.) Le coup du genou...

— C'est ce qui m'a sauvée de lord Gore.

— Que voulez-vous dire ?

— Il m'avait plaquée si fort contre un mur que je ne pouvais même plus crier ni respirer. Si je ne m'étais pas défendue comme vous me l'aviez montré, il m'aurait violée dans le couloir. Exactement comme ma mère.

— Jessi... murmura Wolfe en passant la main dans ses boucles soyeuses.

— Vous tremblez ?

— Oui, reconnut-il. Vous me surprenez. Vous n'avez vraiment aucune raison de faire confiance aux hommes, et pourtant vous êtes plus sensuelle que toutes les femmes que j'ai connues.

— Seulement avec vous. Vous êtes mon lord Wolfe. Le seul capable d'éloigner le tonnerre et le vent.

Jessica n'avait pas fini de surprendre Wolfe. Elle fit glisser lentement le drap sur ses hanches, embrassant chaque centimètre de peau qu'elle découvrait. Wolfe agonisait sous l'exquise torture qui incendiait sa chair.

— Jessica... vous me faites perdre le souffle.

— Alors je vais vous donner le mien.

Elle se redressa pour l'embrasser à pleine bouche. Quand Wolfe put enfin parler, ce fut pour rendre les armes.

— Caressez-moi encore, Jessi, murmura-t-il en guidant sa main entre ses jambes. Caressez-moi là.

Jessica serra entre ses doigts le membre de Wolfe. Cette expérience nouvelle l'intriguait un peu. Et l'attirait irrésistiblement.

— Je voudrais vous avoir en moi, chuchota-t-elle. Je voudrais savoir ce qu'on ressent.

— Ça, c'est impossible. En revanche, ce que nous faisons... oui... vos mains, Jessi, j'ai besoin de vos mains.

Jessica savait comment le caresser, à présent, et elle s'émerveillait de voir qu'elle pouvait donner ainsi tant de plaisir à Wolfe.

Wolfe crispa les doigts dans la chevelure flamboyante de Jessica. Il devait faire appel à toute sa volonté pour ne pas lui rendre caresse pour caresse. Mais il savait que s'il commençait à la toucher, il ne pourrait pas s'arrêter tant qu'il ne l'aurait pas pleinement possédée.

Wolfe, toutefois, n'était pas au bout de ses tourments. La bouche de Jessica, qui avait remplacé sa main, lui arracha un gémissement.

— Wolfe ? Je vous ai fait mal ? demanda-t-elle en redressant la tête.

— Adorable Jessi... vous me faites mal quand vous cessez. Jamais aucune femme ne m'a donné autant de plaisir.

— Pourtant, vos duchesses...

— Au diable les duchesses ! Elles étaient ravies de m'épingler à leur tableau de chasse parce qu'elles me considéraient comme un sauvage, mais pas une n'a su m'apporter seulement la moitié du plaisir que vous m'offrez.

— C'est bien vrai ?

— Oui, acquiesça Wolfe en passant un doigt sur ses lèvres, la seule caresse qu'il pouvait s'autoriser s'il voulait contenir son désir.

Jessica n'en avait pas fini avec lui. Elle l'embrassa de nouveau, tandis que sa main recommençait à le torturer délicieusement. Wolfe renonça à combattre et s'abandonna corps et âme au plaisir.

— Je ne voulais pas vous choquer, dit-il quand il eut réussi à reprendre sa respiration. Mais je n'ai pas pu me retenir.

— Vous ne m'avez pas choquée. C'était merveilleux. Je suis si heureuse de vous avoir... goûté.

La sincérité de Jessica bouleversa Wolfe. Impulsivement, il la serra contre lui à l'étouffer.

— Jessi... murmura-t-il, la gorge nouée. Vous êtes la plus généreuse des femmes... Laissez-moi m'acquitter de ma dette envers vous.

Jessica comprit le sens de ses paroles en sentant la main de Wolfe remonter le long de ses cuisses. Elle les écarta pour lui offrir la fleur de sa féminité, qui ne s'ouvrirait jamais que pour lui. Wolfe était son soleil et elle se livra tout entière à sa brûlure, tel le bouton de rose qui s'éveille à la vie.

16

Wolfe rentra de mauvaise humeur, mais son visage s'éclaira dès qu'il vit sa femme lui tendre une assiette de ragoût bien chaud. A son sourire, Jessica comprit qu'il n'avait pas oublié ce qui s'était passé dans leur chambre trois jours plus tôt — et qui s'était répété chaque nuit depuis lors.

En prenant l'assiette, Wolfe caressa furtivement la main de Jessica. Comme ils n'étaient pas seuls dans la pièce, il se retint de l'embrasser. Mais il devina que Jessica aussi en mourait d'envie. Il se détourna pour échapper à la tentation de ses lèvres.

— Comment se porte le petit homme ? demanda-t-il à Willow qui baignait son bébé dans un baquet d'eau tiède.

— Kevin Black est en pleine forme !

— Kevin ? Ainsi vous vous êtes décidés ?

— C'était le prénom du père de Caleb.

— C'est un bon choix. Mais est-ce bien raisonnable de t'être déjà levée ?

— Ce sont les malades qui s'alitent. Je ne suis pas malade.

— En Angleterre, les femmes gardent la

chambre plusieurs semaines après l'accouchement, observa Jessica.

— Pauvres petites poupées de salon! ironisa Wolfe d'une voix qui trahissait tout son mépris pour les aristocrates.

— Plus on reste au lit et plus on se sent faible, se contenta de répondre Willow.

— Vous avez l'air fatiguée, insista Jessica.

— Je l'ai été beaucoup plus. Demandez à Caleb.

Wolfe admirait Willow.

— Moi qui croyais que les femmes cheyennes étaient les plus vaillantes du monde! Caleb a vraiment croisé sa bonne étoile le jour où il t'a rencontrée.

Jessica s'approcha du poêle pour vérifier le feu. Ce n'était pas nécessaire. Car elle venait de remettre du bois, mais elle ne voulait pas qu'on voie sa soudaine tristesse. Même si Wolfe n'avait pas cherché à la blesser, ses paroles la mortifiaient.

Elle avait commencé à espérer qu'il finirait par accepter leur mariage. Depuis la nuit où elle lui avait avoué pourquoi elle avait peur des hommes, du mariage et des accouchements, il était redevenu avec elle le merveilleux compagnon d'autrefois.

Mais Jessica comprenait à présent qu'il ne la considérerait jamais comme sa femme. Elle était née dans l'aristocratie, et il ne l'oublierait jamais, même au plus fort de son désir pour elle. Voilà pourquoi, après trois nuits de passion, Jessica était toujours vierge. Une aristocrate pouvait le satisfaire pour se livrer à des jeux érotiques, pas pour engendrer ses enfants.

Une brutale rafale de vent interrompit les

hommes dans leur déjeuner. Wolfe s'approcha de la fenêtre et contempla les pics enneigés qui barraient l'horizon. Le ciel était chargé de lourds nuages menaçants.

— Eh bien? demanda Caleb quand il revint vers sa chaise.

Wolfe hésita un moment, puis il haussa les épaules. Il était inutile de leur cacher la vérité.

— Il va neiger.

— Beaucoup?

— J'ai bien peur que ce ne soit une grosse tempête.

— Dans ce cas, personne d'autre que moi ne montera à cheval. Le risque de se perdre est trop grand.

— Je m'occuperai des vaches, annonça Rafe en ignorant Caleb. Mon fouet rend les juments trop nerveuses.

— Je t'aiderai, renchérit Reno. Dieu soit loué, les veaux ne sont pas encore nés! Pour l'instant, ils sont plus à l'abri dans le ventre de leur mère. Où en sont les chevaux?

— Ma jument argentée sera sans doute la première à mettre bas, répondit Wolfe. Les autres la suivront de peu. Si elles sont prises dans le blizzard...

Caleb resta silencieux. Aucune parole ne pouvait empêcher le vent du nord de souffler.

— La première chose à faire est d'encorder ma jument. Elle voudra s'assurer que le reste du troupeau la suit.

— Bon Dieu! jura Caleb. La dernière fois que j'ai voulu lui passer une corde autour du cou, j'ai bien cru qu'elle allait m'expédier dans les étoiles!

— Elle a de l'énergie, n'est-ce pas? s'exclama Wolfe. Si j'arrive à lui parler...

— Lui parler? s'exclama Jessica.

Caleb s'amusa de sa stupéfaction.

— En cheyenne, expliqua-t-il. C'est la chose la plus étrange que j'aie jamais vue. Wolfe « parle » à un mustang, et l'animal le suit docilement comme un grand chien.

— C'est exactement le nom que leur donnent les Cheyennes : Grands Chiens. (La mine soudain soucieuse, Wolfe ajouta :) Si ma jument ne veut pas m'écouter, et si nous n'arrivons pas à l'encorder, il faudra que j'essaie de l'immobiliser en lui tirant une balle.

Jessica était trop bouleversée pour prononcer un mot. Elle savait l'importance que Wolfe attachait à sa jument. Il voulait en faire la génitrice de son futur troupeau.

— J'aviserai en temps voulu, conclut Wolfe.

Au troisième jour de la tempête, les hommes commençaient à montrer des signes d'épuisement. Ils passaient de longues heures à chevaucher dans le vent et la neige sans pouvoir prendre le temps de se reposer suffisamment. Jessica ne laissait jamais s'éteindre le poêle et veillait à ce qu'il y ait en permanence de la soupe, des toasts et du café chaud. Car elle ne savait jamais à quel moment l'un ou l'autre des hommes ferait irruption dans la cuisine, affamé et à demi gelé.

— Allez vous allonger un peu, conseilla-t-elle à Willow.

— Vous cuisinez depuis ce matin, vous devez être épuisée.

— Non. Je suis plus vaillante qu'il n'y paraît.

A ses traits tirés, Willow devina pourtant ce qui la tourmentait.

— Les hommes se tireront d'affaire, la rassura-t-elle. Ils sont habitués à ce pays sauvage.

Jessica se contenta de hocher la tête. Wolfe lui avait appris qu'une horde de loups rôdait dans les alentours, mais elle ne savait pas si Caleb avait choisi d'en parler à sa femme. Willow se serait sans doute terriblement inquiétée.

— Si seulement ce maudit vent pouvait tomber! se contenta-t-elle de répondre.

— Au moins, il ne neige plus, c'est déjà ça, commenta Willow en s'approchant de la fenêtre avec une paire de jumelles.

Elle scruta longuement le paysage, comptant et recomptant les chevaux qu'elle apercevait dans les pâturages. Le vent qui soulevait des tourbillons de neige rendait la tâche difficile.

— Eh bien? demanda Jessica en la rejoignant.

— J'ai l'impression qu'il manque au moins quatre juments. (Après un silence, Willow ajouta :) J'ai cru voir un loup.

Jessica ferma les yeux un instant. Même alourdies par leur grossesse, les juments mustangs gardaient une grâce et une pureté de ligne qui l'avaient émerveillée. Elle n'avait encore jamais vu d'aussi beaux chevaux. Elle frissonna en les imaginant mettre bas dans la neige et le froid, guettées par des loups affamés qui se jetteraient sur leurs poulains.

— Apercevez-vous les hommes? demanda-t-elle.

— Non. Ils doivent être avec les vaches. Elles ont commencé à vêler.

Willow reposa brutalement les jumelles sur la table.

— J'ai allaité Kevin il y a moins d'une heure. S'il se met à pleurer avant que je sois rentrée, vous n'aurez qu'à...

— Non! l'interrompit Jessica avec une énergie

qui fit sursauter Willow. Restez avec votre bébé. Je vais aller voir les juments.

— Je ne peux pas vous laisser sortir. Le froid est bien trop vif.

— C'est précisément la raison pour laquelle vous devez rester avec Kevin. Si jamais il vous arrivait quelque chose, votre bébé mourrait. Tandis que moi... (Jessica hésita un instant avant de terminer sa phrase. La vérité était cruelle, mais c'était la vérité.) S'il m'arrive quelque chose, personne n'en mourra.

— Jessi, vous ne pouvez pas aller dehors! protesta Willow. Vous ignorez les dangers de ce vent du nord.

— Je suis habituée au froid. Quand j'étais petite, j'ai vu des brebis geler sur pied dans les champs.

Willow écarquilla les yeux.

— J'ignorais qu'il faisait si froid en Angleterre.

— En Angleterre, non. Mais en Écosse, si. Avez-vous un gros manteau à me prêter?

— Jessi...

— Oui ou non?

— Je vais vous le chercher. Il y a une carabine, près de la porte. Prenez-la. Je vous apporte également des cartouches.

Quelques minutes plus tard, Jessica sortit de la maison, la carabine à la main, engoncée dans une superposition de fourrures et de lainages qui la couvraient des pieds à la tête. Elle avait troqué sa jupe contre un pantalon en daim et ses poches étaient remplies de cartouches.

Dans l'écurie, elle choisit le seul cheval qui ne semblait pas trop souffrir du froid. C'était un hongre noir, de grande taille, qui renâcla quand elle voulut le seller. Elle n'en serait jamais venue à bout si Wolfe, ces dernières semaines, ne l'avait pas obligée à monter des bêtes difficiles.

Après de patients efforts, elle réussit à se hisser sur son dos et à le diriger vers les pâtures. En chemin, elle aperçut les premiers loups. Ils s'étaient arrêtés pour humer le vent puis ils repartirent comme s'ils savaient précisément où ils devaient aller. Jessica décida de les suivre et elle s'enfonça dans la forêt en se guidant à leurs traces.

Au bout d'un quart d'heure, ne voyant toujours rien, elle s'apprêtait à faire demi-tour lorsqu'elle entendit hennir un cheval. Un hennissement de peur.

Elle poussa le hongre dans la direction d'où semblait provenir le bruit et elle finit par découvrir la jument argentée de Wolfe. La pauvre bête s'était couchée pour mettre bas, mais elle essayait de tenir tête à une dizaine de loups qui l'encerclaient, les babines retroussées.

Jessica épaula sa carabine. Les loups reculèrent dès les premiers coups de feu, mais ils revinrent à l'assaut quand Jessica se trouva à court de munitions. Elle se dépêcha de recharger son arme, malgré les gros gants qui gênaient ses mouvements, et tira encore. Cette fois, les loups détalèrent.

Jessica sauta de cheval et s'approcha de la jument. Le mustang était trop épuisé pour repousser les mains qui le caressaient affectueusement. Quelques minutes plus tard, son poulain naissait dans la neige. Aussitôt, le mustang se releva et commença à lui donner de grands coups de langue pour le nettoyer.

Le petit animal essaya à son tour de se mettre sur ses jambes, mais ses tentatives maladroites étaient contrecarrées par la neige glissante. Délicatement, Jessica l'aida à se tenir debout. Juste au moment où elle réussissait, une grosse voix l'interpella brutalement.

— Sacré nom d'un chien! Qu'est-ce que tu fabriques là? Bon sang, il y a vraiment des jours où tu n'as pas plus de cervelle qu'une linotte!

En même temps, deux bras solides la retournèrent sans ménagement. Jessica se retrouva nez à nez avec Caleb. Un Caleb fou de rage, qui n'avait plus aucune ressemblance avec le mari amoureux qu'elle connaissait.

— Jessi! (Caleb faillit s'étrangler de surprise.) Je vous avais prise pour Willow, avec ce manteau! Wolfe sait-il que vous êtes dehors?

Le retour inopiné des loups dispensa Jessica d'avoir à répondre. Elle ne les avait même pas entendus approcher, à cause de la neige qui étouffait leurs pas, mais Caleb ne se laissa pas surprendre. Il dégaina son colt et vida son chargeur. Un loup s'effondra et les autres décampèrent sans demander leur reste.

Jessica admira les réflexes de Caleb. Celui-ci, pourtant, restait de méchante humeur.

— Damnation! gronda-t-il. J'aurais dû en tuer plus d'un! Ils sont au moins une trentaine à rôder dans les parages.

Rengainant son colt, il s'approcha des chevaux.

— Vous allez conduire le poulain à l'écurie, ordonna-t-il à Jessica. Sa mère n'aimera peut-être pas ça, mais elle sera bien obligée de suivre.

— Il manque d'autres juments dans le troupeau. Au moins trois, d'après Willow. Dès que j'aurai installé ces deux-là au chaud, je reviendrai, annonça Jessica.

— Non. C'est trop dangereux, à cause du vent et des loups. Vous resterez à la maison. Reno n'est pas très loin derrière moi. Il m'aidera à retrouver les juments.

— Et le bétail ?

Caleb, sans répondre, remonta en selle et s'éloigna en direction des pâturages.

Jessica conduisit le poulain et sa mère jusqu'au ranch. Elle les installa dans une stalle propre, leur donna de l'eau et un picotin d'avoine avant de ressortir. Le hongre ne voulait plus quitter l'écurie et Jessica dut faire appel à toutes ses ressources pour le convaincre d'affronter de nouveau le blizzard.

Une série de détonations lui apprit où se trouvait Caleb. Quand elle l'aperçut, il s'était agenouillé devant une autre jument qui s'apprêtait à mettre bas. Il n'y avait aucun loup en vue, mais ils avaient sans doute deviné que l'homme ne leur prêtait plus attention, car ils réapparurent comme par enchantement, de plusieurs côtés à la fois.

Caleb se redressa d'un bond et fit feu avec une rapidité qui stupéfia Jessica. Les loups battirent de nouveau en retraite en abandonnant deux cadavres derrière eux.

Jessica voulut appeler Caleb, mais il s'était déjà lancé à la poursuite des loups. Au même moment, elle vit un cavalier s'approcher d'elle. Il était emmitouflé des pieds à la tête, mais elle reconnut Reno à ses yeux verts.

— Willy, bon sang, ta place n'est pas ici ! Je ne comprends pas que Caleb t'ait permis de sortir !

Une rafale de vent rabattit la capuche de Jessica sur ses épaules. Sa chevelure lança des éclats d'or dans la lumière crépusculaire.

— Jessi ! Bonté divine ! Wolfe sait-il...

— Aidez-moi plutôt à mettre le poulain sur ses jambes. Il va mourir de froid s'il reste allongé dans la neige.

Reno sauta à terre sans un mot, mais son regard trahissait son admiration pour la jeune femme.

Une fois le poulain debout, Reno repartit immédiatement à la rescousse de Caleb, tandis que Jessica reprenait le chemin de l'écurie, le poulain et sa mère marchant dans les traces du hongre. Jessica courbait la tête pour protéger son visage de la morsure du vent.

Soudain, la petite troupe se retrouva encerclée par les loups dans une clairière. Jessica épaula sa carabine et tira. Instinctivement, les chevaux se serrèrent croupe contre croupe pour protéger leurs jarrets et faire face aux assaillants.

Jessica rechargea sa carabine aussi vite que ses mains gantées le lui permettaient, et fit de nouveau feu. Mais elle craignait que cela ne suffise pas. Cette fois, les loups étaient trop nombreux.

C'est alors qu'une série de détonations retentit à ses oreilles. Plusieurs loups s'effondrèrent dans la neige. Devinant que Caleb et Reno l'avaient suivie en l'entendant tirer, Jessica en profita pour s'enfuir avec les chevaux en direction du ranch.

Quand Wolfe déboucha dans la clairière, sa carabine fumait encore, mais tous les loups avaient disparu.

Bon sang, quelle mouche a piqué Caleb de laisser Willow sortir par un temps pareil? songea-t-il en voyant s'éloigner la silhouette courbée sur le hongre. Un poulain et une jument que Wolfe reconnut comme l'une des siennes la suivaient docilement.

Bien qu'il admirât le courage de Willow, Wolfe aurait préféré se passer de son aide. Mais la situation était si désespérée qu'ils avaient besoin de tous les bras valides. Même ceux d'une femme qui aurait dû pouponner tranquillement son bébé au lieu de chevaucher dans un vent glacial à la recherche des juments égarées.

Le vent tomba finalement au coucher du soleil, apportant un répit bienvenu aux hommes et aux animaux. Les juments et leurs poulains étaient dans l'écurie, les vaches et leurs veaux dans un enclos fermé. Un seul poulain avait trouvé la mort dans la neige.

Le vent se remit bientôt à souffler, mais cette fois il venait du sud. C'était un vent chaud, qui faisait fondre la neige.

— Nous pouvons rentrer à la maison, dit Wolfe à Caleb. Les bêtes ne sont plus en danger. Les loups ne reviendront pas de sitôt.

— Je n'avais jamais vu une tempête pareille ! s'écria Caleb, les traits creusés par la fatigue.

— Ma grand-mère en avait vu une quand elle n'était encore qu'une enfant. Tes petits-fils en verront peut-être une autre, s'ils vivent assez vieux.

— Je leur souhaite d'avoir des amis comme toi pour les aider.

— Et des femmes comme Willow, ajouta Wolfe.

Caleb ne l'entendit pas. Il avait déjà éperonné son cheval pour rejoindre Rafe et Reno. Wolfe se tourna vers la maison. Les lumières brillaient aux fenêtres comme une promesse de réconfort.

Devinant que Willow devait être épuisée, Wolfe ne s'attendait pas à sentir une délicieuse odeur de cuisine en entrant dans la maison. De l'eau bouillait sur le poêle, une serviette propre et du savon attendaient sur la table.

Wolfe se mit torse nu et se lava en savourant la caresse de l'eau chaude sur ses membres courbatus.

Le bruissement d'une robe dans son dos l'informa qu'il n'était plus seul. Il se retourna aussitôt, impatient de serrer Jessica dans ses bras et de sentir son parfum de rose.

Mais ce fut un parfum de lavande qui chatouilla ses narines. Willow lui tendit en souriant une chemise propre.

Wolfe l'enfila en retournant à Willow un sourire empreint d'admiration.

— Tu me surprendras toujours, Willow! Comme si tu n'avais pas assez du bébé à t'occuper, tu laves le linge de quatre hommes, tu les nourris comme des rois et, en plus, tu trouves l'énergie de te battre contre des loups pour sauver les poulains!

— Le bébé et les gâteaux, c'est assez pour moi, répondit Willow avec un sourire malicieux. Jessi s'est occupée du reste. Y compris du ragoût. Si les poulains ont été sauvés, c'est uniquement grâce à elle. Je n'ai fait que lui prêter mes habits et une carabine.

— Qu'est-ce que tu racontes?

— C'est Jessi qui était dehors. Pas moi.

Wolfe secoua Willow par les épaules.

— Je t'ai vue! Tu tirais sur les loups qui voulaient s'en prendre à un poulain.

— Eh non! C'était Jessi.

Wolfe relâcha Willow pour se ruer vers la chambre qu'il partageait avec Jessica.

— Si tu cherches ton aristocrate de femme, essaie plutôt du côté de l'écurie.

— Quoi?

— Jessi avait peur que les loups ne cherchent à rentrer dans l'écurie. Alors elle monte la garde avec la carabine.

Wolfe dévisagea Willow, incrédule.

— Je voulais sortir, c'est vrai, expliqua-t-elle, mais Jessi m'en a dissuadée. Elle m'a expliqué que s'il m'arrivait quelque chose, Kevin en mourrait. Tandis que, s'il lui arrivait malheur à elle, personne n'en mourrait.

— C'est une petite folle.

— Crois-tu ? Elle a peut-être été élevée dans l'aristocratie, mais ce n'est pas la poupée de porcelaine que tu persistes à voir en elle.

Wolfe ne l'écoutait déjà plus. Il était ressorti et marchait à grands pas vers l'écurie.

17

La jument argentée hennit de plaisir en reconnaissant Wolfe. Il avait poussé la porte de l'écurie sans faire de bruit et il resta un instant interdit sur le seuil, n'arrivant pas à en croire ses yeux.

Jessica, assise par terre dans un coin, dormait, la carabine posée contre le mur, à portée de sa main. Un poulain nouveau-né s'était pelotonné contre elle, profitant de sa chaleur.

Wolfe eut du mal à reconnaître dans la dormeuse la Jessica qui avait dansé avec lui à Londres.

A Londres, le teint de Jessica avait la pureté d'une perle. L'Amérique ne s'était pas montrée clémente avec elle. Elle avait beaucoup pâli, ses joues étaient égratignées et ses lèvres gercées par le froid. A Londres, la chevelure de Jessica était toujours impeccable, et des joyaux brillaient dans ses boucles soyeuses. A présent, ses cheveux malmenés par le vent tombaient en désordre sur ses épaules. A Londres, elle portait de coûteuses toilettes taillées sur mesure par les meilleures couturières de la ville. Aujourd'hui, ses vêtements de grosse toile étaient maculés du sang des poulains qu'elle avait aidés à naître.

A Londres, les journées de Jessica se passaient en mondanités diverses : thés, réceptions, bals, spectacles... Depuis qu'elle était en Amérique, elle travaillait du matin au soir. A Londres, elle faisait le bonheur de ses amis en riant de tout. En Amérique, elle ne riait presque jamais.

Jessi, qu'ai-je fait de vous ?

Wolfe connaissait la réponse à sa question, même si la vérité était cruelle : il avait quasiment tué à la tâche la femme qui lui vouait une totale confiance.

Il entra dans l'écurie sur la pointe des pieds, mais cela suffit à réveiller Jessica. Instinctivement, elle tendit le bras vers la carabine.

— Tout va bien, Jessi. Les loups sont partis.

— Mon lord Wolfe! s'écria Jessica en le reconnaissant.

Wolfe eut un pincement au cœur. Jessica avait toujours aussi confiance en lui, alors qu'il ne lui avait apporté que des tourments! Il la souleva tendrement dans ses bras, mais quand Jessica comprit qu'il voulait l'emmener dans la maison, elle protesta.

— Attendez. Vous n'avez même pas regardé le poulain de votre jument argentée. Je n'en ai jamais vu d'aussi beau. Dans quelques années, il...

— Au diable les chevaux! la coupa sèchement Wolfe. Vous ne comprenez donc pas ? *Vous auriez pu mourir.*

— Vous aussi.

— Il n'y a pas de rapport. Maintenant, c'est terminé, Jessi.

— Quoi ?

— Je vous ramènerai à Londres dès que les

cols seront franchissables. Vous êtes une aristocrate britannique et vous méritez de connaître la vie facile et heureuse pour laquelle vous avez été élevée.

— Sottises que tout cela ! Vous ne seriez pas heureux, en Angleterre.

— Le problème n'est pas là.

Jessica en oublia soudain sa fatigue. Les paroles de Wolfe avaient réveillé son angoisse.

— Que voulez-vous dire ? murmura-t-elle d'une voix mal assurée.

— Je quitterai l'Angleterre aussitôt que notre mariage sera annulé.

— Je ne donnerai jamais mon accord à...

— Ce ne sera pas nécessaire. C'est moi qui demanderai l'annulation.

— Mais pourquoi ? Qu'ai-je fait pour que vous me détestiez autant ?

— Je ne vous déteste pas. Et je ne vous ai jamais détestée. Même lorsque vous m'avez forcé à ce mariage.

— Dans ce cas, pourquoi...

Jessica n'eut pas le temps de finir sa question. Wolfe s'était emparé de ses lèvres. Mais quand il la relâcha, ses traits étaient toujours aussi durs.

— Tout est terminé, Jessi. Cette histoire n'aurait même jamais dû commencer.

— Wolfe, écoutez-moi, plaida Jessica. Je veux être votre femme. Je veux vivre à vos côtés, travailler avec vous, élever nos enfants, vous soigner quand vous serez malade... Je vous aime. J'aime...

— C'est inutile, l'interrompit Wolfe. (Il ne souhaitait pas entendre davantage ces paroles qui lui brisaient le cœur.) Vous n'avez pas à craindre de rentrer en Angleterre. Je veillerai à ce qu'on vous trouve un bon mari.

La perspective de savoir Jessica appartenant à un autre homme ne faisait qu'ajouter à ses tourments, et Wolfe ne savait pas s'il pourrait le supporter. *Mais il le devait.* Il soupira, avant d'ajouter :

— Je devrais être pendu pour vous avoir obligée à venir dans ce pays de sauvages.

— Mais...

— Chut. C'est inutile, je vous l'ai dit.

La tristesse de Wolfe anéantit Jessica. Elle ferma les yeux et cacha son visage dans le cou de Wolfe, pour qu'il ne voie pas son désespoir. Elle pouvait combattre sa mauvaise humeur. Du reste, elle ne s'en était pas privée. Mais elle ne pouvait pas lutter contre son chagrin. Elle se sentait désarmée.

Wolfe porta Jessica dans la maison. En voyant la pâleur de la jeune femme, Willow s'inquiéta.

— Que se passe-t-il ? Elle est blessée ?

— Non. Simplement épuisée, répondit Wolfe en refermant la porte de leur chambre.

Un bon feu réchauffait la pièce. Un baquet d'eau chaude attendait devant l'âtre et une bouteille de cognac et des gâteaux avaient été posés sur la table.

— Pouvez-vous vous tenir debout ?

Jessica hocha la tête.

Wolfe la déposa près de la cheminée et entreprit de la déshabiller. Jessica ne lui opposa aucune résistance. Même quand il lui ôta ses sous-vêtements, elle garda la même docilité silencieuse. Elle se retrouva nue devant le feu. Et devant l'homme qu'elle aimait, mais qui avait brisé son cœur.

Wolfe alla chercher la couverture en fourrure et lui en enveloppa les épaules.

— Vous n'avez pas froid? demanda-t-il.

Elle secoua la tête, sans même lui accorder un regard.

— Avez-vous faim?

Jessica secoua encore la tête.

— Depuis quand n'avez-vous pas mangé?

— Je ne m'en souviens plus, répondit-elle d'une voix indifférente.

— Jessi... commença Wolfe.

Mais il ne voyait rien à ajouter. Tout avait été dit. Il ne restait plus qu'à préparer leur voyage de retour. Wolfe reconduirait Jessica dans le pays où elle était née et où elle retrouverait la vie qui l'attendait. Une vie et un pays que Wolfe ne pourrait jamais partager avec elle.

Sans un mot, il prit la brosse de Jessica et entreprit de démêler ses boucles.

— Je peux le faire moi-même.

C'était à peine une protestation. Wolfe comprit que Jessica avait rendu les armes. Mais comme l'herbe de la prairie qui repousse toujours, même après les pires tempêtes, il était convaincu que Jessica repartirait du bon pied en retrouvant l'Angleterre. Quelques semaines de repos dans un cocon douillet lui rendraient toute sa vitalité.

— J'aime brosser vos cheveux, répondit-il. C'est un plaisir que je n'oublierai jamais.

Jessica ne fit plus la moindre objection. Elle savait que si elle parlait encore, elle ne pourrait pas retenir les larmes qui obstruaient sa gorge. Elle aurait préféré être morte mais, puisqu'on lui avait refusé même cela, elle n'avait d'autre ressource que de supporter ce plaisir mêlé de tristesse qu'elle ressentait chaque fois que Wolfe la touchait. Les yeux fermés, elle priait pour que le lendemain n'existe pas. Pour ne pas être séparée du seul homme qu'elle aimerait jamais.

Wolfe reposa la brosse en soupirant. Il aurait voulu contempler les yeux bleus de Jessica, mais elle les gardait obstinément fermés, comme s'ils n'avaient même plus la force de soutenir le regard de celui qui lui avait fait connaître l'enfer. Soupirant derechef, il prit une serviette propre, la plongea dans le baquet d'eau chaude et l'essora avant de laver délicatement le visage de Jessica.

— J'aurais pu le faire moi-même, répéta-t-elle.

— Je sais. Mais vous êtes fatiguée. Laissez-moi prendre soin de vous, comme j'aurais dû le faire depuis le début.

Jessica ne put retenir une grimace en sentant la serviette effleurer ses joues égratignées.

— Je vous ai fait mal ?

Elle secoua la tête.

— En êtes-vous certaine ? D'où viennent ces égratignures ?

— Je ne me souviens plus.

Wolfe passa tendrement sa main sur ses joues. Jessica se laissa faire, mais elle tressaillit quand il voulut lui enlever la couverture de fourrure.

— Ne vous inquiétez pas, Jessi. Je ne vous forcerai à rien ce soir. Vous êtes bien trop épuisée.

La couverture glissa jusqu'au sol.

— Vous êtes si belle, Jessica, murmura Wolfe en la contemplant. Je ne pourrai jamais oublier cette vision.

Et je te désirerai jusqu'à mon dernier souffle.

Jessica ouvrit les yeux et regarda Wolfe pour la première fois depuis qu'il l'avait conduite dans leur chambre. Il semblait soucieux. Elle aurait voulu lui demander ce qui n'allait pas, mais elle n'osa pas ouvrir la bouche, de crainte d'éclater en sanglots en lui avouant son amour. Cela aurait été inutile, puisqu'il ne l'aimait pas.

Tendrement, Wolfe lui lava tout le corps avec la serviette. Il prenait son temps, savourant chaque parcelle de peau satinée qui s'offrait à son regard. Toutefois, ses mouvements restaient parfaitement chastes. Il avait si peu confiance dans ses propres réactions qu'il s'interdisait le moindre geste qui aurait pu aviver son désir.

— Voilà, c'est fini ! annonça-t-il enfin, à regret.

Bien qu'il n'en laissât rien paraître, Jessica avait lu le désir dans les yeux de Wolfe. Un désir qui faisait écho au sien. Sans un mot, elle commença de déboutonner la chemise de Wolfe.

— Que faites-vous ? demanda-t-il, surpris.

— Je vous déshabille.

— Je m'en étais aperçu.

— A présent, c'est à mon tour de vous laver.

— Non.

— Pourquoi non ?

— Vous êtes trop fatiguée.

— Pas plus que vous.

— Jessi...

Leurs regards se croisèrent un bref instant. Wolfe aurait préféré ne pas voir la détresse qu'il lut dans les yeux de Jessica.

— Vous avez obtenu ce que lady Victoria vous avait demandé, reprit-elle. Je n'ai plus peur des hommes. Maintenant, vous me bannissez de votre vie. Me refuserez-vous la dernière nuit que nous passerons ensemble ?

Wolfe aurait dû refuser, bien sûr. Cependant, il ne trouva pas la force de parler. Finalement, il avait gagné son pari : Jessica ne s'opposait plus à l'annulation. Mais il ne se serait jamais douté que la victoire serait aussi amère.

Vous me bannissez de votre vie.

Sans un mot, Wolfe ôta ses bottes et ses chaussettes, puis il ferma les yeux et laissa Jessica continuer de le dévêtir, prenant soudain conscience qu'il n'avait jamais permis cela à aucune femme.

Le contact de la serviette de toilette sur sa peau le fit tressaillir.

— Je vous ai fait mal ? voulut savoir Jessica, lui retournant la question qu'il lui avait posée un peu plus tôt.

— Vous avez tressailli ainsi, tout à l'heure. Était-ce parce que vous aviez mal ?

— Non. Je vous désirais si fort que même le plus petit contact était une brûlure insupportable.

— C'est pareil pour moi, soupira Wolfe en rouvrant les yeux.

— Il y a au moins un point sur lequel nous sommes faits l'un pour l'autre, murmura Jessica en rougissant.

Wolfe fut incapable de répondre quoi que ce soit. La serviette chaude que Jessica passait sur son corps le mettait au supplice. Il ferma de nouveau les yeux et s'abandonna à cette délicieuse torture qui le lavait de toute la fatigue accumulée pendant la tempête.

A un moment, il comprit que Jessica s'était agenouillée devant lui. Elle frottait ses jambes sans la moindre gêne dans ses gestes. Wolfe sentit qu'il ne pourrait pas cacher plus longtemps son désir. Après tout, Jessica le désirait avec la même force. Elle le frictionnait à peine, à présent. Ses mouvements ressemblaient de plus en plus à des caresses. Finalement, elle abandonna la serviette pour se servir seulement de ses mains. Quand elle déposa un baiser sur son membre érigé, Wolfe ne put retenir un gémissement.

— Jessi, vous me brûlez vif ! murmura-t-il d'une voix rauque.

— Vous aussi, mon lord Wolfe. Caressez-moi. Voyez comme j'ai envie de vous.

Elle se laissa tomber sur la couverture de fourrure et l'attira à elle en lui prenant les mains.

— Vous m'avez fait découvrir la magie d'un corps d'homme, murmura-t-elle à son oreille. Je ne me serais jamais doutée...

Jessica ne put terminer sa phrase. Wolfe avait glissé la main entre ses cuisses et un éclair de plaisir lui traversa le corps. Elle cambra les reins, s'offrant à lui.

Wolfe ferma encore les yeux. Jessica le désirait comme aucune femme ne l'avait désiré. Et elle le lui faisait comprendre sans même dire un mot, simplement en laissant parler son corps.

— Vous ne vous étiez pas doutée de quoi ? voulut-il savoir.

— Que vous étiez fait de miel et de feu.

— C'est vous qui êtes le miel et le feu, répondit Wolfe en reprenant ses caresses.

— Serrez-moi dans vos bras ! implora Jessica. J'ai besoin de vous sentir contre moi, Wolfe ! *J'ai envie de vous !*

— Je ne devrais pas.

— Pourquoi ?

— Vous devenez trop dangereuse quand votre passion se rallume, Jessi. Vous me faites tout oublier.

Cependant, en même temps qu'il parlait, Wolfe s'était allongé sur Jessica et il la serrait dans ses bras musclés.

— Wolfe, vous ne me désirez donc pas ? Vous m'avez déjà appris tant de choses, sur mon corps et le vôtre. Faites-moi découvrir ce que je ne connais pas encore.

— Non. Jessi. C'est impossible.

— Mais pourquoi ? Est-ce que cela fait mal ?

Wolfe retint sa respiration. Il croyait pouvoir encore combattre son désir, mais il s'aperçut qu'il n'en était plus capable. Il s'apprêtait à commettre une erreur. Sans doute la plus grave de sa vie. Mais il ne pouvait plus refuser à Jessica ce qu'elle lui demandait avec tant de ferveur, et que lui-même désirait tellement.

— Ne bougez plus, Jessi, dit-il d'une voix rauque. Ne bougez plus jusqu'à ce que je vous le demande. Je vais vous offrir ce que vous attendez.

— Maintenant ?

— Maintenant. Juste un petit peu. Pour que vous n'ayez plus du tout peur de ce qui se passe entre un homme et une femme. Je ne vous déflorerai pas, mais vous ne devez surtout pas bouger.

Jessica ferma les yeux et se tint parfaitement immobile. Elle sentit que Wolfe introduisait ses doigts en elle, mais il s'y prenait si délicatement qu'elle ne tressaillit même pas.

Et, soudain, elle se rendit compte que ce n'étaient pas ses doigts.

— Dieu tout-puissant... murmura-t-elle en ouvrant les yeux.

Wolfe déposa un baiser sur ses lèvres.

— Est-ce que je vous ai fait mal ?

Jessica ferma de nouveau les yeux, et le sourire sur ses lèvres était une réponse suffisante.

— Regardez-moi ! ordonna Wolfe. Je veux vous voir pendant que nous sommes unis. Même si ce n'est pas totalement. Je nc peux pas aller plus loin. Regardez-moi, Jessi. Je veux lire le plaisir dans vos yeux.

Jessica souleva lentement les paupières. Ses prunelles étaient dilatées par le plaisir que faisait naître Wolfe en se mouvant entre ses cuisses. Instinctivement, elle arqua les reins pour le sentir plus profondément en elle.

Wolfe crispa les mains dans la chevelure de Jessica. Il ne devait surtout pas perdre le contrôle de ses gestes. Il savait qu'il aurait déjà dû se retirer, mais il n'en trouvait pas la force. Même si leur union était incomplète, c'était la première fois qu'il possédait enfin Jessica, ainsi qu'il en rêvait depuis tant d'années. Ce serait aussi la dernière fois.

— Je ne vous fais toujours pas mal ?

Jessica secoua la tête et se cambra, comme si elle voulait le capturer complètement en elle.

— Arrêtez ! cria Wolfe. Jessi, arrêtez !

— Je suis désolée. Je ne peux pas. Je... Wolfe ! Je vous en prie... encore !

Wolfe tenta une nouvelle fois de se faire violence, mais il sentait sa volonté l'abandonner. Son corps lui commandait, et son corps n'était plus tendu que par un immense désir de posséder Jessica totalement.

— Je n'accepterai aucun autre homme que vous... murmura Jessica. Je veux vous appartenir, Wolfe. Je veux être entièrement à vous.

C'était plus que Wolfe n'en pouvait entendre. Le peu de volonté qu'il lui restait céda brutalement, comme une digue emportée par un courant irrésistible. D'un coup de reins puissant, il pénétra Jessica.

Elle poussa un petit cri, douleur et surprise mêlées, mais déjà une nouvelle vague de plaisir, plus intense encore, irradiait tout son corps. Elle noua ses bras autour du cou de Wolfe et déposa une pluie de baisers sur ses joues, sur ses lèvres, sur ses paupières.

— A présent, vous êtes mienne, Jessica. Que Dieu ait pitié de mon âme !

Wolfe s'empara de ses lèvres en un baiser passionné qui entremêla leurs langues aussi intimement que le reste de leurs corps.

Jessica découvrait à chaque seconde de nouvelles sensations dont elle n'aurait jamais soupçonné l'existence. Cette escalade dans le plaisir — un plaisir brut, presque sauvage — l'effrayait un peu, par son intensité.

— Wolfe ?

— C'est ce que vous vouliez, n'est-ce pas ? murmura-t-il à son oreille. Vous le désiriez depuis que vous aviez quinze ans. Et depuis vos quinze ans, je brûlais de vous l'offrir.

Quand il l'étreignit violemment, Jessica enfonça ses ongles dans son dos musclé. Leurs souffles étaient mêlés, leurs deux corps soudés en un seul qui se consumait d'un plaisir dévastateur.

— Je n'en peux plus ! souffla soudain Jessica.

Wolfe l'embrassa dans le cou et lui sourit.

— J'ai attendu ce moment pendant cinq ans. Vous pouvez bien patienter encore cinq minutes ?

Il s'enfonça au plus profond d'elle, et un éclair de plaisir transperça Jessica. Elle aurait crié, si elle avait pu, mais Wolfe s'était de nouveau emparé de ses lèvres et il l'embrassait avec fougue.

Wolfe se retira à l'instant où leur jouissance explosa à l'unisson. L'espace de quelques secondes, ils furent projetés hors du temps, hors du monde, dans un univers où le soleil et leur plaisir brûlaient d'un même feu sacré.

Plus tard, beaucoup plus tard, Wolfe serrait Jessica endormie dans ses bras en songeant au prix qu'il devrait payer pour ce qu'il avait fait.

18

Quand Jessica se réveilla, le lendemain matin, Wolfe se tenait devant la fenêtre, aussi beau et majestueux dans sa nudité que les montagnes dévoilées par l'aube naissante. Il semblait perdu dans sa contemplation. Jessica se demanda ce qu'il pouvait bien voir à travers la vitre.

Et pourquoi cela le rendait si triste.

— Wolfe ?

Il se tourna vers elle, et son expression se radoucit. En souriant, il vint s'asseoir à côté d'elle et l'embrassa sur la joue.

— Bonjour, madame Lonetree.

C'était la première fois qu'il l'appelait ainsi. Mais Jessica ne savait pas si elle devait s'en réjouir, tant elle s'inquiétait de le sentir si tourmenté. Elle lui rendit son sourire, en tremblant un peu, et son cœur se serra quand elle le vit la regarder si tendrement.

— Ai-je pensé, cette nuit, à vous dire à quel point vous étiez belle ?

— C'est à vous que je dois cette beauté.

— Elle est vôtre. Ainsi que votre fragilité.

Il tira légèrement la couverture, découvrant les

petites marques qu'il avait laissées sur la peau de Jessica pendant leur étreinte passionnée.

— J'essaierai de prendre mieux soin de mon petit lutin la prochaine fois... Si toutefois il veut bien d'une prochaine fois.

Jessica lui prit la main et la couvrit de baisers.

— Autant de fois qu'il sera nécessaire pour que je ne puisse même plus les compter.

— Je tâcherai de ne pas vous mettre enceinte... mais j'ai tant de mal à me contrôler, avec vous.

— Vous ne voulez pas d'enfant ?

— Je vous ai déjà assez tourmentée comme cela. Je ne veux pas vous faire pleurer en vous obligeant à accoucher d'un enfant qui n'héritera de rien.

— Wolfe ! l'implora Jessica. Je veux un enfant de vous !

— Chut, murmura-t-il en posant un doigt sur ses lèvres. Ce n'est pas nécessaire. Je ne demanderai pas l'annulation sous prétexte que vous ne m'aurez pas donné de fils. Vous êtes en sécurité, avec moi. Vous n'avez plus à craindre pour votre vie.

Jessica serra la main de Wolfe dans les siennes. Elle se sentait soudain terriblement oppressée.

— Je vous aime, mon lord Wolfe. Je vous ai toujours aimé, et je vous aimerai toujours.

— Oui. Je le sais depuis longtemps.

Jessica attendit, mais Wolfe n'ajouta rien d'autre. Son cœur se serra quand elle comprit enfin la cause de sa tristesse.

L'arbre-qui-se-tient-à-part.

— Vous ne m'aimez pas, murmura-t-elle, presque pour elle-même.

— Je vous désire, Jessi. Je vous ai toujours désirée, et je vous désirerai toujours.

Il se pencha sur elle et embrassa tendrement ses lèvres avant de lui donner un baiser plus fougueux.

— Je veux vous prendre dans mes bras, Jessi, dit-il en la relâchant enfin. Laissez-moi vénérer votre corps.

Sans un mot, Jessica s'offrit à lui, et le même plaisir dévastateur que la nuit précédente incendia son corps. Au moment ultime, elle cria le nom de Wolfe, et dans son cri résonna tout l'amour qu'elle éprouvait pour lui.

Wolfe la tint longtemps serrée dans ses bras, jusqu'à ce qu'elle ferme les yeux. Puis il se leva avec précaution et enfila ses vêtements. La porte de la chambre se referma sans bruit derrière lui.

Quelques minutes plus tard, Jessica rouvrit les yeux. Des larmes perlaient au coin de ses paupières. Elle les essuya d'un revers de la main avant d'attraper ses habits.

Wolfe trouva Reno attablé dans la cuisine. Les deux assiettes vides à côté de lui indiquaient que Caleb et Rafe avaient déjà pris leur petit déjeuner avant de partir travailler. On entendait Willow fredonner dans la chambre. Elle devait sans doute pouponner son bébé.

— Comment va Jessi ? demanda Reno.

Wolfe se demanda s'il avait deviné que Jessica était finalement devenue sa femme dans tous les sens du terme.

— Bien. Je lui ai conseillé de dormir encore un peu. Pourquoi cette question ?

— D'après Willow, elle paraissait épuisée, hier soir.

— Moi aussi.

— Cela saute aux yeux.

— Ces trois jours de blizzard ont été très

éprouvants pour tout le monde, se contenta de répondre Wolfe.

Avec un sourire en coin, Reno mit son chapeau et se leva de table. Ses yeux verts brillaient comme des émeraudes. En le regardant, Wolfe se demandait comment Jessica avait pu ne pas succomber à son charme. Ou à celui de Rafe. Il restait persuadé que l'un ou l'autre des frères Moran aurait mieux convenu à la jeune femme qu'un sang-mêlé qui ne savait rien faire d'autre que de s'occuper de chevaux.

Ce qui ne l'empêchait pas de souhaiter la mort de quiconque se risquerait à convoiter Jessica.

— Jessi est très courageuse, commenta Reno. Je ne connais pas beaucoup de femmes qui se seraient aventurées dans le blizzard, même pour rejoindre leur amant. Encore moins pour récupérer quelques juments égarées.

— Jessi m'a raconté tout ce que tu avais fait, toi aussi. Je te remercie.

— N'en parlons plus. Si tu n'avais pas été là l'an dernier, Jeff Slater aurait tué Willow.

Wolfe sourit, puis il se tourna vers la fenêtre et son visage redevint soucieux. La neige avait fondu et des pousses d'herbe tapissaient l'horizon jusqu'au pied des montagnes qui se dressaient majestueusement dans le lointain. Wolfe aimait ce pays, comme s'il était une partie de lui-même. Et pourtant, il devrait le quitter.

— Reno, je voudrais que tu nous accompagnes avec Jessi jusqu'au Mississippi. Entre les Indiens, les chercheurs d'or, les hors-la-loi...

— Cela fait beaucoup, acquiesça Reno.

— Si j'étais tout seul, ce ne serait pas un problème. Mais comme Jessi sera du voyage, je préfère te savoir à mes côtés.

— Je te suivrais jusqu'en enfer, tu le sais bien, répondit Reno.

— Il ne s'agit pas d'aller en enfer. Enfin, pas tout à fait.

— En Angleterre ?

— C'est le pays de Jessi. Depuis longtemps lord Robert voulait que je vienne travailler avec lui. Je vais exaucer son vœu.

Reno marmonna quelque chose en espagnol, à propos du satané caractère de Wolfe.

— *Gracias*, répondit Wolfe avec un sourire narquois.

— Quand veux-tu partir ?

— Le plus tôt possible. Jessi n'est pas faite pour la vie de l'Ouest.

— Je ne l'ai jamais entendue se plaindre. Et toi ?

Wolfe ignora sa question. Reno enfila silencieusement ses gants, avant de se décider à donner son avis :

— *Amigo*, je crois que tu commets une erreur.

— De quelle erreur parlez-vous ? demanda Jessica depuis la porte.

— De son idée absurde de...

Le regard que lui lança Wolfe dissuada Reno d'en dire davantage. Étouffant un juron, il ouvrit la porte et sortit sans un mot.

Jessica dévisagea Wolfe avec curiosité.

— J'ai dit à Reno qu'il pouvait se choisir les poulains qu'il voulait, expliqua-t-il.

— Ce n'est pas une erreur. Il les a bien mérités. Sans son aide, nous en aurions perdu plusieurs.

— C'est exactement ce que je lui ai dit, répliqua Wolfe en regardant de nouveau par la fenêtre.

Jessica lui trouva le même air soucieux que tout à l'heure, dans leur chambre. Elle regarda à son tour par la fenêtre et ne vit rien de particulier, sinon la beauté du paysage.

— Wolfe ? Quelque chose ne va pas ?

Il se tourna, et Jessica vit son regard tourmenté.

— Wolfe... murmura-t-elle en se rapprochant de lui.

— Embrassez-moi, Jessi, dit-il en se penchant vers elle. Embrassez-moi fort. Vos baisers me font oublier la réalité.

Jessica se haussa sur la pointe des pieds et lui donna le baiser qu'il réclamait.

— On dirait que Jessi s'est fait pardonner d'être sortie dans le blizzard, lança Willow depuis la porte.

Wolfe renonça à leur baiser à contrecœur. Jessica était devenue écarlate et il cacha son visage contre son torse.

— Nous étions en train de négocier, expliqua-t-il, souriant, à Willow.

— Et qui va capituler ? Elle ou toi ?

— Moi, bien sûr. Les lutins sont des créatures trop fragiles. Soit ils gagnent, soit ils meurent.

— Dans ce cas, je vais donner son bain à Kevin. Je vous laisse mener tranquillement vos... euh... négociations.

Dès que Willow fut partie, Wolfe relâcha Jessica. Il resta devant la fenêtre, arborant cette même expression de tristesse qui intriguait Jessica. Elle frissonna en se rappelant ses paroles.

Les lutins sont trop fragiles. Soit ils gagnent, soit ils meurent.

— Wolfe, que se passe-t-il ?

— Rien.

Elle secoua la tête.

— Vous paraissez tourmenté.

— C'est votre imagination. (Wolfe lui caressa la joue.) Les lutins sont réputés avoir beaucoup d'imagination.

— Wolfe, je n'ai pas envie de plaisanter. De qui ou de quoi portez-vous le deuil ?

Wolfe écarquilla les yeux de surprise. Jessica avait parfaitement vu clair dans ses sentiments. Elle avait formulé ce qu'il ressentait confusément : le deuil de l'Ouest.

— Je suis toujours triste quand je dois dire au revoir à Caleb et à Willow, expliqua-t-il au bout d'un moment.

Ce n'était qu'une partie de la vérité, la seule dont il souhaitait discuter pour l'instant.

Ce fut au tour de Jessica d'être surprise.

— Nous partons ?

— Ce pays est trop sauvage. Et trop rude.

Jessica frissonna.

— Qu'êtes-vous en train de me dire ?

— Nous retournons en Angleterre.

— Vous ne voulez pas attendre l'automne, pour que les poulains soient sevrés ?

— Non. Nous serons déjà à Londres à ce moment-là.

— Alors, nous reviendrons au printemps prochain.

— Non.

— Pourquoi ?

— Je vais travailler avec lord Robert.

— Que dites-vous ?

Wolfe regarda un moment par la fenêtre, avant de répondre :

— Désormais, nous vivrons en Angleterre.

— Vous détestez l'Angleterre.

Il haussa les épaules.

— Il y a de jolis coins.

— Mais aucun qui puisse se comparer à ce que vous avez devant les yeux, répondit Jessica en désignant du doigt le panorama grandiose.

— C'est vrai.

— Et vos chevaux, qu'allez-vous en faire ?

— Les donner à Caleb.

Jessica secoua lentement la tête.

— Vous avez décidé de ne plus jamais revenir dans l'Ouest ? murmura-t-elle.

Wolfe ne répondit rien. C'était inutile. La tristesse de son regard en disait long.

— Mais pourquoi ? insista Jessica. Vous aimez ce pays. Je l'ai bien vu, Wolfe : vous contemplez ces montagnes avec autant de passion qu'un homme admirant la femme qu'il aime.

— Nous devons partir, Jessi.

— Non ! Pourquoi ne vivrions-nous pas ici ? Pourquoi partir en Angleterre ?

— L'Ouest n'est pas un pays pour vous, répondit-il calmement. Il aurait fallu que vous y soyez née. Ce n'est pas le cas.

— Mais vous, si !

— Oui, mais moi, je peux survivre en Angleterre. Alors que vous, vous ne pourrez pas survivre ici.

— Dieu tout-puissant, comme vous devez me haïr !

Wolfe lui caressa tendrement la joue.

— Je ne vous hais pas, Jessi.

— Mais cela viendra. A cause de moi, vous allez renoncer à la seule chose que vous aimiez vraiment. Un jour, vous me haïrez autant que vous aimiez ce pays.

Wolfe vit les larmes qui perlaient aux yeux de Jessica. Il la serra dans ses bras.

— Chut, Jessi. Vous vous faites du mal.

— Je ne veux pas retourner en Angleterre, annonça-t-elle en s'écartant de lui. Vous m'entendez ? Moi aussi, j'aime les Rocheuses. Pourquoi n'habiterions-nous pas ici ?

— Je ne veux pas que les montagnes vous tuent.

Jessica agrippa la chemise de Wolfe.

— Wolfe, écoutez-moi. Je suis plus forte que vous ne le pensez. Si j'étais aussi fragile que vous le dites, je serais morte quand j'étais petite.

— En Angleterre, la vie est moins dure qu'ici.

— Mais, en Angleterre, tout le monde méprisera votre naissance. Ici, vous avez des amis, et une chance de mener une vie meilleure. N'est-ce pas le plus important ? Ne voyez-vous pas...

Wolfe posa un doigt sur ses lèvres.

— Je sais tout cela. C'est bien pourquoi j'avais quitté l'Angleterre. Et vous avec. Je savais qu'il me faudrait choisir entre l'Ouest ou vous. Quand je vous ai possédée, cette nuit, je savais parfaitement ce qui m'attendait : le retour en Angleterre.

— Mais je...

— Les jeux sont faits, Jessi. Les dés ont été jetés à l'instant où je vous ai déflorée.

— Wolfe, je vous en prie, vous devez me croire : je n'avais pas prémédité tout cela. Pas de cette manière. Mon Dieu, non, pas de cette manière !

— Je sais, Jessi. Mais toutes vos larmes n'y changeront rien. Il n'y a qu'en Angleterre que nous pourrons vivre ensemble.

Jessica ferma les yeux. La calme résignation de Wolfe lui serrait le cœur.

— Commencez à préparer vos bagages. Je retourne travailler sur le ranch.

La porte se referma silencieusement derrière lui.

Jessica resta longtemps à la contempler, indifférente aux pleurs qui ruisselaient sur ses joues. Elle comprenait enfin, mais trop tard, ce que Wolfe avait pressenti depuis le début : leur mariage causerait la perte de l'un d'entre eux. Sinon des deux.

Ne m'aimez pas, Jessi. Cela nous ferait encore plus de mal.

L'arbre-qui-se-tient-à-part.

Il fallait réagir. Et vite. Retrouvant soudain la force de caractère qui lui avait permis de survivre à son enfance, Jessica chercha un moyen de libérer Wolfe du piège qu'elle lui avait tendu.

Quand elle eut trouvé, elle essuya ses larmes. Elle aurait besoin de l'aide de Caleb.

— Il ne sert à rien de vouloir retarder les choses, répondit Wolfe pour clore la conversation que Jessica avait entamée en le réveillant. Que nous partions aujourd'hui ou dans dix jours ne fera aucune différence. De toute façon, nous partons.

— Je vous ai expliqué que je retournerais en Angleterre sans la moindre difficulté si vous capturiez des mustangs une dernière fois. J'insiste.

Wolfe regarda Jessica. Il l'avait connue de différentes humeurs, depuis la terreur jusqu'à la passion la plus exacerbée, mais il ne l'avait encore jamais vue aussi farouchement volontaire.

— Je n'ai aucune envie de partir à la chasse aux mustangs, répondit-il sans ambages.

— Alors faites-le pour Caleb. Il n'a pas assez de chevaux dans son ranch. Il l'a dit lui-même.

— Je ne pourrai pas vous emmener avec moi, si je pars chasser.

— Je sais.

— C'est donc ça ! Voilà pourquoi vous avez tellement envie de me voir partir. Seriez-vous déjà fatiguée de m'avoir dans votre lit ?

Pour toute réponse, Jessica l'embrassa avec une ardeur désespérée, comme si elle avait voulu mourir à l'instant, en emportant le goût de ses lèvres.

— Prenez-moi, murmura-t-elle. Prenez-moi comme si c'était la dernière fois.

Avec un gémissement, Wolfe remonta la chemise de nuit de Jessica sur son ventre, et il fit passer ses jambes par-dessus ses cuisses musclées. Jessica s'ouvrit à lui avec une ferveur qui en disait plus long sur son désir que tous les mots de la terre.

— Encore ! implora-t-elle. Plus fort, Wolfe !

— Vous êtes trop fragile. Je vais vous faire mal.

— S'il vous plaît...

Elle s'arquait contre lui, réclamant avec son corps ce qu'elle voulait obtenir de Wolfe.

— Quand je pense que je vous ai traitée de nonne ! s'exclama Wolfe. Vous avez le tempérament d'un volcan. Consumez-vous pour moi, Jessi.

Il lui donna tout ce qu'elle demandait, et plus encore. Chaque poussée de ses reins arrachait un cri de plaisir à Jessica. Leurs deux corps, fondus en un seul, brûlaient d'une même flamme, qui flamboya dans le soleil quand la jouissance les emporta loin, bien loin de ce monde.

Caleb attendait Jessica dans la cuisine.

En la voyant entrer, pâle et les traits tirés, il étouffa un juron entre ses dents.

— Vous avez vraiment l'intention de mettre votre satané plan à exécution ? demanda-t-il.

— Oui.

— Wolfe est au courant ?

— Vous savez bien que non. Nous sommes vous et moi convenus que j'acceptais que vous m'escortiez à la seule condition que Wolfe ignore tout de mon départ.

Caleb enleva son chapeau et se passa la main dans les cheveux. Sa mauvaise humeur était visible.

— Vous avez tort, si vous voulez mon avis.

— Peut-être, concéda Jessica. Mais Wolfe serait capable de tuer Rafe ou Reno, s'ils m'aidaient. Vous, il n'osera pas.

— J'aimerais en être aussi sûr que vous !

— Wolfe sera furieux, mais il sait qu'aucune femme ne compte pour vous en dehors de Willow. Reno et Rafe se conduiraient en gentlemen avec moi, mais je préfère ne pas raviver la susceptibilité de Wolfe à leur égard. Il pourrait tirer sur eux avant même de leur laisser le temps de s'expliquer.

— Wolfe se montre possessif avec vous parce qu'il vous aime.

— Désirer n'est pas aimer.

— Jessi...

Jessica l'empêcha de poursuivre :

— J'ai contraint Wolfe à un mariage qu'il ne souhaitait pas. Aujourd'hui je lui rends sa liberté.

— Jessi...

— Les chevaux sont-ils prêts ?

Caleb resta silencieux un moment avant de dire :

— J'ai bien envie d'aller chercher Wolfe.

— Je ne pourrai pas vous en empêcher.

— Comme moi je ne pourrai pas non plus vous empêcher de partir, c'est cela, hein ? Vous vous enfuirez à la première occasion.

— En effet. C'est bien pourquoi vous avez accepté de m'accompagner jusqu'à la diligence.

— C'est du chantage.

— Si vous voulez.

Caleb dévisagea Jessica un long moment. Sa détermination ne faisait aucun doute. Elle lui rappela la fois où Willow s'était enfuie en pleine nuit, parce qu'elle s'était imaginé que Caleb ne voulait pas l'épouser. Willow avait failli mourir et Caleb ne se serait jamais consolé s'il l'avait perdue cette nuit-là. Le moins qu'il pouvait faire, aujourd'hui, était de s'assurer que Jessica ne courait aucun danger tant que Wolfe ne les aurait pas sortis de ce gâchis.

Caleb mit son chapeau et passa son colt à sa ceinture.

— Les chevaux nous attendent, madame Lonetree.

— Je m'appelle lady Jessica Charteris, répondit la jeune femme avec un sanglot dans la voix.

Le deuxième jour, Caleb passa presque plus de temps à regarder par-dessus son épaule qu'à scruter la piste qui s'ouvrait devant eux.

— Vous allez attraper un torticolis, dit Jessica alors qu'ils s'étaient arrêtés au bord d'un torrent pour laisser boire leurs chevaux. Wolfe ne se lancera pas à ma poursuite.

— C'est à se demander parfois si vous êtes vraiment intelligente ! se moqua Caleb. Wolfe vous aime.

— Il me désire. C'est très différent.

— Pas pour un homme, Jessi. En tout cas, pas au début.

Caleb remonta sur son cheval et reprit la piste. Il conduisait sa monture d'un bon pas, pour que

Jessica ne puisse pas l'accuser de traîner en route. Mais il s'était bien gardé d'emprunter tous les raccourcis qu'il connaissait! De même qu'il avait pris soin de laisser au ranch les chevaux les plus rapides. Il ne voulait surtout pas donner à Wolfe des motifs d'être encore plus en colère qu'il ne l'était sans doute déjà.

En fin d'après-midi, alors qu'ils se rapprochaient des cols, Caleb fit halte dans une clairière.

— Nous allons camper ici, annonça-t-il.

— Mais il ne fera pas nuit avant deux heures!

— Il nous faudra plus de temps que cela pour atteindre les cols. Nous aurons davantage de confort ici pour dormir.

Jessica soupira, avant de tourner la tête, la mine soucieuse. Elle avait cru entendre quelque chose bouger, derrière eux, mais Caleb ne paraissait pas s'en inquiéter. Quand elle lui fit face, il la regarda avec un étrange sourire.

— Ne vous tracassez pas, Jessi, dit-il gentiment. Nous avons beaucoup d'avance sur votre mari.

— Wolfe ne viendra pas.

— On parie? répondit Caleb avec un sourire affectueux.

— A supposer que vous ayez raison, Wolfe ne pourrait pas nous rattraper à moins de tuer son cheval sous lui. Il ne fera jamais une chose pareille.

— Avec un seul cheval, je suis d'accord. Mais pas avec trois!

— Que voulez-vous dire?

Caleb scruta pendant quelques minutes le trajet qu'ils venaient de parcourir.

— Si j'étais vous, reprit-il, je réfléchirais tout de suite au meilleur moyen de calmer la colère de Wolfe.

L'assurance de Caleb ébranla Jessica. Elle se retourna une nouvelle fois.

Deux grands étalons noirs et un alezan remontaient la piste. On ne voyait qu'un seul cavalier. Avec une aisance déconcertante, celui-ci passa de la croupe d'un étalon à celle de l'alezan sans même ralentir son allure.

— Mon Dieu ! s'exclama Jessica.

— Appelez-le plutôt Wolfe Lonetree, ironisa Caleb.

Il soupira de soulagement en constatant que Wolfe n'avait pas sorti sa carabine de sa sacoche de selle. Il adressa un sourire rassurant à Jessica, mais elle ne le vit même pas. Elle attendait sans bouger, bien droite sur sa selle, sachant pertinemment que son cheval n'avait aucune chance de distancer les étalons.

Wolfe n'accorda pas même un regard à Caleb quand il arriva à leur hauteur. Les yeux rivés sur Jessica, il sauta à bas de sa monture, tendit les rênes à Caleb et vint se planter devant elle.

— Je vais établir mon camp dans ces arbres, annonça Caleb en désignant des sapins distants de quelques centaines de mètres.

Wolfe hocha la tête.

— Il faut que tu saches qu'elle a agi uniquement en pensant à ton bien, continua Caleb. Exactement comme toi tu voulais agir au mieux de ses intérêts.

— *Adios,* Cal, répondit simplement Wolfe.

Sans ajouter un mot, Caleb commença à descendre la piste en emmenant avec lui les chevaux.

D'un bond, Wolfe se mit en croupe derrière la jeune femme. Il lui prit les rênes des mains et dirigea sa monture vers un bouquet de trembles, dont les feuilles vert tendre frémissaient dans la brise.

Jessica se sentait aussi tremblante qu'elles. Elle baissa les yeux et contempla le bras puissant qui lui enserrait la taille. Elle dut se retenir pour ne pas suivre le tracé de ses veines du bout des doigts.

Wolfe sauta à terre et attacha le cheval à un arbre. Puis il dévisagea Jessica pendant un long moment silencieux.

— Vous avez eu l'air surprise de me voir, tout à l'heure, se décida-t-il à dire.

— Caleb ne l'était pas, lui. J'ai l'impression qu'il s'est débrouillé pour que vous puissiez suivre notre trace.

— Je vous aurais retrouvée, de toute façon.

— Pourquoi ?

— *Vous êtes ma femme.*

— Notre mariage n'est pas valable.

— Du diable, s'il ne l'est pas ! Avez-vous déjà oublié avec quelle fougue je vous ai possédée ?

Jessica rougit jusqu'à la racine des cheveux, mais elle tint bon.

— Un juge pourrait facilement convenir que vous ne vous êtes pas conduit avec moi d'une manière très noble.

— Je vous l'accorde bien volontiers. C'est vous qui êtes noble. Pas moi.

Malgré sa détermination, Jessica ne put empêcher une larme de couler sur sa joue.

— Tout le problème est là, reprit-elle. C'est la seule chose que je ne peux pas changer, et que vous ne me pardonnerez jamais. Je peux apprendre à cuisiner, à faire la lessive, à repasser... Je peux connaître le plaisir dans vos bras, et vous dans les miens... Mais ce n'est pas suffisant. Ce ne sera jamais suffisant. Vous haïssez l'aristocratie. Et je suis une aristocrate.

— Ce n'est pas...

— Vous me désirez, continua Jessica sans l'écouter, mais pas comme vous désireriez la femme dont vous avez toujours rêvé. Je ne suis pas celle qui serait digne d'élever vos enfants. Je ne suis qu'une enfant gâtée, une...

— Jessi, ce n'est pas...

— ... une gamine, pas une femme. En tout cas, pas la femme qu'il vous faut. Et...

— Bon sang, ce n'est pas...

— Si ! le coupa Jessica en parlant plus fort que lui. Vous ne m'avez jamais menti, Wolfe, même quand la vérité aurait pu me blesser. Alors ne commencez pas aujourd'hui. Ce n'est plus la peine. Je vous avais enchaîné, mais à présent je vous libère. Retournez dans ce pays où vous êtes né. Ce pays que vous aimez, mais qui est trop rude pour moi. Je...

— Nom de Dieu ! Allez-vous enfin m'écouter, ou...

— L'arbre-qui-se-tient-à-part n'aurait jamais dû coucher avec moi. Vous l'avez dit vous-même : c'était la plus grave erreur de votre vie.

— Faux ! répliqua Wolfe, fou de rage. La plus grave erreur de ma vie, c'était d'avoir promis à Willow que je commencerais par vous parler.

Sans prévenir, Wolfe arracha Jessica de sa selle et la prit dans ses bras pour l'embrasser. Elle voulut lui échapper, mais il était beaucoup trop fort. Et à l'instant où leurs bouches s'unirent, elle perdit toute envie de se débattre. Leur baiser dura d'interminables minutes.

— Voilà la seule vérité qui importe ! s'écria Wolfe en la relâchant enfin.

— Vous êtes L'arbre-qui-se-tient-à-part.

— Et tu es mon soleil, Jessi. Si tu me quittes, l'arbre n'aura plus de soleil, et il mourra.

Jessica voulut parler, mais elle était trop émue par ce qu'elle lisait dans les yeux de Wolfe.

— Wolfe ?

— Reste avec moi, Jessi Lonetree, murmura-t-il. Partage ce pays avec moi. Et aime-moi comme je t'aime.

ÉPILOGUE

Au cours des mois suivants, Wolfe fit découvrir à Jessica toutes les beautés de l'Ouest.

Ensemble, ils parcoururent d'immenses déserts hérissés de rochers ocre qui flamboyaient au soleil couchant ; ensemble ils admirèrent des canyons vertigineux au fond desquels coulaient des rivières d'une pureté inviolée ; ensemble, ils visitèrent des villes fantômes abandonnées par les hommes qui les avaient construites.

Ensemble, ils suivirent des torrents qui n'avaient pas encore reçu de noms, pas plus que les fières montagnes qui les dominaient. Ensemble, ils s'abreuvèrent dans des lacs dont l'eau était aussi profonde et pure que les yeux de Wolfe. Et chaque soir, repus de toutes ces merveilles qu'ils avaient partagées ensemble, ils s'endormaient dans les bras l'un de l'autre.

Finalement, leur périple les ramena vers les monts San Juan. Wolfe et Jessica bâtirent leur maison au bord d'un torrent, à moins d'une heure de cheval du ranch de Caleb et de Willow.

Ils eurent plusieurs enfants. Des garçons aussi forts que Wolfe, et des filles aussi sensuelles et espiègles que Jessica.

Les années passèrent, sans rien altérer de la vigueur de leur amour. Jessica était toujours le soleil qui apportait la lumière et la vie à L'arbre-qui-se-tient-à-part.

4128

Composition Euronumérique
Achevé d'imprimer en Europe (France)
par Brodard et Taupin à La Flèche (Sarthe)
le 26 janvier 1996. 6824M
Dépôt légal janvier 1996. ISBN 2-277-24128-8
Éditions J'ai lu
27, rue Cassette, 75006 Paris
Diffusion France et étranger : Flammarion